Né à Turin en 1959, diplômé en philosophie, Valerio Varesi est journaliste à *La Repubblica*. Il est l'auteur d'une dizaine de romans au héros récurrent, le commissaire Soneri. Grand admirateur de Giorgio Scerbanenco et du duo Fruttero et Lucentini, il s'inscrit avec brio dans une tradition du polar Italien à la fois classique et engagé. Quatre de ses livres, dont *Le Fleuve des brumes*, ont été adaptés pour la série télévisée italienne *Nebbie e delitti*. *Le Fleuve des brumes* – nominé au prestigieux prix littéraire italien Strega – *Les Ombres de Montelupo*, *La Pension de la via Saffi*, *Les Mains vides* et *Or, encens et poussière* sont au catalogue Points.

« *La bassa è terra di visioni e di mostri.* »

« *La* bassa *est une terre de visions et de monstres.* »

DU MÊME AUTEUR

La Pension de la via Saffi
Agullo, 2017
et « Points Policier », n° P4772

Les Ombres de Montelupo
Agullo, 2018
et « Points Policier », n° P4959

Les Mains vides
Agullo, 2019
et « Points Policier », n° P5177

Or, encens et poussière
Agullo, 2020
et « Points Policier », n° P5381

La Main de Dieu
Agullo, 2022

Valerio Varesi

LA MAISON
DU COMMANDANT

*Traduit de l'italien
par Florence Rigollet*

Agullo

TITRE ORIGINAL
La casa del comandante

© Valerio Varesi, 2008

ISBN 978-2-7578-9063-9

© Agullo Éditions, 2021, pour l'édition en langue française

Le Code de la propriété intellectuelle interdit les copies ou reproductions destinées à une utilisation collective. Toute représentation ou reproduction intégrale ou partielle faite par quelque procédé que ce soit, sans le consentement de l'auteur ou de ses ayants cause, est illicite et constitue une contrefaçon sanctionnée par les articles L.335-2 et suivants du Code de la propriété intellectuelle.

*À Emilio,
pour qu'il n'oublie jamais
de rêver à de nouveaux horizons.*

CHAPITRE 1

En ce début d'après-midi, dans la lumière citrine d'une *bassa* hésitant entre brume et soleil, le commissaire Soneri eut l'honnêteté de reconnaître qu'il n'était qu'un planqué. On l'avait chargé d'aller fouiller les chemins de halage le long du Pô sur ordre d'un substitut du procureur, convaincu que des armes circulaient parmi des groupes de pêcheurs de silure, des anciens militaires slovaques et hongrois. Le commissaire avait obéi sans enthousiasme, mais une fois sur place, l'envie lui était venue de claquer la porte et de tout envoyer au diable. L'indolence du fleuve, ses lits d'inondation gorgés d'humidité ainsi que le ciel translucide offraient de parfaites conditions. Il se prit donc une vacance inattendue, s'arrêtant même au *Cantinone* de Viarolo pour se payer deux caisses de fortana de la dernière vendange. D'un calme étonnamment serein, il répondit par un sourire quand on lui conseilla de ne pas rouler vite pour respecter ce vin nerveux. Le commissaire n'avait pas l'intention de se presser : il avait devant lui l'après-midi de libre.

Il s'était ensuite promené sur la digue, accompagné par les envols paresseux des corneilles et par le lourd débit du fleuve, grossi par une semaine de pluie. Il n'y avait surpris qu'un lièvre et un faisan, aussi deux ragondins. Ce fut alors que Manotti lui était revenu à l'esprit. Le commandant Libero Manotti, un ancien partisan devenu garde-chasse, un homme qui avait fait le choix d'ennemis plus grands que lui : la misère, les Allemands et le courant du Pô, la débâcle du monde. Il aurait aimé le revoir, sans toutefois savoir s'il vivait encore. Son téléphone sonna juste à ce moment-là.

– Commissaire, annonça Juvara, ils ont fait une nouvelle attaque.

– De qui tu parles ? demanda Soneri, ramené brutalement à son quotidien.

– De la bande des distributeurs.

– En plein jour ?

– *Dottore*, ils ont agi dans une agence de la périphérie, à l'heure du déjeuner. Sur une route secondaire, aux heures creuses...

– On est sûrs que c'est les mêmes ?

– Même technique : gaz insufflé à l'intérieur, et boum. Comme un bouchon qui pète.

Le commissaire pensa aux bouteilles dans son coffre.

– Qu'est-ce que tu veux que j'y fasse ? s'agaça-t-il en voyant s'évanouir les promesses de l'après-midi.

– *Dottore*, ce n'est pas de ma faute. Ils ont pris la fuite en direction de l'Asolana, le questeur sait que vous êtes dans le coin... s'excusa Juvara.

– Ça fait quinze ans qu'il vit à Parme, il n'a pas compris que la *bassa* était grande ? grinça Soneri. C'est bon, si je tombe dessus, je vous tiens au courant, abrégea-t-il.

– *Dottore*, ils ont pris la fuite dans une Punto grise, signala l'inspecteur avant de raccrocher.

Soneri redescendit au bourg tandis qu'on entendait un moteur tourner à vide depuis le port de Sacca, à la manière d'une voiture qui s'enlise. Sur la place, son Alfa reflétait les faibles rayons du soleil qui transperçaient la brume avant que le ciel ne se referme tout à fait. Il reprit le volant et décida de faire un détour par les villages que traversait l'Asolana. Pendant ce temps-là, il essayerait de se souvenir de l'adresse de Manotti : il y mettait un point d'honneur. Il vagua près d'une demi-heure en direction de Trecasali, dans un ballet de clairs-obscurs. Ensuite, tout se passa en quelques secondes : l'obscurité soudaine d'un tunnel de brouillard, des warnings de voitures à l'arrêt, les gesticulations de vigiles improvisés, enfin, une auto renversée sur le flanc qui découvrait un ventre gris de tubes et de boue. Soneri s'arrêta pour y voir de plus près : il s'agissait de la Punto. Il était tombé dessus.

Il eut besoin de dix minutes pour expliquer sa position au commandement : le personnel qui répondait au téléphone changeait quotidiennement.

— Tu vois la route pour San Polo ? À un moment, tu arrives au carrefour en direction de Trecasali, Sissa... Tu vois la sucrerie ?

Il était l'un des rares à connaître Parme et ses environs, et d'y songer ne le réjouissait guère, il sentait qu'il prenait de l'âge. On ne connaît un territoire qu'à force d'en avoir fait le tour. Et lui le fréquentait depuis bien trop longtemps.

— Depuis quand la voiture est là ? s'informa Juvara peu après.

— On dirait les questions du questeur, le railla Soneri.

— Si je dois le mettre au courant...

— Peut-être un quart d'heure. Ça sent le poisson pourri à l'intérieur, il y a des accessoires de pêche. Tu as vérifié la plaque ?

— Oui, la voiture a été volée il y a dix jours, à Colorno. Son propriétaire s'appelle Montanari, l'informa l'inspecteur.

– Il habite où ?
– Via Provinciale 131. Commissaire, vous pensez que c'est la voiture de la bande ?
– Peut-être. Ils ont dû la vider. Je ne vois pas de matériel, comme si on venait de la voler.

Une brigade de carabiniers arriva sur ces entrefaites, et l'adjudant-chef Montesano s'étonna de trouver Soneri sur place.

– Merde, *dottore*, comment vous avez fait ?
– Je passais par là... éluda le commissaire.

Puis, avant que l'autre ne réponde, il le salua en remontant dans sa voiture.

Sans trop savoir pourquoi, il se dirigea vers Sissa. Tout s'était métamorphosé : le jour avait baissé, le Pô, disparu dans les brumes, mais surtout, et comme toujours lors d'une nouvelle affaire, une agitation insidieuse avait assailli son humeur telle une petite fièvre tenace. Il appuya sur l'accélérateur en oubliant le fortana, mais le cliquetis des bouteilles le rappela à l'ordre, et il laissa progressivement ralentir le moteur par respect pour son vin. Soudain, un automobiliste qui arrivait en sens contraire l'obligea à tourner brusquement le volant. Ses roues mordirent le bas-côté herbeux qui longeait un canal, et ses bouteilles attaquèrent une ouverture au xylophone qui ne prit fin qu'au retour de l'Alfa sur l'asphalte, non sans avoir culbuté deux balises en plastique. Pendant une fraction de seconde, le commissaire eut sous les yeux le faisceau menaçant d'un pleins-phares surgissant du brouillard. Et le visage du conducteur. Aussi tendu et dramatique que les visages des toxicos qu'on embarquait parfois à la Questure après un vol à l'arraché. Un réflexe professionnel lui dicta de faire demi-tour et de se lancer à sa poursuite. Les bouteilles se remirent à danser la samba, mais cela lui était égal. Si le fortana était nerveux, lui l'était davantage. Il prit de la vitesse en coupant les virages, en freinant au dernier moment, dans une lutte au corps à corps avec son volant. Il n'y avait devant lui que le gris de l'asphalte mêlé continûment à celui du brouillard. Un doute lui effleura l'esprit : et s'il poursuivait un fantôme ? Le paysage était tellement évocateur, et tout compte fait, il n'écoutait que son instinct. Cette sorte de connaissance humaine privée de science et de méthode que l'on acquiert avec le temps, parce qu'un visage est un alphabet difficile. Tout comme il était difficile de l'expliquer aux magistrats quand ces derniers voulaient connaître les raisons de vos choix. À l'ère de la police savante, il s'en fallait de peu de passer pour un fou.

Et voilà qu'à présent il risquait l'accident à cause d'une intuition, une histoire à bien faire ricaner ses collègues. Dix minutes s'écoulèrent avant qu'il ne distingue l'arrière d'un véhicule : le même qu'il avait failli percuter. On y apercevait trois têtes à l'intérieur et, sur la plage arrière, un chapeau à large bord de forme vieillotte qui glissait d'un côté à l'autre à chacun des virages.

Soneri attrapa son portable.

— Juvara, contrôle-moi cette plaque : AE751... C'est une Polo blanche, un vieux modèle.

— Mais, vous êtes où, commissaire ?

— En balade, tu n'entends pas ?

— Vous avez du nouveau sur la voiture...

— Peut-être. Je te le dirai quand tu auras vérifié la plaque.

L'inspecteur garda le silence sans comprendre. Soneri l'entendit tapoter sur son clavier et marmotter dans son coin.

— Elle a été volée hier matin à Busseto.

– Alors, j'ai du nouveau, je suis juste derrière, annonça le commissaire.
– C'est eux ? Ils viennent de forcer un contrôle routier il y a une demi-heure.
– Effectivement, ils semblent assez pressés.

Les trois se rendirent compte qu'on les suivait. En parlant avec Juvara, le commissaire avait commis l'erreur de trop se rapprocher. Sans doute avaient-ils deviné qu'il s'agissait de la police. Les flics et les voyous se reconnaissent en un clin d'œil. La Polo accéléra, et Soneri fut obligé d'en faire autant. Il n'était pas fâché d'avoir écouté son instinct, à la face des savants et de leurs enquêtes au microscope. Le problème étant maintenant de savoir comment les arrêter.

Juvara, qui n'entendait plus rien, chuchota un :
– *Dottore*…
– J'ai un défi à relever.
– Je vous envoie du renfort ?
– Juvara, ils roulent comme des malades. Tu penses sérieusement qu'en prévenant la Questure les patrouilles vont arriver à temps ?
– *Dottore*, qu'est-ce que je fais ? C'est quoi ces bruits de verre ?
– Mon fortana. Il s'agite. C'est un vin nerveux.
– Vous savez bien que je ne bois pas, s'excusa Juvara qui ne comprenait plus rien.

La voiture roulait à tombeau ouvert et défiait l'inconnu au-delà du mur de brouillard. Soneri avait arrêté de parler tant il avait du mal à leur filer le train. Les bouteilles battaient en mesure, rappelant qu'elles pouvaient casser. Soudain, la Polo rata un virage et se retrouva en travers de la chaussée. Soneri l'évita en mettant un coup de frein, et l'Alfa zigzagua sur l'asphalte mouillé. Ce fut à ce moment-là que le premier bouchon fusa. Il cogna contre la portière, et le coup résonna dans tout l'habitacle.

– Commissaire ! hurla Juvara. Ils vous ont tiré dessus ? Arrêtez-vous s'ils sont armés !

– C'est pire, malheureusement, répondit tranquillement Soneri. Une bouteille de fortana a rendu l'âme, elle perd son sang dans le coffre.

L'inspecteur était de plus en plus déconcerté.

– *Dottore*, implora-t-il, vous allez bien ? Ils vous ont touché ?

– Non, ils ont mal visé. Avec toute cette purée...

– Vous pouvez m'expliquer...

– Ce sont des bouteilles, Juvara ! J'en ai une vingtaine dans le coffre, et si ça continue comme ça, elles vont toutes finir à vau-l'eau.

Un deuxième bouchon sauta.

– *Madonna !* Mais on vous tire dessus ! Arrêtez de jouer les héros, commissaire ! l'exhorta Juvara.

– Je ne laisserai ni veuve ni descendance, lâcha-t-il avec amertume.

Il ne plaisantait pas tant que ça.

Ils traversèrent Trecasali à une vitesse de retrait de permis. Son Alfa plus puissante avait beau tenir la distance, le commissaire aurait du mal à les stopper.

– Qu'est-ce que vous comptez faire ? sonda timidement l'inspecteur. Vous voulez que je prévienne l'Arma des environs ?

– Inutile. La *bassa* est vaste... À moins d'un coup de cul...

– Et maintenant ?

– Je suis toujours derrière eux. Tôt ou tard, ils vont s'arrêter ou finir dans le fossé.

– Vous croyez que ce sont les mêmes que dans la Punto grise ?

– Non, d'après moi, les types de la Punto sont ailleurs. Ils devaient avoir deux véhicules, estima Soneri.

L'odeur du fortana commençait à se répandre, et un troisième bouchon sauta.

– Commissaire, je ne vous crois pas. Ils vous tirent dessus, balbutia Juvara.

– Depuis quand tu ne vas plus au polygone ?

– Honnêtement...

– Tu ne connais même pas le bruit d'un flingue. Même pas d'un Beretta... se lamenta le commissaire. Quand je pense à tous ces rêves qui s'en vont en fumée...

De plus en plus désarçonné, Juvara bafouilla des propos morcelés et incompréhensibles.

– Le vin fait rêver, tu sais. Il nettoie toute la merde qu'on nous fait avaler, reprit Soneri en respirant l'odeur de plus en plus intense du fortana.

– Je vous l'ai déjà dit, *dottore*, je ne bois pas, s'excusa à nouveau l'inspecteur.

– Alors que moi, les alcooliques, je les comprends : autant se construire un autre monde, marmonna le commissaire en inspirant profondément.

Ceux qu'il suivait ne montraient aucun signe de faiblesse et dévalaient en direction de Gussola. Ils braquèrent tout à coup pour prendre la route de Colorno. La chaussée plus étroite et les virages serrés compliquèrent la conduite. Un quatrième bouchon rebondit bruyamment contre la carrosserie.

– *Dottore*, ils vous ont touché ?

– Même en visant, ils auraient des problèmes, dit Soneri. On danse sur des nids-de-poule, j'ai des fourmis dans le cul.

– Ils vont où, d'après vous ?

– Ils essaient de me semer en m'entraînant dans la *bassa*, supposa le commissaire. C'est à celui qui lâchera le premier. Ce sera sûrement moi, je commence à être bourré.

– Mais, je ne comprends pas… Vous êtes en train de boire ?

– Plût au ciel ! Ce serait bien la première fois que je me prendrais une cuite en sniffant du pinard ! rigola Soneri tout en baissant sa vitre pour faire sortir un peu l'odeur. La chose la plus frustrante de toute ma vie.

L'inspecteur n'eut aucune repartie et revint à la course-poursuite :

– Les carabiniers ont lancé toutes leurs brigades disponibles pour des contrôles routiers, l'avisa-t-il.

– Les magistrats et les carabiniers manquent d'imagination, décréta Soneri, sceptique. Je te parie qu'ils vont occuper les ponts, les rocades et les nationales. Mais nos gars sont malins, ils empruntent les routes secondaires.

Les deux voitures arrivèrent à un double virage particulièrement serré, et le commissaire fut contraint de braquer en freinant brutalement pour éviter de couper tout droit.

– Un peu plus et je sortais du jeu, souffla-t-il au moment où le cinquième bouchon fusa avec autorité.

– Commissaire, recommença Juvara, ce n'est pas seulement le vin, dites-moi la vérité…

Soneri ne répondit pas. Concentré sur la détonation du projectile de liège, il imaginait la fumée de la bouteille avant qu'elle ne vomisse son écume et son vin, tel le sang d'une blessure. Tout était là, dans cette image : celui qui tire, celui qui tombe, le bourreau, la victime, le vainqueur, le vaincu. *Toujours la même histoire*, se disait-il en continuant sa course, au risque de les tamponner ou de finir dans un canal. Et dans le même temps, il se trouvait idiot de relever le défi de ces trois petits voleurs, probablement drogués, fuyant aussi la vie. Plus il accélérait et leur collait au train, plus la situation lui paraissait absurde. Il leva finalement le pied en voyant clignoter deux feux orange à travers le brouillard. Il ne comprenait plus où il était. Cette course effrénée l'avait désorienté. Il savait juste qu'il s'approchait d'un carrefour dangereux. Il préféra laisser tomber tandis que la Polo provoquait le destin en traversant la nationale sans l'ombre d'une hésitation, comme si elle avait deviné la bonne combinaison de l'espace et du temps. Le commissaire refusa de passer l'obstacle, donna un gros coup de frein, et son Alfa pila, tel un cheval têtu.

Il regarda la Polo s'éloigner jusqu'à ce qu'elle disparaisse et demeura derrière le stop, empêché par ses pensées.

– Commissaire ? Vous êtes là ? Je ne vous entends plus ! Vous avez fait une sortie de route ? s'anima Juvara.

– Non, non... murmura Soneri, vissé à son volant.

Il venait de prendre conscience de tout un tas de choses, comme si ce freinage et ce renoncement représentaient parfaitement son caractère. Était-ce un manque de courage ou un excès de sagesse ? Chaque fois, les événements se traînaient derrière eux une terrible ambiguïté.

– Commissaire, vous m'entendez ? renchérit l'inspecteur.

– Mais oui ! explosa-t-il, exaspéré. Je les ai paumés !

– C'est peut-être mieux, tenta de le consoler Juvara. Vous n'auriez jamais pu les arrêter tout seul.

– Juvara, se radoucit Soneri, tu es un sage.

– Je vous remercie, mais...

– Je te rappelle que ça n'est pas forcément une qualité.

– Ah bon ?

– Il faut un peu d'inconscience, dans la vie. La sagesse empêche l'initiative. Sans inconscience, t'en branles pas une.

L'inspecteur garda un instant le silence : sa façon à lui de ne pas être d'accord.

– Et maintenant, vous faites quoi ? Vous rentrez ?

– Non, je vais d'abord passer à Colorno pour voir le type qui s'est fait voler sa Punto. Tu as dit qu'il s'appelait Montanari ?

– Oui, *dottore*, Amedeo Montanari.

Il entendit des bruits de klaxon derrière lui : quelqu'un faisait des appels de phares pour l'inciter à redémarrer. Il reprit la direction du Pô et s'aperçut qu'il se trouvait sur la route de la digue qui reliait les hameaux riverains en passant par Sacca. Il avait l'impression de planer au milieu des nuages. Seules les branches des peupliers offraient un semblant d'ossature à ce monde vaporeux.

Juste avant le village, il entrevit la structure massive et géométrique de l'usine de concassage. Il rejoignit l'église et son clocher tout en pinacles faux gothique typiques de la région et se gara devant le restaurant *Stendhal*. Puis il gagna la digue à pied pour rejoindre le ponton. À peine eut-il en perspective les cabanes de pêcheurs sur pilotis qu'il découvrit la Polo arrêtée de travers derrière le hangar du cercle nautique : visiblement, le sort voulait qu'ils se rencontrent. Les portières étaient grandes ouvertes, et le moteur chauffait encore.

Le port semblait désert en ce milieu d'après-midi brouillardeux. On entendait seulement le clapotis de l'eau contre le petit embarcadère auquel étaient amarrées une dizaine de barques.

Soneri se dirigea ensuite vers le bâtiment bas de la *Motonautica Parmense*. À l'intérieur, deux vieux se retournèrent paresseusement en le voyant. Au même moment, une vieille connaissance fit son entrée, chaussée de cuissardes de pêche : Nocio.

– Tu tombes bien, démarra-t-il. On vient de nous voler un canot.

Tout se passait trop rapidement.

– Ça fait des heures que je suis à leurs trousses, expliqua Soneri. Ils ont laissé leur voiture ici, ajouta-t-il en montrant la Polo.

– On n'a rien vu. Quand on a entendu la bagnole, on a cru que c'était quelqu'un qui venait jeter un coup d'œil aux bateaux. Ensuite, on a entendu un moteur, mais quand on est sortis, ils étaient déjà loin.

– Ils ont pris quelle direction ?

– Casalmaggiore, affirma Nocio en indiquant le brouillard d'est, le plus épais.

– Tu penses qu'on peut les rattraper ?

– À condition qu'ils n'aient plus d'essence. J'ai eu Biancani au téléphone, son réservoir est quasiment à sec.

Un coup d'œil complice courut entre Nocio et Soneri.

– Ça se tente, dit enfin l'homme.

Ils descendirent la passerelle en se tenant à la corde que l'on avait tirée entre des piquets de fer plantés le long de la berge. Si le ponton dansait sous la poussée du courant, le bateau dansait davantage, et Soneri retrouva cet état de précarité que l'eau lui transmettait toujours. Lorsque Nocio mit son moteur en route et qu'ils s'écartèrent brutalement de la rive, il éprouva la même sensation que lors d'un décollage.

Au centre du fleuve, les berges avaient l'air de reculer, et Nocio capta le malaise du commissaire.

– Sur le Pô, quand tu navigues des jours comme aujourd'hui, tu la sens, la solitude.

Soneri opina du chef et finit par s'ancrer dans cette petite patrie solide glissant au fil de l'eau. Ils dépassaient des troncs, des barils, des tables de bois, des carcasses d'animaux et tout un tas de bric-à-brac flottant, arraché par le courant.

– Au retour, on va les avoir de face, prévint Nocio, vaguement menaçant.

Le bateau tanguait en descendant le courant et s'approchait régulièrement des berges dans l'espoir de tomber sur celui de Biancani.

– S'ils sont malins, ils sont allés côté lombard, raisonna Nocio. Foutre le fleuve au milieu est toujours un avantage.

– Pas dit, rétorqua le commissaire. Si tu sais où tu vas, tu ne fais pas ce genre de calculs.

– Tu penses qu'ils le savaient ?

– J'en ai bien peur.

En pénétrant la vaste anse de Casalmaggiore, le canot tapotait légèrement sur les rides de l'eau. Dorénavant, plus un seul village ne s'offrirait aux berges avant le bourg de Viadana.

– On ne pourra pas aller plus loin que Boretto, signala Nocio en regardant le ciel où la lumière du jour baissait à toute allure, recouverte par des bancs de brouillard. Ça devient sombre, c'est dangereux, y a trop de trafic, conclut-il en jetant un œil à ce qui était entraîné vers l'aval.

Ils croisèrent peu après une grosse embarcation, et Nocio ralentit afin de se décaler d'une dizaine de mètres. L'autre bateau les salua d'un coup de corne et, quelques secondes plus tard, une grosse vague les remua et fit dévier le canot.

– Pourquoi que t'as atterri ici, commissaire ? demanda brusquement Nocio.

– On m'a chargé d'une enquête. Tu es au courant de ces étrangers qui pêchent le silure ?

L'ami haussa les épaules.

– Je me disais aussi. Personne ne vient jamais là par hasard. Ceux qui y sont nés, oui... mais les autres ont toujours une bonne raison.

– Je n'en ai pas toujours eu, protesta Soneri.

– Tu venais pour manger. Chez Bruno, au *Stendhal*.

– Il y en a qui viennent manger et qui ne vont même pas sur la digue...

– C'est vrai. Ce n'était pas ton cas... Disons que tu es un demi-amant.

La lumière continuait de baisser, et Soneri se sentait de plus en plus mal à l'aise dans cet endroit qui paraissait en dehors de tout recensement.

– On est où ? questionna-t-il.

– Entre Viadana et Boretto, répondit Nocio. En face de Brescello.

– Laissons tomber, marmonna le commissaire. Ils nous ont semés.

– Ils avaient de l'avance, reconnut son ami. De toute façon, faut pas tarder, il va bientôt faire noir, on ne pourra plus naviguer. Je sens que Biancani va devoir aller chercher son bateau en Polésine.

– Tu crois qu'ils sont allés si loin ?

– Non, mais ils vont le laisser où ils peuvent, et avec la crue, le courant l'entraînera là-bas.

Nocio commença sa manœuvre pour faire demi-tour en amorçant un grand virage afin de couper à travers le courant. Il s'approcha de la berge lombarde et vira aussitôt vers le mitan du fleuve. Dès qu'ils furent à plat, il monta le régime moteur et le bateau se cabra légèrement, mais il fallut virer encore pour éviter un tronc. À présent, les épaves voyageaient deux fois plus vite que tout à l'heure et déboulaient comme des silures. On se serait cru sur l'autoroute à contresens. L'obscurité croissante, le danger qui venait à leur rencontre ainsi que le sentiment de solitude dans l'extraterritorialité du fleuve rendaient le commissaire nerveux.

– J'ai peur qu'on ait fait une connerie, siffla-t-il en s'adressant plus à lui-même qu'à son ami.

Il s'attendait à ce que Nocio le démentisse, mais celui-ci scrutait le courant sans prononcer un mot. Au bout d'un petit moment, il finit par lâcher :

– Si on en a fait une, va falloir s'en tirer.

CHAPITRE 2

Nocio ralentit sa vitesse et alluma les feux. Campé sur ses deux pieds derrière son petit pare-brise, il faisait penser à une sentinelle sur le qui-vive. Charrié par le courant, un cortège de silhouettes dépareillées et boueuses aux contours spectraux surgissait à l'improviste de l'obscurité. Des branches desséchées et pointues vibraient sous les remous de l'eau, des troncs en partie immergés effleuraient le bateau tels de dangereux cétacés, des tôles éclairées par les phares libéraient brutalement des éclats de lumière, des carcasses de vaches voguaient les pattes en l'air. Une miscellanée de choses arrachées à leurs mondes courait vers l'embouchure pour se sédimenter et débuter leur vie de fossile.

– Le plus fort de la crue ne va pas tarder, constata Nocio, plutôt tendu.

– Si on touche une de ces épaves, on va finir à la flotte, murmura le commissaire.

– Ça sera dur de flotter avec ce courant, dit l'autre. Il y a plus de remous que de poissons.

Soneri contempla l'eau glisser sous le canot, aussi sombre et gonflée qu'un bouillon frémissant.

– Le noir va nous surprendre, on va se faire avoir, bougonna-t-il. Il vaut mieux qu'on accoste et qu'on appelle quelqu'un.

L'autre garda le silence. Un silence pesant, comme le silence du fleuve. L'ami s'accrochait à la barre et fixait sans ciller le profil de l'eau. On voyait à son expression qu'il ne s'arrêterait pas. L'orgueil, sans doute, l'en empêchait. Il baissa de nouveau le régime moteur. Le jour mourait entre les digues, et des obstacles menaçants surgissaient au dernier moment.

– On ne voit plus les berges, dit Soneri.

– Je ne peux pas sortir du canal de navigation, expliqua l'autre. Et puis… prévint-il en détachant une main du gouvernail pour indiquer le brouillard d'un geste ample.

Est-ce que Nocio ne savait plus où il était ? Le monde s'était refermé sur eux, et maintenant ils jouaient à la roulette russe en tanguant au-dessus de dix mètres de fond. Le moteur tournait presque au ralenti. Le courant dévalait, on percevait une sorte de bruissement profond, puissant et terrifiant.

Soneri voulut téléphoner et vit qu'il n'avait pas de réseau. Il repensa alors à ce qu'il s'était passé lorsqu'il avait freiné au carrefour. Inutile de tenter d'échapper aux coups de dés, tôt ou tard, le hasard reprendrait le dessus. Il fixa son regard droit devant, à l'instar de Nocio qui n'avait pas bougé la tête depuis une demi-heure. Un tronc, une plaque pouvaient fendre la coque ; un cadavre de bête, renverser le bateau.

Ils entendirent alors un frottement sous la quille et un frisson parcourut l'échine du commissaire. Debout en équilibre, il se tenait prêt pour l'impact. Puis un panneau de signalisation rouge et blanc apparut et Nocio sursauta. Il mit la barre à bâbord et poursuivit dans la même direction.

– On a fini en Lombardie ? s'inquiéta Soneri.

— Quasi. On est dans l'anse de Casalmaggiore. Il y a un grand tournant, et moi, j'allais tout droit, répondit l'autre. On est bientôt arrivés, prévint-il.

Il lui sembla entrevoir une faible lumière sur la droite, sans doute celle d'un embarcadère de la rive crémonaise. Mais cela ne dura qu'un instant. L'obscurité réabsorba immédiatement le faible scintillement et les ravala tous les deux. À présent, Nocio procédait par à-coups. Il mettait un peu de gaz si la voie était libre sur plusieurs mètres ou, au contraire, décélérait quand une nappe de brouillard soufflait contre la proue. Il surveillait l'amas liquide avec une expression tendue et incrédule. Comme si son fleuve était méconnaissable.

— On ne s'y retrouve plus avec cette purée de pois, ronchonna Soneri.

— L'eau bouge en permanence, dit l'autre.

— Ses locataires aussi, compléta le commissaire en observant les ombres qui défilaient sur le côté. On ne devrait pas tarder à voir le phare de Sacca, présuma-t-il.

— Pas sûr, marmonna Nocio. On a plus de chance de voir la lumière de l'usine. Elle devrait passer le brouillard.

Et en effet, quelques minutes plus tard, ils entrevirent une capsule phosphorescente envelopper un halo jaunâtre.

— La voilà, glissa Nocio en donnant un petit coup bref de marche arrière pour pouvoir accoster sur la gauche.

La lumière augmentait à mesure qu'ils approchaient.

— On va rester proches de la rive pour ne pas rater le ponton, expliqua-t-il.

De ce côté, le fleuve semblait plus calme, comme dans un bras mort. On distinguait toute proche la digue compacte de la zone inondable, les premiers peupliers se dressaient hors de l'eau comme s'ils appelaient à l'aide. C'est alors qu'ils entendirent un choc sur le flanc du canot. Quelque chose de gros avait dû s'échouer dans les fonds et faire saillie comme un écueil invisible dans le noir. Nocio jura toutes les divinités du Pô tandis que le canot gîtait en virant à bâbord en direction de la berge. À cause du choc, le pilote avait heurté l'accélérateur, et le moteur emportait le canot tout droit en direction de la digue. Nocio tenta de reprendre le contrôle, mais Soneri sentit le coup moelleux contre le fond sableux, et la proue se releva comme si elle avait percuté une vague à pleine vitesse.

Ils s'échouèrent sur le flanc. Un peu de boue avait fini à bord, et Nocio recommença à jurer. Il éteignit son moteur en signe de capitulation et descendit en sautant dans la vase. Il attrapa ensuite une corde et un piquet pour s'amarrer.

– Et voilà la deuxième connerie de la journée, marmonna-t-il en lâchant un nouveau juron.

– On est presque arrivés, tempéra Soneri, qui avait déjà commencé à grimper le remblai de la digue.

L'autre ne répondit pas et continua de s'activer. Tout le cercle nautique serait bientôt au courant de l'accident, cela devait lui peser. Quand il eut fini, il hésita un court instant entre surveiller le bateau ou le laisser où il était.

– Si le niveau pouvait monter de dix centimètres... espéra-t-il. Mais ce sera difficile.

Le commissaire évita les commentaires, mais l'autre ne se décidait pas.

– Reviens plus tard, risqua-t-il alors.

– Vas-y, vas-y. Je vais attendre que ça monte. Si ça doit venir jusqu'ici, ça ne prendra pas plus d'une heure. Je n'aurais plus qu'à me remettre à flot et à remonter sur cinq cents mètres.

Soneri escalada la première digue et traversa le champ boueux jusqu'à la digue principale. Après avoir rejoint le chemin de halage, il descendrait au village pour aller voir Montanari. Ses chaussures étaient pleines d'eau, il avait l'impression d'essorer une éponge à chacun de ses pas. Il passa en aval de l'usine et, une fois sur l'asphalte, il entendit des voix provenant de la peupleraie un peu plus loin. Il avança jusqu'à ce qu'il aperçoive un gyrophare et la silhouette sombre du fourgon des carabiniers au milieu d'autres voitures arrêtées.

Il rejoignit le lit d'inondation et tomba nez à nez avec Montesano.

– Cette fois, c'est moi qui suis arrivé le premier, souligna ce dernier.

– Eh oui, avec ce brouillard... dit Soneri dans un sourire. Qu'est-ce qu'il s'est passé ? s'informa-t-il ensuite en indiquant les ombres dans les arbres.

– On a trouvé un mort, renseigna le militaire. Et il n'est pas bien frais.

– Mort comment ?

– On ne sait pas. Avec cette mélasse... Et puis, dans l'état où il est... Il s'est pris la pluie, la bouc l'a pratiquement recouvert, les bestioles aussi...

Soneri sortit son portable et une rafale de messages lui annonça son retour au monde.

– Le médecin légiste est en route ?

– Oui, oui, assura l'adjudant-chef en trahissant une légère impatience. Mais vous savez ce que c'est, nous, on se les caille, et eux, ils prennent leur temps.

Le commissaire prévint le chef de la Scientifique.

– Faut que tu viennes à Sacca, on vient de trouver un mort dans une peupleraie. Il est là depuis plusieurs jours...

– Tu ne pourrais pas trouver tes morts au sec ? Qu'est-ce qu'on a à voir avec Sacca ?

– Je voudrais être sûr que ça n'ait pas de rapport avec la bande des DAB.

– Ah, c'est vrai que t'as joué toute l'après-midi aux petites voitures !

– Je t'enverrai chier quand tu auras examiné ce malheureux, abrégea Soneri.

– Excusez-moi, commissaire, intervint Montesano, mais l'examen relève de notre compétence, nos experts du Ris doivent arriver d'une minute à l'autre.

– Autant jouer collectif, non ? Plus on a de cerveaux, plus on a d'idées, rétorqua sèchement Soneri.

Il s'approcha et découvrit les secouristes volontaires qui éclairaient le cadavre, bien que leurs torches ne permettent pas d'y comprendre grand-chose. La victime était allongée sur le ventre, le visage enfoncé dans la boue, les bras le long du corps et les paumes retournées. Ses jambes étaient écartées, pointes de pied vers l'intérieur. On aurait dit que la boue et les flaques avaient poussé autour de lui pour l'engloutir petit à petit.

Soneri revint sur ses pas et retomba sur Montesano.

– Vous avez une idée… commença-t-il avant d'être interrompu par un militaire qui venait d'allumer une grosse torche.

– Et comment voulez-vous ?! dit le carabinier légèrement ironique.

Soneri s'agaça et alluma son cigare.

– On ne vous a pas signalé de disparition dans le coin ? railla-t-il.

– Non, personne, commissaire, déclara Montesano avec un sourire inexpressif. Tout est en ordre. Pour moi, ça vient d'ailleurs.

– C'est un bon début, commenta Soneri. L'affaire ne relève donc pas seulement de votre compétence.

Il n'avait pas réfléchi avant de parler : le genre de réaction à l'emporte-pièce qui aurait fait sourire le Ris et Nanetti.

– Vous savez, les cadavres, je vous les laisse volontiers, se dépêcha d'ajouter Montesano.

– Je n'aime pas non plus jouer les croque-morts, coupa court le commissaire avant de s'éloigner.

Il regagna la route pour faire une petite marche et relâcher la tension. Son téléphone sonna à cet instant.

– Commissaire, je vous avais perdu... s'inquiéta Juvara.

– Arrête d'être sur mon dos ! s'irrita Soneri. Je ne vais pas te prévenir de tous mes faits et gestes !

– *Dottore*, s'excusa l'autre, c'est qu'après la course-poursuite...

– Tu as raison. Pardonne-moi. Mais à la fin de la course, j'ai vu le danger d'encore plus près, expliqua-t-il.

L'inspecteur n'eut pas le courage de s'informer davantage. Soneri développa :

– J'ai retrouvé la Polo à Sacca, sur le parking du port nautique. Ils l'ont abandonnée avant de prendre la fuite avec un bateau. On les a suivis sur le fleuve, mais ils avaient trop d'avance. Ensuite, il a fait trop noir... Et maintenant, à peine débarqués, on vient de trouver un mort.

– Un mort ?

– Oui, et on ne sait pas qui c'est, poursuivit Soneri. Ils n'ont aucun signalement de disparition dans les environs, ce qui m'amène à penser...

– Quoi, *dottore* ?

– Qu'il s'en passe un peu trop, par ici. D'habitude, à Sacca, c'est le calme plat.

— Commissaire, reprit Juvara, ce n'est peut-être pas le moment, mais Capuozzo voudrait savoir si vous avez trouvé quelque chose à propos des Hongrois...

— Laisse tomber, le coupa Soneri, dis-lui que je n'ai rien trouvé.

Il raccrocha pour reprendre la route lorsque son téléphone se remit à sonner.

— Où tu as disparu ? questionna Angela d'un ton inquisiteur.

Il faillit s'énerver encore, mais il s'était déjà défoulé avec Juvara.

— Là où j'étais, je n'avais pas de réseau.

— Ben voyons ! s'exclama-t-elle, sarcastique. Dans un autre monde ? Dis plutôt que tu l'as éteint.

— Dans un autre monde, absolument, assura le commissaire. Sur le fleuve, et j'ai failli tomber dedans.

— Tu aurais dû y balancer ton téléphone, de toute façon, pour ce que tu t'en sers... Ou alors, tu étais très occupé... insinua-t-elle, pleine de sous-entendus.

— Il n'y a que moi qui aie le droit d'être jaloux ! décréta Soneri de manière intraitable.

Angela éclata de rire.

— Et maintenant, tu as remis les pieds sur terre ? Tu ne sais même pas nager.

— Non, plutôt dessous, fit le commissaire en regardant ses chaussures couvertes de boue. Je dois aller chez un type à qui on a volé la voiture pour un braquage.

— Je t'attends, ce soir ?

— Je ne sais pas à quelle heure je vais rentrer.

— Tâche de me faire signe avant que j'aie envie de sortir, conclut-elle du même ton allusif.

Soneri ne supportait pas qu'on lui mette la pression. Depuis un certain temps, Angela avait pris ce défaut typiquement féminin de le tenir sur le gril, heurtant ainsi sa nature anarchiste plus encline au vagabondage, tant dans la vie que dans ses enquêtes. Exactement comme à présent où sa curiosité le poussait à retrouver Manotti alors que le climat donnait plutôt envie de s'attabler devant une assiette d'*anolini* au bouillon.

De toute façon, le *Stendhal* n'était pas ouvert, autant reprendre le volant pour aller voir Montanari.

C'était un vieux monsieur qui habitait avec sa femme dans un trois-pièces dénué de goût, en périphérie de Colorno.

– Elle est bonne pour la casse, se plaignit l'homme en parlant de sa voiture. Aussi froissée qu'un vieux mouchoir.

Il continuait de maugréer pendant que Soneri expédiait les formalités tout en réalisant qu'il n'avait pas de questions à lui poser. Montanari ne s'était aperçu de rien quand on la lui avait volée. Il l'avait laissée sur le parking à côté du monument aux morts, et à son retour, elle n'était plus là. Les habituelles déclarations inutiles. Ils se turent un instant, puis le commissaire demanda :

– Vous savez où je peux trouver Manotti ?

Il comprit alors la raison inconsciente qui l'avait amené jusqu'ici.

– Le commandant ?
– Lui-même.
– À Sacca, il faut prendre le halage et suivre la digue en direction de Mezzani. Ça doit bien faire quatre kilomètres. Il habite une maison isolée en plein milieu d'une peupleraie, renseigna l'homme.

Soneri le salua et l'autre l'accompagna jusqu'au portail.

– Maintenant, je me retrouve à pied, murmura-t-il, comme s'il avait perdu davantage qu'une voiture.

Le commissaire retourna à Sacca en reprenant l'Asolana sur quelques kilomètres. Des poids-lourds revenaient du pont de Casalmaggiore en direction de Parme, roulant péniblement dans la vapeur épaisse. Il repassa devant le *Stendhal*, mais celui-ci était toujours fermé. En pleine semaine et par un temps pareil, personne n'avait envie de dîner dehors. Sur le chemin de halage, il roula de nouveau en plein cœur des nuages. À gauche, le Pô restait dans l'ombre, et sur la droite, on percevait les faibles lumières des maisons sous la digue. Il s'arrêta à la vue du gyrophare des carabiniers qui balayait en zigzag l'obscurité profonde. Au même moment, il entendit une voiture qui freinait derrière lui.

Il reconnut la démarche onduleuse de Nanetti, accompagné de trois de ses hommes.

– Si tu m'étais rentré dedans, j'aurais été obligé d'appeler les carabiniers pour les relevés, plaisanta Soneri en lui montrant Montesano qui téléphonait à côté de sa fourgonnette.

– Avec le flair que tu as pour les emmerdes, ça aurait pu arriver, grogna Nanetti.

– Je te mets en valeur : tu es là avant les gars du Ris.

– Il les a appelés ? s'enquit son collègue en désignant le carabinier du menton.

– Tu pensais qu'il renoncerait ?

– Bien ! grinça Nanetti. Non seulement un bled à grenouilles, mais aussi la concurrence.

En attendant, la Protection civile avait apporté du matériel d'éclairage, et de nombreux habitants s'étaient mis en rang sur la digue, croyant que tout ce mouvement était là pour la crue.

Le groupe électrogène commença à ronfler, mais lorsque les gros projecteurs s'allumèrent, la scène ne fut pas suffisamment éclairée pour permettre à Nanetti de travailler comme il se doit.

– Je ne peux rien faire, soupira-t-il en écartant les bras. On n'a plus qu'à mettre des barrières en espérant y voir plus clair demain, conclut-il.

C'est alors que le médecin légiste et la juge d'astreinte surgirent de l'obscurité. Soneri fut soulagé de reconnaître la Marcotti. Sa chevelure immaculée ressortait de manière unique dans la lumière artificielle. Peu après, les hommes du Ris firent irruption, habillés de combinaisons blanches.

– Voilà les infirmiers, railla-t-elle.

La Marcotti avait un gros rhume, on voyait qu'elle souffrait d'être sur le terrain. Sans tarder, elle fit signe à Soneri et Montesano de la suivre. Elle réunit également le chef de la Scientifique et le responsable du Ris. Ils montèrent tous les cinq dans le fourgon des carabiniers.

– Ils nous font jouer à l'extérieur, critiqua à son tour Nanetti.

Soneri monta à contrecœur : il ne supportait pas ces réunions de groupe, d'autant plus lorsque la situation paraissait suffisamment claire.

– Je pense qu'il faut enlever le cadavre et revenir demain matin, décida la Marcotti. En admettant qu'il y ait davantage de lumière, précisa-t-elle après une pause. Ce soir, je ne pense pas que l'on puisse faire grand-chose. Vous avez des indices sur son identité ?

Tous se tournèrent vers Montesano.

– Non, *dottoressa*, on est en train de chercher dans les communes voisines, mais pour l'instant, personne n'a signalé de disparition.

La juge fronça les sourcils.

– Bon, dès que le médecin légiste aura fini, et par acquit de conscience, procédez à une perquisition sommaire et prenez des photos de ce que vous pourrez voir, recommanda-t-elle.

– Ensuite, on met les barrières... intervint le carabinier.

– Évidemment, acheva la Marcotti.

Soneri rouvrit la portière pour descendre le premier. Il avait envie de se perdre dans le brouillard. Il longea la digue sur plusieurs mètres en tentant de percer l'obscurité de ce monde éternel et toujours en mouvement. La maison du commandant ne devait pas être bien loin : il suffirait de suivre le chemin jusqu'aux derniers aboiements de chiens. Manotti habitait juste après cette limite.

Il remonta dans son Alfa et remit le moteur en marche. Il repassa derrière les phares qui éclairaient le Pô en jetant des pétales de lumière à l'entour et vit progressivement la scène s'estomper derrière lui en prenant un aspect laiteux. Puis ce fut à nouveau le noir. De temps à autre, on apercevait une tache claire en contrebas, juste dessous la digue, où les habitations étaient soumises au fleuve. Ensuite, en roulant au pas, plus rien pendant plusieurs minutes, puis une balise réfléchissante, et enfin, le portail.

Il s'arrêta juste devant et descendit de voiture sans éteindre ses feux. Si Manotti était chez lui, il raconterait ce qu'il se trame dans cette zone désertée du Pô, ce no man's land accessible à n'importe qui, où les domaines avaient viré les derniers habitants en rachetant tous leurs bâtiments, abandonnés maintenant à la flotte et aux chauves-souris. Il siffla pour appeler le chien, au cas où le vieux Stalin serait encore vivant, mais il n'obtint aucune réponse. Alors il poussa le portail et entra dans la cour. Il quitta le faisceau des phares et dut sortir sa lampe de poche. À dix mètres du seuil, il entendit un bourdonnement, mais à mesure qu'il avançait, il distingua clairement des voix. Il n'en fut réellement certain qu'après avoir reconnu le célèbre refrain d'une publicité. Manotti avait dû s'endormir devant la télé.

Il remarqua la clé dans la serrure, comme si l'homme était dans les parages. Pourtant, le noir, le silence et l'immobilité rendaient toute présence improbable. Il évita d'ouvrir la porte et contourna la maison en longeant le mur. À l'angle, il entrevit à une fenêtre le scintillement de la télévision épaissi par le brouillard extérieur. Il lorgna à travers la vitre, mais la pièce était plongée dans le noir et l'on ne voyait que l'écran. Il revint à l'entrée, hésitant à sonner. Il appela plutôt. Une première fois, puis une seconde, en insistant. Seul le silence lui répondait, il commençait à s'inquiéter. Il tourna finalement la clé.

Une puanteur irrespirable qu'il reconnut immédiatement le refoula dehors. Il ouvrit complètement la porte pendant quelques minutes et s'alluma un cigare pour couvrir le relent de décomposition. Décidément, cette journée interminable ne cessait d'éprouver sa muqueuse olfactive : d'abord l'odeur du vin échappé des bouteilles, ensuite l'odeur du fleuve et de l'herbe pourrie, enfin, cette puanteur de mort. Et lui qui rêvait de sentir le parfum d'Angela en pressant doucement ses lèvres sur son cou.

Il tira des bouffées de son cigare et décida d'entrer. Il ouvrit une des fenêtres pour faire un courant d'air et, après une seconde d'hésitation, alluma la lumière. Le néon se mit à clignoter et dévoila soudain une scène de film d'horreur. Manotti n'avait plus rien d'humain. Tout ce qu'il en restait reposait sur un fauteuil branlant dans un coin de la pièce, rien d'autre qu'une carcasse qui se serait effondrée. La peau ridée collait aux os du crâne et de la face comme une simple taie, son corps supportait des vêtements avachis, ces derniers empêchant le squelette d'imploser. Des mèches de cheveux pendaient sur le côté, et sous le fauteuil, une grosse tache avait séché sur le carrelage et s'était volatilisée, tout comme la vie du commandant. À côté de la momie, un tas de poils roussâtres aplatis sur le marbre : le chien Stalin.

Soneri aspira son cigare avec avidité pour chasser le relent qui avait imprégné toute la maison. Puis il prit son portable et appela Nanetti :

– Prends ta voiture et roule en direction de Mezzani pendant deux kilomètres. On a un nouveau mort.

– Quand je disais que t'avais du flair pour les emmerdes ! C'est où ? s'informa son collègue.

– Roule à peu près deux kilomètres, je suis garé devant le portail. Les phares sont allumés, ça évitera que tu me fonces dessus.

– Parle pour toi, ce n'est pas moi qui fonce sur des cadavres ! Qui est-ce ? Un autre inconnu ?

– Non, cette fois, on le connaît bien : le commandant Manotti, le partisan.

– Manotti ? s'étonna Nanetti. Ça faisait un bail qu'on n'avait plus de nouvelles.

– En effet, confirma le commissaire avec mélancolie. Je te préviens, il pue la mort. Tu vois ce que je veux dire ?

– Oh mon Dieu, ne me dis pas que les vers sont déjà là…

– Les vers se sont déjà barrés. Il n'y a presque plus rien à rogner.

Il raccrocha et se souvint alors de la télévision qui diffusait une émission de variétés où tout le monde riait parmi des filles à moitié nues. Elle devait être allumée depuis la mort de Manotti, autant dire un bon moment.

Le corps ne présentait aucun signe de violence. L'apparence spectrale du commandant exprimait une sorte de tranquillité. Sans doute qu'un infarctus ou une attaque cérébrale l'avait cloué sur son fauteuil tandis qu'il regardait la télé dans sa maison perdue, plongée dans le brouillard. Le Pô aussi l'avait abandonné : la crue n'avait pas eu la force de franchir la digue. L'amertume serra la gorge du commissaire. Il se souvenait des photos de Manotti défilant dans les rues le 25 avril, à la tête du détachement Garibaldi. Lui, le partisan de la plaine, marchant avec fierté, entouré de ses hommes. Et puis la carrière politique, les années au Parti, contraint à une discipline qui s'accordait mal avec son caractère. Enfin l'oubli, à petit feu, jusqu'au néant.

Soneri n'arrivait pas à s'habituer au sentiment d'absurdité que toute mort engendrait. D'autant plus à l'âge des bilans, quand bien souvent les comptes n'y étaient pas. Toutes les histoires humaines sur lesquelles il tombait lui paraissaient grotesques, et pas très différentes de celles qui défilaient dans l'émission télévisée. Il sortit de la pièce et monta à l'étage. La chambre était sens dessus dessous. Des tiroirs étaient renversés sur le carrelage, le lit avait été défait, le matelas, éventré. Des voleurs avaient dû terminer le travail du temps, après que celui-ci avait tout emporté : la mémoire, et ce qu'avait représenté le commandant. Soneri promena son regard sur les murs et constata qu'il manquait la médaille de la Valeur militaire que Manotti avait reçue après la Libération. On ne la lui avait même pas laissée. Tout avait été vain, et sa peine, inutile.

Au bord des larmes, étouffé de colère, le commissaire redescendit et alluma toutes les lumières, comme s'il voulait chasser une faute dont il prenait aussi la part. Puis il sortit de la maison et attendit Nanetti près du portail. Il remarqua la boîte aux lettres qui débordait de courrier et de factures, mais l'arrivée de ses collègues, suivis de peu par la Marcotti et le médecin légiste, l'empêcha de les éplucher.

— Si la journée continue comme ça, on va finir par assister à un massacre, commenta la juge. On vous a donné un tuyau pour atterrir ici ? s'enquit-elle.

Le commissaire secoua la tête.

— Non, je le connaissais, il faisait partie des hommes que j'estimais le plus. Un type à qui l'on doit énormément.

La femme le fixa respectueusement, acquiesça et entra dans la maison.

— Votre rhume va vous sauver, l'avertit Soneri en faisant allusion à l'odeur.

— Il est mort depuis longtemps ?

— Un bon bout de temps, répondit le commissaire.

Le médecin légiste sembla impressionné par l'aspect du cadavre et déclara qu'il était là depuis au moins un mois et demi. Il signa l'autorisation de retrait du corps, et la Marcotti donna rendez-vous à Nanetti le lendemain pour avoir son rapport. En attendant, elle lui signerait l'autorisation pour l'autopsie des deux cadavres. Ne restèrent plus que Soneri, Nanetti, et trois agents de la Scientifique.

— Qu'est-ce que tu en penses ? demanda le commissaire à Nanetti.

— Qu'il ne méritait pas une fin de ce genre.

— Je suis d'accord. Tu t'en souviens ?

— Bien sûr ! Un type pareil, ça ne s'oublie pas. Pourtant, on est les seuls à se le rappeler.

La télévision continuait de balancer ses messages grotesques : cheveux gras, pellicules, intestins paresseux, chats manquant d'appétit, sopalin super absorbant, vitamines pour seniors, pastilles contre la toux… Et puis des seins, des culs, des cuisses, un écureuil qui pète…

— On ne pourrait pas éteindre ? réclama le commissaire.

— Attends que mes gars jettent un coup d'œil. Parfois, on peut remonter à la date de la mort avec les changements de chaîne sur le menu service.

— Tu crois qu'on peut tomber plus bas ?

— Va savoir, dit Nanetti. Ce qui est sûr, c'est que les temps ont changé.

— Quand je pense à tous ceux qui ont laissé leur peau à vingt ans, murmura le commissaire.

— Au moins, ils ne voient pas où on a fini, résuma son collègue avec cynisme en montrant les publicités.

Un des hommes de la Scientifique s'interrompit dans son travail pour zyeuter sur l'écran une célèbre *soubrette*[1] interviewée dans l'émission de divertissement.

— Le monde change tellement vite, c'est presque idiot d'avoir de la mémoire, tenta de justifier Nanetti. On n'arrête pas de faire des efforts pour s'adapter... Regarde tous ces machins qu'on utilise : au bout d'un mois, ils sont déjà hors d'âge, et faut les remplacer. Ton téléphone est bon pour le musée. Tu ferais mieux de t'acheter un portable qui prend des photos et qui navigue sur Internet...

— Fais pas chier ! gronda Soneri.

— Ho, collègue ! Je ne m'appelle pas Juvara, moi, hein ! le menaça Nanetti. On est d'accord, c'est juste pour t'expliquer. Tu vois bien qu'aujourd'hui il n'y a plus de différence entre les gens et leurs machines. Les hommes vieillissent aussi vite que les engins qu'ils manipulent, on oublie tout en un clin d'œil. Comment tu veux réfléchir et avoir de la mémoire si tu dois changer tes habitudes toutes les deux secondes ?

---

1. En français dans le texte. (Toutes les notes sont de la traductrice.)

Le commissaire n'avait jamais éprouvé un aussi grand malaise, comme si tous ses repères lui étaient arrachés. Il eut soudain besoin de se jeter physiquement dans le brouillard, d'aller courir au beau milieu des peupliers : au moins, il s'y sentait chez lui, comme une bête dans son habitat.

– Quel monde de merde, conclut Nanetti.

La télévision attira brusquement leur attention. Ils se tournèrent vers l'écran où venait d'apparaître le visage impudent d'un ancien engagé de la République de Salò recyclé dans la politique.

– Ils les sortent des égouts ! s'exclama Nanetti.

Le commissaire bondit comme une furie et appuya sur une dizaine de touches avant de trouver celle qui éteignait le poste.

– Épargnons-nous au moins ça, siffla-t-il en sortant après avoir fixé une dernière fois ce qu'il restait du commandant.

CHAPITRE 3

Le *Stendhal* n'avait pas beaucoup changé, à part quelques ajouts en l'honneur de la clientèle parvenue provinciale : un panier d'épis de blé dorés, une roue de charrette peinte, un pot de lait en cuivre rutilant, un joug de bœuf accroché à un mur. Juste ce qu'il faut de mauvais goût, comme dans les publicités. Le menu s'était également adapté aux nouveaux palais, ainsi que le fit justement remarquer Nanetti.

– Ils ne proposent plus les *pesci puttana*, se désolat-il. Tu t'en souviens quand ils nous les servaient dans des cornets ?

Soneri vit resurgir des saveurs assoupies. Les *pesci puttana* – « poissons putains » – étaient de minuscules créatures du Pô frites dans l'huile, au goût inimitable.

Puttana, parce qu'elles allaient avec tout.

– Le monde change, collègue, sourit-il avec amertume.

Bruno aussi avait vieilli, mais comme un bon *culatello*. Ils décidèrent de commencer par un plateau de charcuterie, et lorsqu'il commanda le vin, le commissaire songea au fortana qu'il avait dans son coffre.

– Ce soir, j'ai envie de bonarda, trancha-t-il, d'un bon vin charpenté qui vous console comme une grosse femme.

Bruno approuva en riant tandis que le téléphone de Soneri sonnait : Angela.

– Alors ? Tu viens ?

– J'ai eu du retard, on a trouvé un deuxième mort. Je dîne et j'arrive.

– Comme tu veux, de toute façon, j'ai des trucs à faire, le rembarra Angela, un peu vexée.

– Excuse-moi, mais j'avais besoin d'un petit remontant...

– Je ne te fais pas d'effet ?

– Je ne voulais pas que tu me voies trop cabossé. Tu es toujours obligée de recoller les morceaux...

– C'est mon métier d'assister les gens en miettes, dit-elle en prenant congé.

– Tu t'es fait engueuler ? ricana Nanetti après que Soneri eut raccroché.

Le commissaire haussa les épaules et changea de sujet :

– Tu as trouvé quelque chose sur le cadavre du Pô ?

– Un trou dans la tête. Probablement tiré par-derrière, dans la nuque.

– Pistolet ?

– Je ne crois pas, réfléchit son collègue. Je pencherais davantage pour une arme rapide et puissante. À première vue, la balle a pris une trajectoire quasi horizontale avant de buter contre le front, un peu au-dessus du nez.

– J'ai l'impression d'une sale affaire, marmonna Soneri en opinant. Et puis, dans ce genre d'endroit...

– Collègue, rien de mieux pour les règlements de comptes. D'un côté le Pô, de l'autre, la digue, et au milieu, quatre baraques de vieux.

Le commissaire se mit à célébrer la messe en soulevant à contre-jour une rondelle de saucisson en guise d'hostie tandis que l'autre l'observait en souriant.

— On en saura certainement plus quand on connaîtra son identité, reprit-il en dégustant cette fois une tranche de *culaccia*. Tu n'as pas remarqué qu'ils ont un truc en commun, lui et le commandant ?

— Non, quoi ?

— Personne ne les cherche.

— Tu crois que c'est pour la même raison ?

— Je ne sais pas. Peut-être parce que les deux n'ont personne, supposa Soneri.

— Et si c'était un étranger ? insinua son collègue. Je sais que Capuozzo s'est beaucoup excité sur l'histoire des pêcheurs de l'Est. Il est persuadé que ce sont des trafiquants d'armes.

— Tu écoutes encore ce couillon ? s'emporta le commissaire. Dans l'administration, plus ils sont bêtes et disciplinés, plus ils font carrière.

— Ça ne vient pas de Capuozzo, ça vient du procureur en chef de Mantoue. C'est lui qui lui a mis cette idée dans le crâne.

Soneri fit signe de laisser tomber.

— Aujourd'hui, tout le monde dit des conneries pour passer à la télé ou finir dans les journaux.

— Et Manotti ? reprit Nanetti. Comment il est mort ?

— C'est à toi de me le dire, rétorqua le commissaire.

— Dans l'état où il est, c'est le médecin légiste qui a voix au chapitre. Il aura besoin d'un peu de temps.

Bruno apporta les *anolini* au bouillon, et Soneri profita de la salle à moitié vide pour ôter ses chaussures trempées. La tension de la journée se relâchait doucement, il aurait volontiers prolongé la soirée jusqu'au petit matin, en buvant et mangeant. Sans doute était-ce en de pareils moments que naissaient les histoires du Pô, quand le brouillard exalte l'imagination. Parce qu'il faut bien rêver lorsque l'on n'y voit rien.

— Tu as une idée ? lança Nanetti.
— Aucune, affirma le commissaire.
— Je ne te crois pas. Je t'ai vu dans la fourgonnette, tu étais impatient. Quand tu es dans cet état, tu as quelque chose en tête.
— Seulement sur Manotti.
— C'est-à-dire ?
— Je ne pense pas qu'on l'ait tué. Pour moi, il s'est laissé mourir, avança Soneri.
— Un type de sa trempe ? Il a passé sa vie à se battre…
— Contre de vrais ennemis, pas contre l'indifférence qui te consume à petit feu. Il était capable d'affronter une patrouille de SS, pas ce qui n'a aucun sens. Il me donne l'impression d'avoir tenté vainement de se tailler un rôle. Quand tu prends ce genre de pente, tu en es réduit à regarder vivre les autres, et là, c'est la mort qui commence. Va savoir, il a peut-être regretté de ne pas avoir été tué par un fasciste ? La haine t'offre toujours un rôle à jouer.
— Parfois, je ne sais même pas quel est le mien. Glaner des bouts de cadavres et rédiger des rapports qui atterrissent dans des dossiers sans être lus, bougonna Nanetti. Si, au moins, je faisais un métier agréable…
— J'ai entendu que le commandant était mort, les interrompit Bruno en s'approchant de leur table. C'est pour ça que tu es là.
— Dis que je porte la poisse, répliqua Soneri.
— Comment c'est arrivé ?
— Il a pourri chez lui sans que personne ne s'en aperçoive.

Bruno resta un instant sans rien dire, il paraissait touché par cette révélation. Il posa sa main sur la table pour ne pas perdre l'équilibre.

— Sans que personne ne s'en aperçoive…

— J'avais décidé d'aller le voir, je suis arrivé un mois trop tard, se repentit le commissaire.

— J'habite à San Polo, maintenant… Mon restaurant m'occupe beaucoup…

— Ne t'en fais pas, le rassura Soneri. Il n'y a pas qu'un responsable, et les raisons ne manquent pas. Le monde est rempli de personnes seules qui résistent jusqu'au bout.

— Pourquoi Manotti…

— Je ne sais pas. Tout est possible. Ajoute son âge…

— Et l'autre ? Celui qu'ils ont trouvé dans le champ ? voulut savoir Bruno.

— On n'en sait rien non plus. Disons que pour lui, la cause est plus…

— On l'a tué, c'est ça ? Au cercle nautique, personne ne sait qui c'est, on dit que c'est un étranger.

— Mais tu peux m'expliquer pourquoi tout le monde en est si sûr ? s'emporta le commissaire. Dès qu'un truc ne va pas, c'est toujours un étranger !

— C'est ce qu'on dit, moi, j'en sais rien, se défendit Bruno. Y en a plein dans le coin, ça doit être pour ça.

— Des pêcheurs ? interrogea Nanetti.

— Oui, de silure. Ils en raffolent à l'Est, en Chine aussi, d'ailleurs. Au final, ils pêchent de tout, même si le Pô n'a plus grand-chose à offrir.

Soneri ne rentra pas dans la conversation. Le sujet le fatiguait autant que l'hypothèse de Capuozzo. Il laissa Nanetti continuer ses questions avec une pointe de perfidie.

— D'où ils viennent ?

— De Hongrie et de Slovaquie, répondit Bruno. D'autres pays, je ne sais pas.

— Tu ne les as jamais vus ici ?

— Non, ils se tiennent à distance. Ils installent leurs caravanes au bord de l'eau. Ça a l'air de leur plaire d'être à côté du fleuve. Même l'été, avec les régiments de moustiques. Sont pas du genre à se faire remarquer. Qu'est-ce qu'ils viendraient faire à Sacca ? Avec nos quatre baraques autour de l'église…

— Ils vivent dans les caravanes ? insista Nanetti tandis que Soneri se versait un autre verre de bonarda.

— Ah, ça ! s'exclama Bruno. Peut-être la journée. Ils n'ont pas besoin de grand-chose, c'est d'anciens militaires, ils ont l'habitude. Tout ce que je sais, c'est qu'à l'aube un camion frigorifique vient récupérer le poisson. Ils le livrent directement en filets. Le camion charge et il s'en va.

— Eh ouais, grogna le commissaire. Les étrangers vont partout où ils peuvent pour faire les boulots les plus pourris. Qui d'autre irait pêcher dans le Pô ces horribles bestiaux de cent kilos ?

Bruno écarta les bras en signe d'assentiment. Le commissaire avait l'air énervé et, par respect, l'hôte préféra se taire. Puis il changea de conversation :

— Vous prendrez autre chose ?

Nanetti fit signe que ça allait, et Soneri l'imita après une seconde d'hésitation. Son euphorie s'évaporait. Il renfila ses chaussures et le contact froid sur ses pieds ne fit qu'un avec son malaise.

— Allons nous coucher, décida-t-il dans l'un de ses élans.

Il observa le brouillard derrière la vitre de la porte d'entrée en attendant que Nanetti le rejoigne. On distinguait à peine la façade de l'église, à gauche de la digue, enveloppée par le halo plus clair des lampadaires. Ils sortirent sur le seuil, seules âmes vivantes parmi ces quelques murs. Un chat leur coupa la route et se faufila dans la trouée d'une haie. Tout courait se mettre à l'abri à l'heure du couvre-feu. Ils se saluèrent d'une main pour ne pas gâcher le silence.

— Tu pues la fiasque ! l'accueillit Angela dès qu'il entra chez elle.
— C'est le fortana… se défendit Soneri. J'ai des bouteilles dans le coffre, des bouchons ont sauté.
— Si les carabiniers t'arrêtaient, rien qu'à l'odeur, tu te prendrais un retrait de permis.
— Ne me parle pas des carabiniers !
Angela l'enlaça, et il la serra contre lui.
— Est-ce que toi, au moins, tu vas rester avec moi ? chuchota-t-il.
Elle se recula d'un pas pour le fixer, un peu surprise.
— Qu'est-ce qui t'arrive ?
— Je te demande si tu veux rester avec moi ou si tu veux me quitter. En prévision.
Malgré tout le sérieux du commissaire, Angela se mit à rire. Il avait un peu honte de montrer sa fragilité, mais dans certaines circonstances, ses considérations ou sa rationalité n'arrivaient pas à le calmer. Et sa compagne était la seule avec laquelle il se laissait aller. Il espérait qu'elle le rassure, mais les mots attendus ne furent pas prononcés. Il mesura alors l'étendue de sa solitude. Même entre deux personnes si proches, l'incommunicabilité savait parfois être abyssale.
— J'aimerais vraiment savoir ce que tu as dans la tête, reprit Angela. Tu me surprends. C'est peut-être ça que j'aime en toi ?
Soneri resta muet, de plus en plus frustré de ne pas entendre de paroles libératrices.

— Tu pourrais te forcer, bon Dieu ! explosa-t-il en laissant échapper sa phrase comme il aurait lâché un rot.

Elle redevint sérieuse et se détacha de lui.

— Qu'est-ce que tu veux que je te dise ? Que je te promette l'amour éternel jusqu'à ce que la mort nous sépare ? Ce n'est pas toi qui dis que ce genre de phrase n'a aucun sens ?

Le commissaire savait qu'Angela avait raison, mais la tension de la journée, couplée à la sarabande d'émotions qu'il avait éprouvées, y compris son sentiment de culpabilité envers le commandant, avaient perforé sa cuirasse jusqu'à toucher sa chair.

— Parfois, ce sont les choses qui ne veulent rien dire qui comptent le plus. On n'est pas qu'un cerveau, on a aussi des émotions, murmura-t-il.

Elle l'étreignit une nouvelle fois, un geste qui résumait bien des promesses. Sentir le corps de sa compagne, s'unir à un autre que soi : c'était sans doute cela, la solidarité.

— Ça te coûte à ce point de me dire deux-trois conneries ? s'entêta cependant Soneri.

— Ce n'est pas la question. J'aurais l'impression de me foutre de toi… raisonna Angela. Je pourrais te promettre de ne jamais te quitter, mais tu sais parfaitement que c'est complètement idiot. Y a rien de plus con que de se projeter.

— Justement, puisqu'on vit le moment présent, on pourrait au moins se laisser aller le temps qu'il dure, renchérit-il.

— C'est marrant, ce besoin de confirmations : d'habitude, tu te suffis à toi-même.

— À force de tout laisser tomber… Quand je pense à Manotti… Un homme qui a symbolisé la Résistance pendant tellement d'années… Un type qui échappait aux ratissages en s'élançant d'une rive à l'autre du Pô, et qui a pourri chez lui. Tu comprends ? Personne n'est venu le voir. C'est ça qu'on est devenus ?

– Faudra jamais devenir étranger l'un à l'autre. Même si on se sépare, décréta Angela.

– Voilà, *brava*, commenta Soneri en souriant tristement. C'est exactement le genre de conneries que j'ai envie d'entendre.

Elle lui donna une bourrade avant de le serrer à nouveau dans ses bras. Angela aussi avait le sourire triste.

– Tout est tellement fragile, chuchota-t-elle, la bouche sur son épaule. Presque sans consistance.

– Je vois de plus en plus de gens se battre pour s'en sortir, ça me donne envie de pleurer. J'ai comme un sentiment de vide, je me demande ce que ça veut dire. J'observe les autres autour de moi, mais c'est à moi que je pense, dit Soneri.

Angela acquiesça en remuant la tête sur son épaule.

– C'est l'âge ? ironisa Soneri.

– J'y pensais aussi à vingt ans, mais l'étau se resserre, lui dit-elle en retour.

– Alors, profitons du présent, répéta Soneri en la serrant très fort.

Ils se caressèrent longuement. Que toutes leurs réflexions débouchent sur cette chose aussi simple et immédiate que des caresses faisait sourire le commissaire. Mais quand l'excitation monta, le regard vide de son aimée lui prouva qu'elle était ailleurs. Son désir retomba à zéro, et la momie du commandant réapparut devant ses yeux. Il se détacha d'elle.

– Qu'est-ce qu'il y a ? s'inquiéta Angela.

– Tu es ailleurs, et moi aussi. On pense à autre chose.

– Ce n'est pas vrai, protesta-t-elle, déçue. J'ai besoin de temps pour me laisser aller.

– Tu n'étais pas comme ça quand on s'est connus.

– Tu es très susceptible, lui reprocha-t-elle. Ta journée t'a secoué, tu es sur le qui-vive. Tu bondis comme un serpent à sonnettes.

– Tu penses à autre chose. Je ne t'excite plus. J'aurais mieux fait de te laisser partir avec ton collègue…

– Encore ? Je dois te le dire combien de fois que j'en ai plus rien à faire ?

– Il t'appelle, vous vous téléphonez. Et je ne crois pas que tu l'envoies balader.

Angela souffla.

– Je devrais le maltraiter ? Il tente, il ne se résigne pas, c'est tout. Tôt ou tard, il finira par comprendre et il laissera tomber.

Soneri se tut et resta immobile sur le canapé, les yeux dans le vague.

– On dirait un gosse, avec ton besoin absolu de certitudes. Tu es merveilleusement désuet, comparé à ceux qui se vautrent dans le changement et jouissent du provisoire, susurra-t-elle d'un regard doux et compatissant.

– C'est justement ça que je ne peux pas supporter, gronda-t-il entre ses dents. Ça et ces trois ou quatre principes de merde qu'on m'a fourrés dans le crâne quand j'étais petit.

Il repensa à la course-poursuite de l'après-midi, quand la Polo avait bravé le sort et le brouillard épais en traversant la nationale.

– Je n'aurais pas dû freiner, j'aurais dû tenter le coup… dit-il à voix basse.

– Qu'est-ce que tu marmonnes ?

– Rien, je pensais tout haut.

– Je suis en train de me dire que l'avocat Frascaroli connaissait bien Manotti. Tu sais, le doyen… dit Angela en changeant de sujet.

— Il est toujours en activité ?
— Un procès par-ci par-là. Il a plus de quatre-vingts ans.
— Le commandant était assez connu. Ça rend d'autant plus grave la façon dont il est mort. Et ça prouve que tout le monde l'a oublié, en déduisit Soneri.
— On a tendance à croire que les combattants n'ont besoin de rien, mitigea-t-elle.
— Mais non, il a été isolé, et tout le monde l'a lâché. Le genre de cynisme dont la gauche est capable. Au nom d'un parti, d'une idée ou de je ne sais quoi de supérieur à la vie des individus. Ce genre de conneries ! pesta le commissaire.
— Je pourrais descendre chez Frascaroli. Il a un faible pour moi, il me raconte souvent son passé.
— Si tu vas dîner chez le doyen, je ne suis pas jaloux. Si c'est le doyen.
Elle lui donna un coup de coude.
— Je ne suis pas sûr qu'il te fasse beaucoup de confidences : dès qu'il s'agit de la guerre, les vieux préfèrent emporter leurs secrets dans la tombe, reprit-il. Je crois qu'ils ont un peu honte. Quand on passe par certaines choses, on n'en sort jamais complètement net. Tu prends toujours ta part de merde et tu préfères te taire pour ne pas en sentir l'odeur.
— Pas forcément. Laisse-moi essayer. Je sais comment traiter les derniers troubles d'un cœur sénile, plaisanta Angela tandis que le commissaire repensait à ce vieil avocat avec un brin de compassion.

CHAPITRE 4

Soneri attendait avec impatience l'issue de l'autopsie du cadavre du Pô. Juvara l'observait s'agiter sans broncher. L'enquête ne démarrerait qu'à ce moment-là, en s'appuyant sur ce rapport pour ébaucher des hypothèses et flairer l'atmosphère. Aussi, lorsque le téléphone sonna et que l'inspecteur décrocha, le commissaire ne remua plus d'un cil.

– *Dottor* Capuozzo, annonça Juvara.

Soneri s'empara du combiné, agacé et déçu.

– *Dottore*, vous n'êtes pas sur les berges du Pô ?

– J'attends les résultats de l'autopsie...

– Comment ça, vous attendez ! explosa le questeur. On vous les transmettra à votre retour, non ? J'exige que vous entendiez ces pêcheurs étrangers. Nous sommes en face d'activités criminelles. Mon ami Angrisani, le procureur en chef de Mantoue, m'a envoyé un compte-rendu circonstancié...

– Je ne l'ai jamais vu, le coupa le commissaire.

– Et qu'est-ce qu'on s'en fout ! Soneri, c'est possible de me croire quand je vous parle ? Ou nous jouons aux trois petits singes ?

– *Dottore*, je suis allé sur les berges, mais j'ai dû m'occuper de la bande des distributeurs. On a dû vous dire...

– Eh bien, retournez-y. Vous attendez quoi, assis à votre bureau ? Suivez la piste des étrangers, et vous verrez qu'il en sortira quelque chose, y compris sur le meurtre du type, abrégea Capuozzo en raccrochant sans prendre congé.

Le commissaire fut empêché de laisser éclater sa colère par un nouvel appel.

– On a retrouvé le bateau de Biancani, lui annonça Nocio.

– Où ça ?

– Laissé en plan contre la digue d'Ostiglia. Ils ont dû se prendre un truc avec le courant, le bateau est en piteux état. Biancani ne décolère pas.

– J'arrive, le prévint-il avant de raccrocher à son tour sans dire au revoir.

Il se revit dans le canot à la merci du fleuve, et dut admettre que Nocio et lui s'étaient fatigués pour rien. Les mots de Capuozzo continuaient de le brûler, il ne supportait plus ces types qui raisonnaient le cul rivé à leur fauteuil. La réalité changeait en permanence, il ne servait à rien d'essayer de l'expliquer à ceux qui ne la connaissaient pas. La loi du hasard n'avait pas de formule.

– Préviens-moi si Nanetti appelle pour l'autopsie, je veux être le premier au courant, commanda-t-il à Juvara avant de sortir.

Sa recommandation fut inutile, car son collègue l'appela directement sur son portable.

– Soneri, une fois de plus, c'est moi qui avais raison, déclara-t-il sans préambules.

– Tu es au polygone ?

– *Macché* polygone ! Quand est-ce que tu vas comprendre qu'on n'est pas des pistoleros ? Nous sommes des scientifiques, nous ! On porte une blouse blanche et on explique ce qui s'est passé à la piétaille de votre espèce.

— Tu as pris du retard : Capuozzo vient de me dire ce que je devais faire, et il est plus gradé que toi, riposta le commissaire.

— Ah, dans ce cas... s'inclina Nanetti. Bon, écoute-moi bien : ce type a été tué d'une balle dans la nuque par une arme puissante. Je ne peux pas te l'affirmer, mais je penche pour une mitraillette. On a réussi à extraire la balle, j'attends le retour de l'examen. Le calibre est cabossé, mais compatible. Une fois qu'on aura creusé, tu verras que j'ai raison.

— Si j'avais toutes tes certitudes... railla le commissaire.

— Et moi, ton physique... répliqua son collègue.

— Je n'ai pas besoin de cerveau, puisque le questeur et toi, vous pensez à ma place... Bon, allez, continue à m'instruire : il est mort quand ?

— Il y a trois jours, entre dix-huit heures et minuit. Mais là aussi, il faudra d'autres examens.

— J'aurais cru moins longtemps, s'étonna le commissaire.

— Le froid a joué... Cela dit, quand on l'a retourné, son visage était quasiment putréfié, les ragondins ont arraché des morceaux de chair.

— Il n'avait pas de papiers sur lui ? demanda Soneri.

— Non, ils ont dû faire le ménage. Le seul indice qu'on ait trouvé, c'est un ticket de pressing accroché à sa chemise. Tu sais, les tickets qu'on agrafe...

— Il y a une adresse ?

— On est en train de vérifier : avec la flotte, l'encre a quasiment disparu. À mon avis, ça ne va pas nous servir à grand-chose, en général, ils ne mettent que des chiffres et des lettres sur ce genre de ticket.

– Toutes les routes sont bonnes à prendre, trancha Soneri. En attendant, je vais prendre celle du Pô, ajouta-t-il.

– Tu fais bien d'entendre les riverains, approuva Nanetti.

– Capuozzo exige que j'enquête sur les pêcheurs.

– Je te l'ai dit, il est à fond sur cette piste.

– Parce que ça vient de son ami le procureur, râla le commissaire. Et lui, il a décidé que c'était la bonne.

– Tu penses qu'il y a un rapport ?

– Je ne sais pas. J'ai du courage de dire que je ne sais pas, avec les gens qui m'entourent, toujours sûrs d'eux, les idées claires... J'ai l'impression d'être le gogo de la bande. Mais c'est à moi qu'on demande de trouver les pêcheurs...

– Tu as suffisamment de métier pour connaître les ficelles et endormir le questeur. Fais semblant de l'écouter, et fais tes petites affaires, lui suggéra Nanetti.

– Tu as raison : on n'est pas tombés de la dernière pluie, admit le commissaire sur un tout autre ton.

– Parle pour toi, le moqua son collègue avant de prendre congé.

Son Alfa empestait le fortana, et Soneri se dit qu'il faudrait qu'il nettoie son coffre. Il était d'une humeur de dogue. Non seulement les griefs du questeur avaient réveillé son angoisse de n'arriver à rien, mais celui-ci l'avait traité comme un jeune agent débutant. Plus de vingt ans de carrière pour en revenir au point de départ : aucun respect, aucune considération.

Tout en roulant, il repensa à ses espoirs d'antan, à ses collègues qui avaient fait carrière ou, au contraire, qui avaient mal fini. Et pour tout le monde, ce même néant inexorable qui vous guette. Au bout du compte, une pensée consolatrice. Était-ce pour cette raison qu'il aimait le brouillard ? La nébulosité, la surprise d'un chemin, le dévoilement inattendu et l'intériorité comme unique horizon rappelaient les trajectoires de vie d'où surgissaient sans cesse de nouvelles perspectives.

Quelques minutes plus tard, ce fut au tour de la silhouette massive de la digue de Sacca d'apparaître devant ses yeux. Le commissaire s'arrêta sous le terre-plein, sur la place de l'église. Il remonta à pied le chemin de halage, redescendit au port nautique. Le Pô avait baissé, le courant ne passait plus qu'à un mètre au-dessous de la digue. Une grosse vedette au moteur rauque remorquait le bateau de Biancani en le traînant à contre-courant. Il était plein de terre et plutôt cabossé. Quand il le vit, Nocio jura comme si c'était le sien, tandis que Montesano attendait la fin des opérations, droit comme un i sur le ponton, telle la statue de la Vierge des eaux.

– Il est mal en point, affirma l'ami. En tout cas, ils n'ont pas coulé. Il flotte encore.

– Vous l'avez déjà inspecté ? s'enquit Soneri en s'approchant de l'adjudant-chef.

– Il vient d'arriver ! se récria l'autre avec un mouvement d'humeur.

– Montesano, siffla le commissaire, je n'en sais foutre rien si vous l'avez déjà examiné à Ostiglia ou si vous l'avez ramené directement ici ! Votre caserne est là-bas !

– Le commandement régional nous a donné l'ordre ce matin de vous laisser l'enquête. La bande des DAB est à vous, non ? Nous, on est là en renfort, l'avisa le militaire.

Soneri ne comprenait plus rien. Vols de distributeurs, trafic d'armes, pêche illégale... Comme si les malfaiteurs s'étaient donné rendez-vous sur le fleuve.

– Merci, Montesano, reprit-il après s'être radouci, je m'en chargerai moi-même.

– Commissaire, vous allez m'avoir dans les pattes : rien ne dit que le mort du Pô soit mouillé dans l'histoire.

– Alors on risque de se recroiser, acheva Soneri.

Pendant ce temps-là, le canot avait été hissé et mis au sec sur une remorque. Le flanc droit était abîmé, on y voyait une longue trace noire. Dedans, mélangées à la terre, une corde, des petites boîtes d'appâts et une bouée de sauvetage en polystyrène.

– La juge a décidé de mettre le bateau sous séquestre, lui fit savoir Montesano. Vous voulez y jeter un œil ou vous préférez attendre qu'on le dépose sous le hangar de la caserne ?

– Je suis habitué à travailler dans l'humidité, assura le commissaire en grimpant sur l'échelle à côté de l'embarcation. C'est la Scientifique qui préfère être au sec.

Il regarda au fond de la cale où flottaient des pages de journaux. Il inspecta ensuite le gouvernail et scruta l'intérieur de la petite trappe qui se trouvait sous les commandes. Il y découvrit un papier. Il enfila son bras pour l'attraper en prenant garde de ne pas frôler le reste. Il s'agissait d'une carte du Pô sur laquelle on avait entouré plusieurs points au stylo. Un des types de la bande l'avait sûrement perdue durant le branle-bas du naufrage.

Il replia le papier et le mit dans sa poche. Puis il alla trouver Montesano au cercle nautique.

– Vous pouvez l'emmener, annonça-t-il en montrant le bateau. La Scientifique vous préviendra quand ils viendront faire leurs relevés.

L'adjudant-chef se limita à acquiescer et sortit de la salle. Peu après, on l'entendit dans le couloir donner des ordres d'un ton sec.

– Il faudrait d'abord leur couper la tête, à tous ! fulmina Biancani.

Celui-ci avait pris place à côté des autres après que les carabiniers eurent emmené le bateau.

– Vous avez trop d'égards avec les délinquants, si ça ne tenait qu'à moi... poursuivit-il en s'adressant à Soneri. Tous ces gens pas d'ici... ça n'attire que des voyous.

– Vous parlez des pêcheurs ?

– Eux aussi, opina l'homme. On ne sait même pas ce qu'ils foutent, là-bas, au bord du Pô. Vous savez comment ils pêchent ? Ils prennent des filets de plus de cent mètres de large et ils les attachent d'un côté au bateau, de l'autre à un flotteur. Ils ramassent de tout, là-dedans, et pas que du silure ! Pourquoi qu'ils ont le droit de le faire sans jamais se faire pincer, alors que moi, si je fais la même chose, on me colle une amende ?

À sa table, trois autres clients approuvaient. En revanche, Nocio se taisait.

– Il y en a un qui a été condamné à la peine de mort, rappela Soneri.

– C'est pas mon affaire s'ils se tirent dessus... Par contre, bientôt, c'est nous qu'ils vont viser, reprit l'homme.

– Comment vous savez que c'est un règlement de comptes ?

– Et qu'est-ce que vous voulez que ça soit ? Vous ne voyez pas que, maintenant, ils ont tous disparu ? Ils ont peur que vous alliez les chatouiller.

– Vous savez où ils ont fini ? insista le commissaire.

Un des clients fit un geste pour dire qu'ils avaient mis les voiles.

– Ceux qui sont mouillés ont dû retourner chez eux, mais y en a qui sont restés : on dit qu'ils sont à Revere, ou à peu près, ils arrêtent pas de bouger, avec leurs caravanes, rapporta Biancani.

Soneri quitta les lieux sans même prendre le temps de boire un verre de vin. On entendait l'eau s'écouler près du ponton et l'on apercevait les bateaux qui ondoyaient en rythme, telles des échines de vaches en train de ruminer. On distinguait aussi la rumeur de l'usine, et puis, de temps à autre, la plainte d'un camion qui remontait la digue. Il fuma seul quelques minutes avant d'être rejoint par son ami Nocio.

– Ne fais pas attention, Biancani fait partie des nostalgiques de la potence, dit-il.

– Il n'est pas le seul… affirma Soneri avec nonchalance.

– Avant, il pensait autrement. Depuis qu'il est artisan, il a gagné un peu d'argent, on ne peut plus lui parler. Ils longèrent la berge et traversèrent un pont de bois sous lequel s'étendait un fossé mousseux et nauséabond. Une auréole plus claire teintait le Pô à l'embouchure et, plus loin, on ne voyait plus qu'une bande qui se perdait dans le courant.

– Tout ce qu'il doit supporter ! commenta le commissaire en contemplant le fleuve.

– Il digère tout, dit Nocio à voix basse.

Ils s'étaient arrêtés devant une étrange construction : un préfabriqué en bois posé sur deux gigantesques chalands, eux-mêmes fixés à deux gros peupliers. Un système de treuil réglait la distance en agissant sur les câbles.

– Voilà, annonça Nocio, c'est chez moi.

– Si l'eau monte, elle te berce dans ton sommeil, releva Soneri.

– Elle vient me voir de temps en temps. Ça me suffit, acquiesça l'homme. Rien que d'entendre l'écoulement du fleuve.

– Mais tu n'habitais pas…

Nocio ne le laissa pas terminer.

– Non. Elle est partie de son côté, je me suis retiré du jeu.

Le commissaire fit tourner son cigare dans sa bouche et songea à la vie de son ami dans cette maison solitaire posée sur deux bateaux à sec. On aurait dit un amarrage définitif, et une profonde tristesse s'empara de Soneri à l'idée que son destin pourrait être le même.

La voix de Nocio le tira de ses pensées :

– Je suis à la retraite, expliqua ce dernier, je n'ai plus de projets, plus rien à faire, aucun devoir, juste penser à ma petite gueule. Quand le fleuve me prend dans ses bras, tout le monde préfère décamper de la berge. Y a plus que le soussigné qui flotte comme un bouchon et regarde les eaux tout recouvrir. Le courant pourrait même arracher ma câblasse et m'emporter avec lui que ça ne m'inquiéterait pas : je m'en irais comme Moïse, en attendant un autre endroit pour accoster. Mais pour l'instant, j'ai tout ce qu'il faut. J'ai même des tourbillons, au cas où je décide d'en finir.

– Tu crois vraiment que ces étrangers… dit brusquement Soneri pour échapper aux spectres auxquels son ami venait de le confronter.

– Je ne sais pas, je les ai vus pêcher, c'est tout. Le silure aussi vient d'ailleurs. Les poissons d'avant n'existent plus. Prends l'esturgeon, pour nous c'était pareil que le cochon dans les campagnes. Quand tu en attrapais un gros, la nouvelle se répandait dans tout le village et tout le monde se rassemblait. Ça s'arrêtait de bosser, les maîtresses ramenaient les gamins sur la place. Le Pô s'est vidé et rempli, comme les maisons de la *bassa*. On sait ce qu'on a perdu, on ne sait pas ce qui va venir. Personne ne le sait.

– Des Hongrois, à ce qu'on dit.
– Ils sont grands et blonds comme les blés, reprit Nocio, ils ne parlent pas italien et ils ont des têtes de soldats.

Soneri retourna au cercle nautique aussi lentement qu'un somnambule. Perdu dans ses pensées, il ne s'aperçut pas tout de suite que son ami ne l'avait pas suivi. Mais plutôt que faire demi-tour, il rejoignit le champ où l'on avait trouvé le mort. Il avait gelé dans la nuit, la terre s'était durcie. Le Pô continuait de baisser et se cachait au fond de son lit comme un fantassin dans une tranchée. Il retrouva l'endroit du cadavre grâce à la rubalise qui le délimitait. L'empreinte du corps était restée intacte au pied du peuplier. Il s'efforça de se fondre dans le décor. La disposition géométrique des arbres suggérait de nouvelles perspectives à son œil en mouvement. Le brouillard faisait le reste, tout semblait animé. Le commissaire chercha ensuite à se représenter l'assassin en train de viser, ainsi que la position qu'il aurait pu adopter cette nuit-là. Puis il se mit dans la peau de la victime, qui ne se doutait probablement de rien. Il était toujours fasciné par cette fraction de seconde où la vie se termine dans une explosion de stupeur. Quand la mort vous est étrangère, que l'on avance en toute confiance et que la peur n'existe pas.

Il s'accroupit et se plaça en position de tir. On distinguait les peupliers soit alignés, soit décalés. Il était difficile pour le tireur d'éviter que sa balle ne se prenne un impact en se faufilant dans les espaces entre les arbres. Il espéra des tirs perdus et commença d'explorer le terrain. Il ne trouva rien sur les troncs tout autour du cadavre. Et dans l'herbe non plus. Ils avaient dû tirer avec une arme automatique munie d'un récupérateur de douilles fixé sur la fente d'expulsion. Il inspecta ensuite la peupleraie à hauteur d'homme, sans résultat. Il ratissa alors plus large. Ses yeux partaient dans toutes les directions et sa vue se troublait. À un moment donné, ne sachant plus de quel côté se rendre, il se déplaça au hasard, comme s'il rebondissait d'un arbre à l'autre. Enfin, son œil s'arrêta sur un tronc : une égratignure toute fraîche. L'écorce et une partie du bois avaient été réduites en miettes à cause d'un tir superficiel. Ça n'était pas grand-chose, mais on pouvait au moins connaître la direction du tir : parallèle au fleuve. Une balistique sommaire lui permit de comprendre le parcours de la balle, et il inspecta les arbres dans un rayon plus limité. Il découvrit ainsi une deuxième égratignure, également superficielle. La balle avait sûrement perdu de sa puissance et s'était logée dans le sol. Si tel était le cas, il ne la trouverait pas. Toutefois, il voulut croire à une troisième et ultime trace de son passage. Sa reconstitution du ricochet lui porta chance. Dix mètres plus loin, un troisième peuplier avait été touché. Le trou n'était pas très profond, la balle devait nicher dans le bois jeune et blanc de l'arbre.

Il sortit son canif de la poche de son blouson et incisa l'écorce, dont la couleur faisait penser à de la chair de poule que l'on sort du bouillon, une chair fibreuse et sèche. Il creusa plusieurs centimètres jusqu'à ce qu'il repère la balle. Il entailla délicatement le bois qui l'entourait en vérifiant régulièrement si le projectile se dégageait, minuscule kyste noir enfoncé sous la peau. Le métal finit par céder et bougea comme une dent de lait. Il continua de creuser en prenant soin de ne pas le rayer et parvint enfin à l'extraire. Il reconnut un calibre 9 parabellum, le même que dans son Beretta réglementaire. Le bois tendre du peuplier ne l'avait pas déformé. Il enveloppa la balle dans un mouchoir, la fourra dans sa poche et se frotta les mains : quelquefois, ses idées le conduisaient à des indices, et son enquête se prenait un coup de pied au cul qui la faisait avancer. C'était toujours à force de coups de pied au cul qu'on y voyait plus clair.

CHAPITRE 5

Il retourna à pied à la maison du commandant. Cheminer sur la digue lui donnait l'impression de mener un cheval au travers de la foule. Il allait par-dessus les toits et les sommets des arbres, au cœur du ciel bas de la plaine qui descend caresser la terre. À part l'eau, rien n'atteignait le faîte du seul relief de ce paysage plat. Mais de nos jours, l'eau se cachait. Le Pô était tapi quasiment toute l'année dans le fond de son lit. On ne le voyait pas du chemin de halage. Ni des ponts parcourus rapidement en voiture. Ni non plus des villages écartés de la rive, protégés par la digue qui restreint l'horizon.

Le commissaire marchait en fumant son cigare et en tâtant régulièrement la balle qu'il avait dans sa poche : sa petite certitude du moment. Son téléphone le fit sursauter comme un réveil l'aurait arraché au sommeil.

— Alors, je peux te dire que c'est une balle calibre 9, annonça Nanetti sans préambule.

— Je sais, répondit sèchement le commissaire.

— Comment ça, « je sais » ? On vient juste de finir les examens…

— Pendant que vous faites marcher vos méninges avec Capuozzo, moi, je m'active. Je mets mes mains dans le cambouis et mes pieds dans la boue, tu vois ?

— Va te faire foutre ! Tu as dit ça au pif.

— Quelqu'un a dû tirer sur le lit d'inondation, de là à en être sûr... reprit Soneri. Et puis un calibre 9... Tu sais combien d'armes peuvent tirer ce genre de balle ? On ne pouvait pas tomber sur pire.

— Eh, Soneri, quand tu auras envie de te mettre à table, appelle-moi, d'accord ? s'impatienta Nanetti sur un ton qui menaçait de raccrocher.

— J'ai trouvé une balle, je l'ai dans ma poche.

— Tu ne pouvais pas le dire tout de suite ?

— Il faut un peu de suspense : on est dans un polar ou pas ?

— Allez, j'ai pas que ça à faire !

— On est très différents, toi et moi, poursuivit le commissaire. Toi, tu tires tes conclusions à tête reposée.

— On ne peut pas plus reposée... Je ne vois que des cadavres ! se récria son collègue.

— Je veux dire que toi, tu bosses sur du concret. Alors que moi, je travaille sur les possibilités, et parfois j'ai de la chance, comme dans cette affaire. Toi, tu analyses scientifiquement, et moi, je défie le hasard : j'envisage, je suppose, je respire l'atmosphère. Aujourd'hui, les savants ont l'avantage parce que tout le monde s'appuie sur les résultats des laboratoires. Mais vous ne chopez jamais personne, conclut-il avec sarcasme.

— Je dois te tirer mon chapeau ? ironisa Nanetti.

— Ce matin, s'obstina le commissaire comme si l'autre n'avait rien dit, j'ai pensé que l'assassin pouvait avoir tiré à vide et j'ai cherché des indices sur les arbres. Coup de bol, j'ai trouvé le tronc où s'est logée la balle. Et pourtant, je suis encore parti des conneries que j'ai dans le citron, tu imagines ? J'avais cent mille fois plus de chances que ça reste une connerie, et finalement...

— Tu n'as rien inventé, répliqua un Nanetti sentencieux, on appelle ça la méthode expérimentale. Galilée la pratiquait déjà il y a quatre cents ans.

— Je dois te tirer mon chapeau ? lui retourna Soneri.

— Non, garde-le, avec tout ce brouillard, tes idées pourraient moisir, persifla son collègue.

— Tu n'as pas à te plaindre, je te l'ai dit, c'est toi qui as l'avantage. Tandis que moi, je suis à foutre au rencart : je n'ai que mon flair. Il est vrai que je ne sens que de la merde.

— Allez, ramène-moi ta balle, va ! trancha Nanetti d'une voix débonnaire.

— Et toi, tiens-moi au courant de ce que tu trouves sur le ticket de pressing. Question de flair... La balle ne va peut-être rien dire, minimisa le commissaire.

— On va au moins découvrir l'arme avec la balistique : voir si le canon a des traces de frottement, et puis l'empreinte du percuteur. Pour moi, c'est une mitraillette, j'en suis quasiment sûr.

— Rien ne prouvera que c'est l'arme qui a tué le type, précisa Soneri.

— Il n'y a pas non plus des milliers de gens qui ont tiré.

— Va savoir...

Il raccrocha et se remit en marche.

En arrivant à la maison du commandant, il vit la fourgonnette des carabiniers garée devant le portail et retrouva l'omniprésent Montesano dans la cour.

— Je sais que le ministère a des problèmes de budget, mais je n'aurais jamais cru qu'il imposait aux commissaires de se déplacer à pied, plaisanta le militaire.

— C'est pour qu'on reste en forme, rétorqua Soneri. Vous avez trouvé quelque chose ?

– Rien d'intéressant, dit l'autre en secouant la tête. Un tas de paperasses, des tracts, du matériel politique vieux comme Hérode... Faut dire que vos collègues de la Scientifique sont déjà passés.

Deux gradés apparurent, munis d'une pelle et d'une bêche.

– Vous cherchez un cadavre et vous ne voulez pas me le dire ? sourit le commissaire en indiquant les deux hommes.

– Pas du tout. On vient d'enterrer le chien avec son nom à la con.

– Ne vous énervez pas, le chien n'y est pour rien.

– Je sais, c'est à cause du maître.

– Vous auriez préféré servir dans un état de colonels ? le titilla Soneri.

– Vous m'avez pris pour un fasciste ? s'étonna Montesano légèrement menaçant.

– Oh, vous seriez en bonne compagnie dans votre corps d'armée. Et par ici aussi, c'en est farci, se justifia le commissaire en souriant.

Le militaire parut décontenancé et retourna en silence à son véhicule.

Soneri entra dans la maison : il y faisait noir, la puanteur qui persistait était aussi tenace que le brouillard au-dehors. Les pièces n'avaient pas bougé depuis la dernière fois. Le même désordre, sauf que l'on ne savait plus s'il résultait des vols ou de la perquisition. Par-dessus tout, une senteur flottait dans l'air, une odeur de linge mal lavé, la négligence d'un intérieur sans femme. Il balaya la pièce des yeux, comme si elle voulait raconter quelque chose. Ces mêmes petites histoires qui imprégnaient tous les foyers : la place des objets, les tableaux, les meubles... Le commissaire commença par fouiller les tiroirs de la commode, un gisement archéologique d'époques révolues, et découvrit soudain un cahier plus récent avec une couverture à fleurs. Il l'ouvrit et releva l'écriture assez élémentaire du commandant. Il le feuilleta, et les pages défilèrent en laissant échapper un peu de poussière jusqu'à ce qu'elles ne soient plus qu'une série de pages blanches. Il revint en arrière pour retrouver les pages écrites. Sur la dernière que Manotti avait noircie, on lisait :

Des fous, des imbéciles qui se trompent de méthode. Mais c'est de plus en plus dur de ne pas admettre leur analyse.

Il n'eut pas le courage d'aller plus loin, referma le cahier et le prit avec lui afin de le lire au calme. Il devinait un fond de désespoir dans ces quelques lignes. Non pas que leur sens le laissât transparaître, plutôt l'écho qu'elles produisaient dans son esprit.
Il quitta la maison tandis qu'on entendait le bruit de la fourgonnette se perdre sur la digue. Il referma le portail. En chemin vers Sacca, son téléphone sonna.
— C'est encore moi, s'annonça Nanetti. On a déchiffré ce qui était écrit sur le ticket, on a mis du temps à comprendre…
— Attends, l'interrompit Soneri en sortant son stylo et un bout de papier.
— Une lettre et trois chiffres, le code standard de tous les pressings : « C216 », lui dicta son collègue.
— Il était agrafé à quel endroit ?
— Sur l'ourlet du bas de la chemise, côté droit. Ça ne veut pas dire que c'est une habitude. Des fois ils l'agrafent sur la manche, ou entre les boutons…
— Je vois que tu es un expert.

— Comme tous les hommes célibataires. Bien obligé de se débrouiller. Je te rappelle que chez nous l'élégance est de mise, tu ne voudrais quand même pas qu'on mette nos mains dans le cambouis.

— Ah oui, c'est vrai, Capuozzo vous passe en revue tous les matins, le charria Soneri avant de prendre congé.

Il appela Juvara dans la foulée.

— J'ai besoin d'une série de vérifs.

— Dites-moi, *dottore*, répondit l'inspecteur en attirant à lui son clavier d'ordinateur.

Le commissaire envisagea pour lui ce qu'il aurait à faire :

— Je veux que tu ailles sur place, l'avisa-t-il. Je veux dire, ici, dans la *bassa*. Je veux que tu ailles contrôler des pressings.

Soneri devina une certaine inquiétude dans le silence de Juvara.

— Prépare d'abord une liste de ceux qui se trouvent à Colorno, Trecasali, Sissa, Mezzani... En gros, tous les villages de ce côté du Pô, je veux que tu les inspectes un par un.

— Qu'est-ce que je dois chercher ?

— D'abord un numéro, note-le : « C216 ». C'est le numéro du ticket qu'on a trouvé sur le cadavre au bord du Pô.

— D'accord. Ça va prendre un peu de temps...

— Laisse tomber ce que tu faisais, et prends-toi le Bottin...

— Commissaire, je vais d'abord me renseigner sur Internet.

— Fais comme tu veux, s'agaça Soneri. Mais je te conseille de commencer par Colorno, vu que tu n'aimes pas te bouger.

— Pourquoi ?

– Parce qu'il y a un pressing, et que c'est le bled le plus proche de Sacca. Les choses sont parfois plus simples qu'on ne pense, termina le commissaire.

Il poursuivit sa marche et dépassa l'usine. Du haut de la digue, il aperçut l'église et sa voiture, les quatre maisons du village. Il s'arrêta pour rallumer son cigare et tomba sur le papier qu'il avait déniché sur le bateau de Biancani en mettant la main dans sa poche.

Il s'en saisit et l'étudia un moment. Il s'agissait de la photocopie d'une carte militaire qui indiquait le fleuve, les routes et les habitations. Quatre cercles rouges avaient été ajoutés à la main : un autour du ponton, un autre autour de la maison de Manotti, enfin deux autres à deux endroits du lit d'inondation, sans plus de précision. Peut-être là où les pêcheurs avaient installé leurs caravanes ? Il essaya de les localiser, mais son regard se perdit dans les brumes qui stagnaient sur le fleuve. Il décida alors de retourner au cercle nautique.

Biancani prit la carte en main et la fixa plusieurs secondes.

– Elle n'est pas à moi, déclara-t-il.

– Elle était dans votre bateau, l'informa Soneri.

L'autre secoua la tête.

– Et à quoi elle me servirait ? dit-il en rendant la carte au commissaire. Je le connais, le Pô, je n'ai pas besoin d'une carte pour m'orienter chez moi. Ces deux cercles rouges, je ne sais pas à quoi ils correspondent. Celui-ci…

– Celui-ci, c'est la maison de Manotti, que tout le monde évitait, compléta le commissaire.

– Lui aussi nous évitait, dit Biancani en haussant les épaules.

– Pour vous, il n'y a aucun rapport ? insista Soneri en montrant le papier.

— Non, répondit l'homme en se tournant vers les autres pour en avoir confirmation. Carega, tu penses qu'il y a un rapport ? répéta-t-il en s'adressant à un ancien, un homme chenu avec une barbe bien soignée et un air distingué.

Le vieux fit non de la tête.

— Y a peut-être un lien, mais d'après moi ce n'est pas une carte. Plutôt un pense-bête.

— Les caravanes des pêcheurs étaient à ce niveau-là ?

— Et qui s'en souvient ?! s'exclama Carega. Ce sont peut-être des marques tracées au hasard. Qui peut savoir ? Le commissaire replia la carte et la remit dans sa poche. Il lui suffisait d'être sûr qu'elle ne soit ni à Biancani ni à quiconque du cercle.

De l'autre côté de la digue, le clocher de l'église sonna midi.

— Commissaire, vous restez avec nous ? Si vous voulez, on se débrouille d'un bout de charcuterie ? proposa Biancani.

— Le *strolghino* vaut le détour, vanta Carega.

Son téléphone ne lui laissa pas le temps de répondre.

— Alors, Soneri, qui avait raison ? le surprit Capuozzo d'une voix qui jubilait.

— Je ne comprends pas...

— Hé, hé, vous ne comprenez pas... railla le questeur. Le mort n'est pas d'ici. C'est un Hongrois, un certain Gabor. Toni Gabor. Serez-vous maintenant convaincu que ma piste était la bonne ?

— Je viens justement de faire contrôler un détail...

— Oui, je sais : le pressing, reprit Capuozzo, Juvara vient de me mettre au courant. Vous ne me l'avez pas dit parce que cela vous contrarierait de perdre votre pari ?

— Non, je vous en aurais parlé, balbutia Soneri.

– Bon, bon... coupa court le questeur. La prochaine fois, écoutez ce que je vous dis, abrégea-t-il en raccrochant.

Le commissaire eut à peine le temps de se remettre de ses émotions que son téléphone sonna à nouveau.

– *Dottore*, enfin je vous trouve, c'est toujours occupé ! s'exclama Juvara.

– De quoi tu t'inquiètes puisque tu as tout balancé ? À cause de toi, je suis passé pour un con ! gronda le commissaire.

– Je voulais vous prévenir, se défendit l'inspecteur. Le questeur a téléphoné ce matin, et Musumeci lui a dit que vous m'aviez envoyé vérifier le ticket de pressing. Du coup, il m'a appelé en exigeant des explications. Je venais juste de sortir du pressing de Colorno, et il se trouve que le numéro correspondait à la chemise d'un certain Toni Gabor. Comme vous voyez, j'ai fait tout ce que vous m'avez dit, mais je ne pouvais pas cacher au questeur...

– C'est pour ça qu'il s'est précipité pour m'appeler, pour t'empêcher de me prévenir... le coupa Soneri. Non seulement j'ai eu l'air d'un con, mais j'ai dû me farcir son sermon.

– Je suis désolé, j'ai essayé de vous appeler tout de suite, mais il a été plus rapide, s'excusa Juvara. Cela dit, rien n'est bouclé. À Mezzani, je n'ai rien trouvé, ça ne veut pas dire qu'ailleurs...

– On verra, souffla le commissaire. Dès qu'on aura la photo de ce Gabor, on la fera circuler dans les pressings pour voir s'ils le reconnaissent. Je vais demander à Musumeci d'envoyer une recherche à Interpol. Il est vraiment hongrois ?

– Je n'en sais rien. A priori, oui, c'est un nom à consonance hongroise...

– Capuozzo me l'a affirmé. Je croyais que c'était toi qui lui avais dit.

– Non, *dottore* : ce n'est pas moi.

Perplexe, Soneri souffla derechef et salua l'inspecteur.

– Alors, commissaire, vous restez avec nous ? entendit-il derrière lui.

Dans le même temps, un jeune homme était entré et s'était mis à le toiser.

– Vous voyez, ici, on n'a pas grand choix, le prévint Biancani. Deux ou trois charcuteries, un peu de *grana* et deux bouteilles de fortana.

– Que demande le peuple ? approuva Soneri.

Mais dès qu'il s'attabla, il ressentit une espèce de malaise. Le nouvel arrivant le scrutait en silence en donnant l'impression d'avoir un compte à régler, et Biancani n'en finissait plus de tenir le crachoir sur le Pô, les bateaux et les étrangers. On eût dit qu'ils le prenaient pour un parent qui avait débarqué sans crier gare. Seul Carega paraissait bien disposé : avec sa barbe et ses cheveux de neige, il ressemblait à une version masculine de la Marcotti.

– Vous y comprenez quelque chose ? demanda Biancani comme s'il s'agissait de repérer la panne d'une voiture.

Le commissaire secoua la tête.

– Pour l'instant, non, c'est trop tôt. Il faut de la patience, comme pour la pêche.

– Plus personne n'y va ! Il n'y a plus que du silure, et c'est d'autres qui s'en occupent, riposta l'homme.

– Ils ne s'occupent pas seulement de silure, intervint le jeune homme.

Carega s'interposa pour le présenter :

– Giorgio Caretti.

Le jeune salua d'un signe de tête.

– Ils sont armés, ajouta-t-il.
– Vous les avez vus ? questionna Soneri.
– Un cadavre, ça vous suffit pas ?
– Malheureusement, non. Si ça me suffisait, j'aurais déjà conclu l'affaire.

L'autre se retrancha dans un silence méfiant.

– Je suis venu pour comprendre, reprit le commissaire, je ne tiens jamais rien pour acquis.

– Et qui voulez-vous que ce soit ? Ils arrêtent pas de se tirer dessus et de se balancer des coups de couteau, grinça le jeune homme.

– La réalité est complexe et trompeuse, lui fit remarquer Soneri.

– On entend de tout le long du Pô... intervint Biancani. Ça crie souvent, et pourquoi, d'après vous ? Ils se battent pour le poisson, c'est ça qui a de la valeur. Ils le vendent aux Chinois, ou ils le rapportent chez eux. Là-bas, la pêche est limitée, pas comme ici où tout le monde fait ce qu'il veut.

– Surtout les étrangers. Aujourd'hui, chez nous, c'est eux qui commandent, persifla Caretti. Le Pô leur appartient, on dirait.

– Surtout la nuit, renchérit Biancani. Ils pêchent quand il fait noir, comme ça, personne ne voit ce qu'ils trafiquent.

– Vous trouvez ça normal qu'on n'aille plus voir le Pô après une certaine heure parce qu'on a peur ? expliqua le garçon tandis que Soneri se réfugiait dans le *strolghino* et le fortana. Et la Région, elle trouve rien de mieux à faire que de racheter les maisons de la zone pour les laisser tomber en ruine. Et maintenant, c'est eux qui sont dedans.

– Ils n'ont pas de caravanes ? opposa le commissaire.

– Personne ne sait combien ils sont et où ils vivent ! s'exclama Biancani. Ils s'éclairent avec des groupes électrogènes, et le soir, on entend tout un barouf, y a des phares dans le brouillard, des va-et-vient de voitures.

– Et la police, elle fait quoi ? interpela le garçon sur un ton menaçant.

– Pourquoi vous ne le demandez pas à Montesano ? rétorqua Soneri.

– Tu parles d'un bon ! La seule solution, c'est de nous organiser nous-mêmes. Eux, lâcha Caretti en lançant un coup d'œil au commissaire, ils se foutent de notre gueule.

– Du calme ! désapprouva Biancani en lui posant la main sur le bras.

Carega suivait l'échange sans intervenir, le visage étonnamment serein. Sans doute que le spectacle lui paraissait banal.

– Et pourquoi que je me calmerais ?! balança le jeune homme en perdant patience. Tout est pourri ici, il nous faudrait un bulldozer. Les mecs foutent toute la merde qu'ils veulent, et c'est à moi de bien me comporter !

Carega remplit les verres comme si de rien n'était, et la discussion s'apaisa un peu. C'était comme si la présence du commissaire excitait leur désir de se défouler. Leur colère traduisait la difficulté de vivre dans une zone frontalière que tout le monde désertait, remplacé par de nouveaux désespérés.

– Ici, y a plus de loi, réattaqua Biancani avec calme. Le soir, les rares qui sont restés se barricadent chez eux. Des barres aux portes, des barres aux fenêtres. S'il t'arrive quelque chose, personne ne vient t'aider. C'est les délinquants qui commandent.

– Moi, je travaille à l'usine et je traîne presque la semelle. Je ferais mieux d'attaquer des banques ou de voler dans les fermes, reprit Caretti. Je connais des gars, leur métier, c'est de voler ou de vendre de la drogue, et ils roulent dans des grosses bagnoles. Tandis que moi, je me vends et on m'achète comme du bétail. Vous savez quoi ? (Il s'approcha de l'autre.) L'honnêteté, ça paie pas. Vaut mieux prendre une carte, se planquer dans un bureau et se faire entretenir. Pourquoi ça serait à moi de me sacrifier ? Qu'est-ce que j'en ai à foutre de l'honnêteté !

– Du calme, du calme, répéta Biancani. Pour voler, faut avoir la carrure, et nous, on l'a pas. On s'est peut-être fait rouler.

– Je vais tous les fracasser, grogna le garçon en pliant sa tranche de *culatello* comme un mouchoir avant de se l'enfiler dans la bouche. Je casserai d'abord la gueule à ces connards de la Région et de la mairie qui bouffent dans la main des politicards. Ensuite, à toute cette racaille d'étrangers qui viennent ici grâce à la clique des communistes.

– Vous n'êtes pas ouvrier, vous aussi ? laissa échapper Soneri.

– Si, mais pas communiste. Moi, je suis pour l'ordre. Et si ça tenait qu'à moi… conclut-il en tranchant l'air de la main.

Le commissaire commençait à comprendre pourquoi Manotti était mort dans la solitude. Il en eut soudain assez, ces discours lui avaient ôté jusqu'au goût de la nourriture. Il recula sa chaise et se leva.

– Vous avez une idée de l'endroit où ces pêcheurs ont pu aller ? demanda-t-il avant de repartir.

– Du côté de Luzzara, à ce qu'on dit, murmura Biancani. C'est là qu'on les a vus.

Soneri les salua d'un geste et sortit. Carega lui emboîta le pas et vint se mettre à côté de lui.
— Belle compagnie ! commenta le commissaire.
L'homme agita une main.
— Ne faites pas attention ! Il ne faut pas prendre les choses trop au sérieux.
— À force de ne pas les prendre au sérieux, ce sont elles qui s'en chargent, objecta Soneri.
— Je veux dire que ce n'est pas un mauvais bougre quand on discute en tête à tête.
— Mon père disait la même chose des soldats allemands : un par un, des braves gars, tous ensemble...
— Il faut bien reconnaître qu'à sa façon il vous a décrit une situation réelle. Vous, dans la peau d'un jeune homme, face à tout ça, vous ne seriez pas en colère ?
— Mon âge ne m'empêche pas d'être en colère, mais la médecine qu'il préconise, moi, je ne peux pas la digérer, affirma le commissaire.
— Après avoir enseigné pendant quarante ans, je pense avoir compris les mutations du monde à la manière qu'ont les jeunes de se comporter dans la vie.
— Vous aussi, vous avez une recette toute prête ?
— Seulement l'expérience d'un vieux professeur, se défendit Carega. Certaines générations grandissent dans l'espoir, d'autres, dans la désillusion. Les changements balancent toujours entre les deux. Vous, par exemple, vous avez grandi dans l'espoir. Ceux d'aujourd'hui ont perdu toutes leurs illusions. La destruction est porteuse d'espoir, et la désillusion nous rend conservateurs. Vous et vos contemporains aviez envie d'abattre tout ce que vos pères avaient construit, mais les jeunes d'aujourd'hui n'ont pas de père. Ils ne connaissent pas l'autorité, ils ne peuvent pas la contester. Ils n'ont aucun repère, ils cherchent désespérément quelqu'un qui leur

ressemble. Voilà pourquoi ils rêvent d'un chef de meute, du discours unique.

Soneri réfléchit en silence. C'était vrai, il avait connu l'espoir, mais aussi la déception. Peut-être n'était-ce qu'une question de moment ?

– Ne vous en faites pas trop, l'exhorta Carega, c'est l'époque qui veut ça. Nous sommes tous des animaux volubiles, rien n'est aussi sérieux qu'on le croit, acheva-t-il, délicatement ironique.

CHAPITRE 6

L'odeur du fortana stagnait toujours dans sa voiture. Il mit le cap sur Luzzara, respectant, pour une fois, les ordres de Capuozzo. Il repensa aux propos de Carega : tout compte fait, l'obéissance était plus confortable, elle évitait l'angoisse d'avoir à faire des choix ou à prendre des décisions. Il roula en suivant la berge en direction de Brescello, Boretto, Gualtieri, Guastalla... Les villages surgissaient et disparaissaient dans la vapeur épaisse : une succession de murs trempés et de cours encombrées le long de rues sans vie. Rien que de brefs coups d'œil distraits. Luzzara l'accueillit à l'heure oisive du milieu de l'après-midi, avec ses bars à moitié vides et ses quelques passants. Il emprunta la via del Po et suivit l'indication LIDO. Le bitume laissa place aux graviers, les peupliers remplacèrent les maisons. Il grimpa sur la digue et rejoignit le champ d'inondation. Le ciel s'assombrissait, un brouillard dense et bleuâtre se déployait au-dessus du fleuve comme une longue natte épaisse.

En descendant de voiture, Soneri passa du relent vineux au souffle humide du Pô. L'eau dévalait tout au fond de son lit à cause de la période d'étiage, et l'on n'apercevait que le long banc de sable séparant le courant de la berge. Depuis cette position, on pouvait croire à un canyon sec envahi par les brumes. Le commissaire emprunta un sentier qui le mena jusqu'à une guérite en bois, anciennement dévolue aux préposés de l'octroi. Il n'y avait personne alentour, seul le silence entrecoupé par l'égouttement des peupliers. Il fut soudain distrait par le chant d'un oiseau et leva le regard vers les branches. C'est alors qu'il découvrit les tableaux. Une galerie de portraits à dix mètres de haut, à l'abri de ce fleuve qui vient parfois, tel un amant, caresser le bois et la digue.

Soneri déambula au hasard sous les arbres. Il y avait des tableaux partout, des portraits de *bassaioli* qui avaient habité les lieux et qui, dorénavant, les couvaient du regard comme s'ils les modelaient encore. Un lieu magique et plein de vie, nonobstant le profond silence. Il sentait comme une compagnie et, à mesure qu'il avançait, il comprenait qu'il s'agissait de sa mémoire, cette foule de voix arrachées au passé, tout droit sorties d'une auberge en hiver.

De manière tout aussi inattendue, il tomba nez à nez avec l'une des caravanes des pêcheurs. Elle était fermée, mais plus loin on entendait des voix et l'on voyait des lueurs qui fendaient l'air épais. Il s'approcha un peu et repéra un groupe d'hommes qui préparaient leur équipement sur un bateau mis au sec. Ils avaient de grosses torches et portaient des tenues de camouflage. Dans la semi-obscurité, un type moustachu pointa sa lampe sur le visage de Soneri, et les autres se figèrent d'un seul coup.

— Qu'est-ce que veux ? demanda l'homme dans un italien bancal et hostile.

— Je suis de la police, répondit le commissaire.

— On a permis séjour, et licence.

– Ce n'est pas ça qui m'intéresse, répliqua Soneri. Ce qui m'intéresse, c'est Gabor.

– Connaît pas, dit l'étranger. Nous Russes, Slovaques. Eux, c'est autre groupe.

– Vous êtes nombreux ?

– On sait pas. Dans zone, trois, quatre groupes. Chacun pour soi.

– Vous étiez à Sacca la semaine dernière ?

– Oui, reconnut l'homme sans s'émouvoir.

Les autres ne bougeaient pas, aussi muets et immobiles que les peupliers.

– Gabor a été assassiné à Sacca, il y a cinq jours, annonça le commissaire.

– On sait pas. Autres pêcheurs, autres équipes... Hongrois. Peut-être chez eux.

– Vous êtes en concurrence, pour le poisson ?

– Non, nous on est loin. Sacca, c'est meilleur, beaucoup eaux mortes, beaucoup le poisson, justifia l'homme.

– On a retrouvé Gabor avec une balle dans la tête. Après quoi, même si l'endroit est bon, vous avez disparu.

– On reste pas toujours. Le silure, il bouge, il va, il vient. Nous, on cherche le silure.

– Vous n'avez jamais entendu de bagarres entre les Hongrois ? Vous vous rencontrez entre vous, non ? insista le commissaire.

– Non, jamais. On se dérange pas entre nous. Mais des Italiens, oui.

– Il y avait aussi des Italiens ?

– Pas de pêche. Ils viennent à la fleuve la nuit et tournent dans le bois, expliqua-t-il.

– Vous les avez vus ? Comment vous savez qu'ils étaient italiens ?

— Ils parlent, mais on n'a pas vu. Nous, à la fleuve, eux, dans le bois. Brouillard. On voit pas, dans le brouillard. On entend, c'est tout.

— Vous les avez entendus souvent ?

— Trois fois, quatre fois...

— Combien de temps vous êtes restés à Sacca ?

— Vingt jours, vingt-deux...

— Ils parlaient et c'est tout ? Ils ne faisaient rien d'autre ? insista Soneri.

— Ils parlent et autres bruits, mais je peux pas dire...

— Vous ne savez pas quels bruits c'étaient ?

— Oui. On sait pas.

C'est alors qu'un homme du groupe s'adressa au type dans une langue que le commissaire ne parvint pas à reconnaître. Deux phrases brèves que le moustachu traduisit :

— Il dit que ça frappait par terre.

Soneri réfléchit une seconde sans rien conclure.

— Vous n'avez jamais entendu de coups de feu ?

— Oui, beaucoup, des fois, répondit l'homme.

— Comment ça, beaucoup ? Sur la zone inondable ?

— Là-bas, en face, au polygone de Casalmaggiore, ils tirent tout le temps, même le soir. Mais le brouillard, il trompe. On dirait ici.

Un autre homme du groupe s'adressa au moustachu en l'appelant par son nom : Igor. De brefs échanges, aussi rapides que des rafales.

— À la fleuve aussi, il y a des gens, la nuit, traduisit de nouveau l'homme.

— Sur le fleuve ? s'étonna Soneri en le fixant droit dans les yeux.

Igor acquiesça, sûr de lui.

— Beaucoup de gens, gros bateaux. Une machine...

Il s'interrompit et fit le geste de saisir quelque chose avec la main.

– Ils creusent ? chercha à deviner le commissaire.

– Oui, creuser. Presque pas lumière, ils savent, pour creuser. Ils connaissent la fleuve.

Il s'agissait sans doute de ces voleurs de sable qui dépouillaient en quelques heures ce que le Pô avait mis des siècles à broyer. Voleurs de sable ou de poisson, tout le monde pillait le fleuve sans ne jamais rien lui donner. D'autres tiraient des coups de feu.

– Vous les croisez souvent ? demanda Soneri en faisant allusion aux trafiquants de sable.

– On les entend, on approche pas. Ils nous laissent, on les laisse. On reste loin, parce que la machine, elle fait peur à poissons. Ils savent pas que nous, on est là. On a bateau et moteur électrique, et on use pas la lumière.

Le commissaire se rappela ce que Nocio lui avait dit la veille : de nuit, sur l'eau, les yeux s'habituent et l'on peut réussir à distinguer des choses.

Un troisième type du groupe s'avança et parla dans un idiome aussi mouvant que la terre argileuse. Cette fois, Igor lui répondit dans la même langue, il avait l'air de s'agacer. Le commissaire lui adressa un signe interrogatif du menton.

– Rien. Une fois, on a disputé. Ils nous voyaient mal.

Soneri sentit qu'Igor n'avait pas l'intention d'en dire plus et qu'il valait mieux laisser tomber.

– Ici, tout le monde déteste le silure, et nous, on l'enlève, c'est service, non ? ajouta l'homme.

– Ça ne suffit pas à vous rendre sympathiques, l'informa le commissaire.

Le groupe se dispersa quasiment à l'unisson. C'était leur façon de faire comprendre qu'ils en avaient assez.

Soneri les observa un moment transporter leurs filets et leurs caisses sur deux embarcations. Il remarqua alors le bruit sourd et constant d'un groupe électrogène, probablement sous l'une des caravanes installées dans la peupleraie. Il regarda encore quelques minutes les pêcheurs travailler jusqu'à ce qu'ils s'éloignent vers leurs maisons roulantes sans lui prêter la moindre attention. Il comprit à leurs gestes qu'ils avaient préparé les bateaux pour la nuit, et qu'ils dîneraient à l'heure des poules afin de se reposer un peu avant d'aller pêcher. Il se retrouva tout seul dans une obscurité totale et ne put retourner à sa voiture qu'en s'aidant des graviers plus clairs qui indiquaient la route. Une fois devant la guérite, il leva à nouveau les yeux vers les tableaux suspendus. Il n'en distingua qu'un et crut y reconnaître le portrait de Cesare Zavattini[1]. Tourné en direction du Pô, c'était comme s'il renvoyait l'ultime reflet de la lumière du jour.

Quand il fut devant son volant, son portable sonna.
– Oui ? répondit-il froidement.
– Tu es couvert de givre ou tu es tombé à l'eau ? l'interrogea Angela.
– J'avais peur que ce soit Capuozzo, se justifia-t-il.
– Tu ne regardes pas les numéros qui s'affichent ?
– Je n'ai pas pris l'habitude. Pour moi, le portable, c'est comme un téléphone, je décroche, c'est tout.
– Ou tu l'éteins.
– Si je pouvais...
– Bon, commissaire, c'était pour te dire que j'arrive.
– Tu arrives ?

---

1. Natif de Luzzara, Cesare Zavattini (1902-1989) fut une figure majeure du néoréalisme italien, scénariste, entre autres, des films de Vittorio De Sica, dont *Le Voleur de bicyclette*.

— Ben, à Sacca, non ?
— Je suis à Luzzara.
— Eh ben, reviens à Sacca.
— Mais, je venais chez toi !
— Pas grave : on fait le contraire.
— Et après, on retourne en ville ?
— Oh mon Dieu, ce que tu es planplan ! Il doit bien y avoir un hôtel cinq à sept ou des chambres d'hôtes dans la *bassa*, non ? Voire un lupanar ?
— Tu n'irais jamais.
— Faux, l'idée m'excite énormément. J'ai très envie de jouer au couple clandestin. Du genre qui se voit en cachette dans un village noyé sous la brume où personne ne les connaît...
— C'est le meilleur moyen de se faire remarquer.
— Arrête de faire le flic ! Fais bosser ton imagination !
— Je ne fais que ça. Où tu veux qu'on se donne rendez-vous ?
— Je te l'ai dit : à Sacca. Sur la place de l'église.
— Tu sais où c'est ?
— Écoute, je suis parmesane, je ne suis pas un produit d'importation ! Dans une heure, ça te va ?
— D'accord. Je vois que tu t'y connais en rendez-vous clandestins. Tu n'as qu'à m'emmener là où tu allais avec ton avocat...
— Arrête de casser les couilles et dépêche-toi, trancha Angela en raccrochant.

Ce genre de conclusion ne manquait pas de le laisser en proie au doute : était-ce une plaisanterie ou bien éprouvait-elle vraiment la nostalgie d'une aventure aux saveurs transgressives ? Il prétendait toujours satisfaire sa palette d'émotions, même s'il savait que cette prétention était absurde avec une femme comme Angela, et que les hommes sont souvent désarmés face au désir de nouveauté de leur compagne.

Avec l'obscurité, le brouillard impressionnait davantage, et quand le commissaire arriva à Sacca, il vit que la voiture d'Angela était déjà sur place.

— Jamais vu un flic aussi lent, le moqua-t-elle.

— Il n'y avait pas non plus urgence.

— Il y avait beaucoup plus : l'invitation de ta maîtresse, rétorqua Angela en s'approchant sous le halo brumeux du lampadaire. Tu t'es soûlé ? demanda-t-elle après avoir senti l'odeur du fortana sortir de la voiture.

— Non, j'ai des bouteilles dans le coffre, des bouchons ont sauté...

— Ah, oui... tu me l'as déjà dit. Tu devrais laisser sauter les tiens, de temps en temps. Histoire de décompresser un peu...

— Ça ne devrait pas tarder, avec les conneries du questeur, bougonna sombrement Soneri.

— Maintenant, stop avec le boulot, à l'heure qu'il est, le questeur est dans son canapé et nous, on a toute la nuit devant nous. Surtout ici, je me sens tellement ailleurs.

— La *bassa* est coupée du monde, c'est un endroit à part, et les berges du Pô davantage que le reste, confirma le commissaire. Ici, la zone est franche vingt-quatre heures sur vingt-quatre.

— L'idéal, se félicita Angela. Je propose de commencer par un dîner au restaurant : à tout hasard, celui-là, gloussa-t-elle en montrant le *Stendhal* de Bruno.

— Écoute, il n'y a pas que celui-là... fit remarquer Soneri.

— Si, j'ai décidé qu'on irait là, déclara-t-elle en le prenant sous le bras.

Ils s'arrêtèrent sur le pas de la porte et regardèrent le brouillard voguer lentement au fil de l'eau. À l'arrière-plan, l'ombre massive de la digue principale éclairée par l'usine donnait à croire que l'univers s'arrêtait là. Ils s'embrassèrent au bord de cette limite plus rêvée que réelle, et le commissaire aimait qu'Angela soit capable de réveiller ce qu'il gardait pour lui, ou bien qu'il exprimait avec trop de retenue : son imagination, sa fantaisie, le geste symbolique.

La nourriture aussi lui faisait cet effet, et l'occasion de réunir sa compagne avec son unique rivale était rare. Cette soirée pouvait être la bonne.

– J'ai parlé avec maître Frascaroli, tu t'en souviens ? attaqua Angela.

– Oui, l'ami du commandant.

– Il m'a raconté quelque chose, mais je ne peux pas le brusquer, sinon il se braque.

– Tu as déjà réussi à lui soutirer des révélations ? s'étonna Soneri tandis que Bruno servait les *tortelli* aux blettes.

– Il m'a raconté une histoire, bien qu'il ne soit pas sûr de sa véracité. Il y en a tellement eu sur la Résistance. Et dans la *bassa*, les bruits courent plus qu'ailleurs, je ne t'apprends rien, l'avertit Angela.

– C'est quoi, cette histoire ?

– Des armes et de l'or qui auraient circulé dans le coin, précisa-t-elle.

– Oh mon Dieu, dit Soneri dans un murmure, c'est la thèse de Capuozzo. Il est convaincu de l'existence d'un trafic d'armes parmi les pêcheurs des pays de l'Est.

– Celles dont parle Frascaroli datent de la dernière guerre. Il dit que Manotti faisait partie des types qui refusaient de lâcher après 45, et qu'ensuite, avec le Parti... En résumé, qu'il s'est laissé convaincre, mais qu'au vu des circonstances il a dû s'en planquer quelques-unes. Ils en ont retrouvé plusieurs à Coltaro, chez un ancien partisan qui connaissait le commandant. Elles étaient au sous-sol, dans l'interstice d'un mur à côté des *culatelli*.

– Et où elles ont fini ?

– Ses enfants sont allés voir le secrétaire du Parti pour lui demander ce qu'ils devaient en faire. Ils voulaient le dire aux carabiniers, mais le secrétaire leur a donné un tout autre conseil...

– Je m'en doute...

– Pour éviter la polémique avec la droite, une nuit, ils sont allés les balancer dans le Pô.

– Une solution expéditive : d'après moi, la meilleure, affirma le commissaire. Il t'a dit autre chose ?

– Il ne faut pas être pressé, avec Frascaroli. Tu savais que Manotti avait des neveux et nièces ?

– Je croyais qu'il n'avait plus de famille.

– Ils vivent à Parme, mais il avait coupé les ponts.

– Pourquoi ?

– Ils sont de droite. Une vieille rancune de famille. Sa sœur l'a accusé d'avoir fait mourir leur mère, une femme très pieuse dont elle était très proche, à cause de ses accès de colère. Ensuite, elle a élevé tous ses enfants contre leur oncle.

Le commissaire hocha la tête.

– Ça sent toujours mauvais dès que tu creuses un peu.

Mais aussitôt après, une odeur alléchante chatouilla ses narines : Bruno apportait les tripes.

– De toute façon, reprit Angela, l'interrogatoire n'est pas terminé.

À la fin du repas, le commissaire n'eût pu rêver de moment plus parfait. Le vin qui met en joie, une compagne à qui parler, le soir qui vous apaise et vous laisse divaguer... Ces répits le plongeaient dans l'extase. Malheureusement, Angela semblait avoir pour idée fixe d'échapper au présent pour vivre le plus de choses possible en l'espace d'une seule nuit.

— Allons au bord du Pô, proposa-t-elle.
— On n'y voit rien !
— Pas grave, on n'aura qu'à imaginer.

Ils furent accueillis par une humidité poisseuse et une obscurité hostile.

— Je suis sûr qu'Ulysse a éprouvé la même chose quand il a quitté son île pour aller au-devant des emmerdes, dit le commissaire à voix basse.
— Tout dépend si tu cherches des émotions ou des certitudes, répondit-elle en se collant à lui.
— Moi, avec toi, je voudrais des certitudes.
— Offre-moi des émotions, tu les auras.

Ils marchèrent dans l'obscurité, il y avait un silence de mort. Seules les lumières tamisées de l'usine donnaient de l'épaisseur au monde qui les entourait. Ils s'embrassèrent cette fois au milieu de la chaussée, puis reprirent leur chemin en s'éloignant du village, déjà mangé par la nuit noire. Soneri écoutait respirer sa compagne et sentait son parfum : autre moment parfait. Mais Angela l'interrompit encore une fois et le poussa sur le côté pour prendre une grande allée qui menait à l'usine.

— Où tu vas ? protesta doucement le commissaire.
— Je ne suis jamais allée dans une usine de concassage.
— Ça n'a rien d'extraordinaire : des tas de sable, et beaucoup de boue.
— Des treuils et des poulies, des camions, des dragues, des grues… Très masculin, cet univers, l'antithèse d'une femme en talons aiguilles. Ça me plaît, décréta Angela en avançant tout droit d'un pas décidé.

Ils quittèrent la digue en longeant le chemin de graviers que le gel de la nuit avait solidifiés. Les lumières jaunes des lampadaires transperçaient le brouillard qui les filtrait comme au travers d'un abat-jour. Les gros monte-charge avaient un air spectral et intime à la fois, et les petits tas de sable et de cailloux offraient un relief accidenté au décor plat du bord du fleuve. Angela l'attira jusqu'à une sorte d'esplanade où de vieux camions de chantier étaient alignés, et grimpa dans l'une des cabines. Elle baissa la poignée et ouvrit la lourde portière.

– Allez, monte, l'invita-t-elle.

– Tu veux partir avec cette ruine ? se récria Soneri en la suivant à l'intérieur, accueilli par une odeur de gazole et de vieux cambouis.

Il se retrouva devant le volant tandis qu'elle s'était poussée sur le siège passager.

– Entre, routier, ce soir tu t'es dragué une bourgeoise, susurra-t-elle.

– De tout le Pô, tu m'as dégoté l'endroit le moins romantique, râla le commissaire.

– C'est un endroit très excitant, et moi, j'aime être provoquée, répliqua Angela.

Ils s'embrassèrent sur le siège qui rappelait l'odeur de ces vieux autocars. Elle tira ensuite le rideau sur le côté et découvrit une couchette.

Leur amour fut intense, presque furieux, et le commissaire eut l'impression d'expérimenter une sorte de raptus. Ils en sortirent légèrement groggy à cause de l'espace restreint de l'alcôve improvisée, mais satisfaits par ce plongeon irraisonnable.

– Ton bouchon a sauté, on dirait, le moqua Angela.

– J'ai vu un autre monde, comme si j'avais sniffé de la coke.

– Tu as déjà essayé ?

– Non, j'ai toujours su qu'il y avait mieux.

Tandis qu'ils se rhabillaient, ils entendirent une voiture ralentir et emprunter la même allée. Les graviers crissaient sous les pneus, puis des feux de route apparurent, rien d'autre que deux cônes au milieu du brouillard. La voiture décrivit un demi-cercle et s'arrêta au pied d'un tas de sable avant d'éteindre ses phares et de disparaître dans l'ombre.

Angela s'approcha.

— Tu sais qui c'est ?

— Non, répondit-il. Il vaut mieux qu'ils ne nous voient pas.

— Tu penses que ce sont des délinquants ? Ça ne pourrait pas être le propriétaire de cette baraque ? reprit Angela.

— Je ne crois pas, se limita à dire Soneri en continuant de fixer là où la voiture avait disparu.

Plusieurs minutes s'écoulèrent, et Angela fut secouée par un frisson de froid.

— On peut essayer de descendre et d'aller au village, ils ne vont pas nous voir, avec ce noir, présuma-t-elle.

— Ça, tu n'en sais rien. S'ils sont juste à côté de nous, je n'ai pas envie qu'on tombe dessus. Et puis, je voudrais comprendre : on dirait qu'ils attendent quelqu'un.

En effet, peu après, ils entendirent une autre voiture descendre de la digue en empruntant la même allée, puis s'arrêter au même endroit, couper les phares et disparaître à son tour. Le commissaire entrouvrit légèrement la vitre du camion, et ils entendirent des claquements de portières, puis le bruit étouffé d'un coffre. Ils distinguèrent aussi des éclats de voix, mais sans comprendre ce qu'elles disaient. À un moment donné, une voiture démarra et s'en alla en faisant demi-tour sur l'esplanade, suivie par l'autre tout de suite après, qui manœuvra à l'identique.

– Qui ça peut être ? s'interrogea de nouveau Angela, frigorifiée.

– Bonne question, répondit le commissaire d'un air préoccupé. Je savais que c'était une zone franche, mais je ne la savais pas si fréquentée.

Cet intermède n'avait pas entamé la vivacité d'Angela, tout excitée par cette visite inattendue.

– Tu avais ton flingue ?

– Ben non, tu sais bien, je ne sais jamais où le mettre, ricana-t-il.

Ils revinrent sur la digue et traversèrent le froid sauna du Pô. Le noir et le brouillard étaient tellement impénétrables qu'on avait la sensation de s'y cogner à mesure que l'on avançait. Après dix minutes de marche, ils reconnurent Sacca au réverbère de la place de l'église.

Angela souffla :

– Je croyais qu'on s'était perdus.

– Je t'avais prévenue...

– Tu aurais préféré somnoler les pieds sous la table ? le moqua-t-elle sur un ton de défi.

Un étrange couple apparut au bout de la rue sans laisser à Soneri le temps de répliquer. Après avoir fait quelques pas, ils aperçurent un homme sur un fauteuil roulant, poussé par une femme qui gesticulait, comme si elle chassait une nuée de mouches.

– Les gens d'ici ne sont pas normaux, commenta Angela.

En les voyant, la femme se tendit légèrement. Au contraire, le vieux assis sur le fauteuil resta impassible.

Angela et le commissaire s'arrêtèrent et attendirent qu'ils se rapprochent. Quand ils furent à deux mètres de distance, le couple fit une pause comme s'il les connaissait et qu'il était naturel de se saluer.

– Ce n'est pas une heure pour la promenade, remarqua Soneri.

La femme fit un signe éloquent pour dire qu'elle le savait et qu'elle l'avait déjà dit.

– Pour vous non plus, rétorqua le vieux.

Il portait un épais pardessus qui lui recouvrait complètement les bras, un plaid lui enveloppait les jambes.

– C'est vrai, concéda le commissaire, il n'y a que nous.

– Je n'en mettrais pas ma main au feu, grinça l'autre.

La femme qui l'accompagnait se remit à gesticuler et à remuer les lèvres sans émettre aucun son.

– Elle est muette, prévint l'homme. Et en plus, ukrainienne. Elle essaye de vous dire que ça me fait du mal de sortir en pleine nuit, avec ce temps. Mais ça m'est égal ! À mon âge, je n'ai plus rien à perdre, et tous les jours sont bons pour foutre le camp.

Soneri regarda la femme : large et puissante comme une jument bretonne, elle aurait pu traîner une remorque.

– Et vous, vous ne l'écoutez pas... poursuivit le commissaire.

– Je devrais. Mais j'ai envie d'aller voir le Pô, s'entêta-t-il.

– Vous ne le verrez pas cette nuit.

– Tant mieux. Je l'imagine. Je n'y vais jamais dans la journée. Que la nuit.

– Pourquoi ?

– Parce que je ne vois rien, comme ça, je ne souffre pas.

– Qu'est-ce qui vous fait souffrir ? demanda le commissaire, même s'il devinait ce que le vieux voulait dire.

– De voir comment tout a changé, que tout a été inutile...

L'homme s'interrompit et confia sa conclusion à un geste de dépit. L'Ukrainienne leur adressa des signes à son tour, mais ni Angela ni le commissaire ne parvinrent à les déchiffrer.

– Il fait noir comme dans une chambre, ou dans une cave, dit Soneri en indiquant d'un geste vague l'épais brouillard.

Le vieux secoua la tête.

– Non, ici, le Pô se respire dans l'air. On sent son odeur, on devine le vide au-dessus de l'eau... Si on tend bien l'oreille, on peut même entendre le courant. Là, je l'entends, vous savez ? Le mouvement du fleuve est la seule chose qu'a pas changé. Pour le reste, je ne reconnais plus rien.

L'Ukrainienne lui tapota l'épaule pour le calmer et recommença ses gesticulations. Le vieux n'y prêta aucune attention et reprit la parole :

– Quand il fait noir, j'arrive à voir avec mes yeux d'avant. Je revois comment c'était. Je rêve, en somme. Pour rêver, il faut bien qu'il fasse nuit, non ?

– Vous sortez tous les soirs ?

– Quand il pleut, elle m'emmène pas, répondit l'homme en donnant un coup d'œil à la femme. Elle m'emmène pas non plus quand il y a trop de mouvement, comme hier.

– Ils ont trouvé un mort sur le lit majeur, fit savoir Soneri.

– Je sais, ça ne m'étonne pas, murmura l'autre d'un air sombre.

– Vous vous y attendiez ?

– Je vous l'ai dit, ici, tout a changé. Personne ne veut plus vivre dans ce genre d'endroit, c'est toujours provisoire, s'ils s'installent. Comme les merles dans les haies.

— Vous avez vu quelque chose ?

— J'en vois beaucoup... J'imagine... Avec un brouillard comme ça, c'est ni vu ni connu. On vit côte à côte sans jamais se rencontrer. Moi, je ne connais personne, les gens font des apparitions dans les maisons, ensuite, ils disparaissent. C'est des fantômes, pour moi. Je préfère me rappeler ceux qui vivaient ici.

— Y compris Manotti ?

— Le dernier qu'est parti. Çui qui prendra sa place ne viendra pas d'ici.

— Personne ne s'est rendu compte qu'il était mort, expliqua le commissaire.

— Les vieux ne servent à rien, commenta l'autre. Si je n'avais pas trois sous pour la payer... confia-t-il en faisant allusion à son aide-ménagère. Moi aussi, je suis mort, pour la société. C'est pour ça que je sors la nuit. Je sors quand tout se calme, et je rêve. Je préfère le noir à la lumière.

L'Ukrainienne recommença ses grands gestes, qui trahissaient une sorte de crainte. Le vieux se tourna légèrement pour la regarder.

— Par contre, à elle, le noir lui fout la frousse. Faut dire qu'ici y en a qui rôdent, c'est des vraies bêtes sauvages, et ils détalent dès qu'on les voit.

— Vous parlez des lits d'inondation ?

— C'est complètement désert, ici. Si ça débarque par voie d'eau, comment savoir ce que le fleuve nous apporte ? Sur la digue, il y a beaucoup de passage : surtout des voitures. Quelqu'un s'arrête, un autre va dans la peupleraie... C'est pas des couples, ça fait un bail qu'ils ont disparu, depuis qu'on a commencé à les agresser et à les dépouiller. La nuit, ceux qui viennent par ici ont d'autres objectifs.

— Vous avez une idée de qui ça pourrait être ?

— À votre avis ? Vous viendriez faire quoi là où la route finit et qu'on va plus nulle part ? Il faut vraiment avoir envie de venir. C'est comme un bras mort, ici, l'eau ne bouge plus, alors évidemment, au bout d'un moment, ça commence à sentir mauvais.

— Le chemin de halage emmène à Mezzani, objecta le commissaire.

— Il n'est pas pratique, il est bourré d'ornières, et puis le brouillard est plus dense, on ne voit quasiment rien. Ils prennent tous la départementale, trancha le vieux.

Soneri sentit Angela se coller à lui, et il comprit qu'elle avait froid.

— Et vous, qu'est-ce que vous faites ici ? s'informa l'homme.

La question laissa le commissaire interdit, et Angela répondit à sa place :

— On est de la police, expliqua-t-elle. Commissaire Soneri, je suis son assistante, mentit-elle.

Le vieux les scruta d'un air suspicieux.

— Maintenant, je comprends votre curiosité. Vous vous intéressez au mort ? Ce n'est pas nouveau d'en trouver sur ce genre de terrain, mais avant, c'était le courant qui les ramenait. Çui-là n'a pas eu droit aux funérailles du fleuve.

— En effet. La terre était en train de le dévorer.

— Mais comment que ça se fait que vous faites vos enquêtes en pleine nuit ? les questionna le vieux avec méfiance.

— Nous aussi, on a remarqué du mouvement, dit Soneri en restant évasif. Vous n'auriez pas entendu deux voitures descendre vers l'usine de concassage, par hasard ?

— Vous avez de bonnes oreilles. Ce n'est pas facile de repérer des bruits dans une telle mélasse. Il faut avoir l'habitude, reconnut l'homme. Et vous les avez entendues. Y en a une qu'était blanche comme celle qu'ils ont laissée près du ponton...

Le commissaire songea à la Polo tandis que l'autre continuait :

— Voilà, cette voiture-là, je l'ai vue rôder deux autres fois, dans la nuit.

— Comment vous savez qu'une voiture a été retrouvée près du ponton ? C'est arrivé en pleine journée.

Le vieux désigna l'Ukrainienne du pouce, immobile comme un soldat. Mais à peine montrée du doigt, l'aide-ménagère recommença à agiter son alphabet de gestes incompréhensibles. Puis l'homme lui fit un signe, elle empoigna le fauteuil et le poussa en avant.

— Bonne nuit, commissaire, entendit Soneri peu après. Mais déjà, la voix se perdait dans le noir.

CHAPITRE 7

Ils avaient fini par demander l'hospitalité à Bruno, qui disposait de quatre chambres au-dessus des cuisines. Quand elle vit celle où ils allaient dormir, Angela décréta qu'elle était suffisamment moche pour lui plaire. Surtout les meubles, qui exhalaient une vague odeur de colle, et le lustre à pendeloques couvert de crottes de mouches.

– J'ai toujours adoré le mauvais goût des lieux pour adultère, avait-elle dit en enlaçant le commissaire.

Tandis qu'il filait droit à son bureau en traversant la cour de la Questure, Soneri repensa au plaisir de cette étreinte et au parfum de sa compagne. Mais en poussant la porte de la PJ, ce fut l'arôme de la machine à café qui l'accueillit dans le couloir.

– Je te cherchais, l'accueillit Nanetti. J'ai les premiers résultats de la balle qui a tué le type.

– Vas-y, tire !

– Je vois que le Pô te rend joyeux, plaisanta son collègue. Heureusement que le questeur est là pour te calmer, sinon on ne te tient plus. Alors, annonça Nanetti avec sérieux, c'est bien ce que je pensais, elle vient d'une mitraillette Uzi. Reconnais que j'ai du flair.

– À revendre. Mais ça complique pas mal les choses, dit le commissaire en se rappelant le projectile qu'il avait dans la poche. Regarde un peu si ça vient de la même arme, poursuivit-il en lui tendant l'enveloppe. C'est la balle que j'ai trouvée dans le peuplier.

— J'espère ne pas avoir trop embrouillé les choses, reprit Nanetti en parlant de la mitraillette.

— Ce n'est pas une arme pour régler ses comptes, releva Soneri. Et c'est un nouvel élément en faveur de Capuozzo : les Uzi se vendent bien, elles sont très demandées.

— Attends-toi à un coup de fil, le mit en garde Nanetti.

— J'attends surtout ton expertise, réclama Soneri en indiquant l'enveloppe que son collègue avait en main avant de retourner à son bureau.

Quand il entra, Juvara était déjà au travail. Le commissaire, toujours concentré sur les projectiles, le salua rapidement avant d'aller s'asseoir. Bien qu'agacé de voir son enquête prendre de jour en jour la piste du questeur, il commençait à se dire qu'il faudrait s'y résoudre. Du reste, les explications ne se trouvaient-elles pas le plus souvent dans les choses les plus simples ? C'est ce qu'il s'était passé pour le ticket de la chemise : Juvara l'avait retrouvé dans le pressing le plus en vue, et maintenant, il s'apprêtait à un rapport circonstancié.

— Je n'en ai pas trouvé d'autre... attaqua l'inspecteur.

— C'est bon, c'est bon... Tu me l'as déjà dit, s'irrita Soneri en l'écartant. Dis-moi plutôt ce que tu sais de ce Gabor.

— On attend des nouvelles plus précises d'Interpol, répondit Juvara en regagnant sa place. On sait juste qu'il avait vingt-trois ans, pas de précédent judiciaire. Et qu'apparemment il fréquentait une femme de Colorno.

— Comment ça, « fréquentait » ?

— Commissaire, ce ne sont que des on-dit, mais la gérante du pressing m'a rapporté qu'elle l'avait vu plusieurs fois en compagnie d'une femme quand il venait chercher ses vêtements.

— On sait qui c'est ?

— Une femme plus âgée que lui, séparée.

— Son nom, Juvara ! On dirait un témoin réticent !

— Gina Cavalli. Elle habite aux Vedole. Vous savez, là où il y a le restaurant…

— Et comment ! On y mange des cuisses de grenouille ! lui apprit le commissaire avec un frisson d'enthousiasme.

Juvara prit un air dégoûté et Soneri secoua la tête.

— Je vais aller voir la veuve, annonça-t-il. Toi et Musumeci, cherchez-moi les Hongrois sur le Pô, entre Plaisance et Mantoue. On va vous dire qu'ils sont à Luzzara, mais pas la peine d'y aller, il n'y a que des Russes et des Slovaques. Si nécessaire, emmenez Draghi, je ne sais pas, partagez-vous les zones.

Comme il se levait pour repartir, son téléphone sonna. La voix de Capuozzo lui fit le même effet qu'une tempête de sable.

— Vous avez vu ? Même l'expertise me donne raison. Ils se sont disputés pour des questions d'affaires, et l'un des leurs y a laissé sa peau. Commissaire, les avez-vous trouvés, ces Hongrois, oui ou non ?

— *Dottore*, ils se sont évanouis dans la nature. Ils ont quitté Sacca pour Luzzara, mais à Luzzara, il n'y a que des Russes et des Slovaques. À mon avis, ils ont quitté la zone pour un petit moment. Je viens d'ordonner à Juvara, Musumeci et Draghi de ratisser les berges.

— Dans tous les cas, grogna le questeur, vous ne me donnez pas l'impression de vous occuper de cette enquête avec la ténacité voulue. Je vais prier la *dottoressa* Marcotti de prendre l'affaire en main, conclut-il.

Soneri raccrocha et jura tout de suite après. Il ne pouvait plus voir Capuozzo en peinture, ni ceux qui tiraient à tout prix leurs conclusions pour arriver premier, comme s'il s'agissait d'un quiz. Il espérait que, tôt ou tard, le questeur soit nommé préfet pour ne plus l'avoir dans les pattes.

En attendant, il devait parler de toute urgence à la Cavalli. L'histoire entre une femme mûre et un jeune étranger attisait sa curiosité. Il sentait qu'elle allait au-delà d'une amourette de circonstance.

Les Vedole se trouvaient à quelques kilomètres de Colorno et possédaient un peu moins de maisons que le bourg de Sacca. La présence de hangars industriels avait traîné dans son sillage de larges routes et de grands ronds-points, le paysage était devenu vulgaire. Soneri se perdit, incapable de reconnaître ces lieux à ce point transformés, et si semblables à d'autres. La *bassa*, elle aussi, allait être engloutie par la banalité des géomètres municipaux.

Au bar, on lui transmit l'adresse de la femme.

– Gina ? gloussa une matrone dans la cinquantaine, derrière son comptoir. Elle habite une villa toute blanche, la dernière sur votre droite, en direction de Colorno. Vous ne pourrez pas la louper, elle a mis des statues en plâtre sur les piliers de son portail : deux angelots tout nus, précisa-t-elle en gloussant à nouveau.

La Cavalli devait avoir le même âge que la matrone, mais contrairement à cette dernière, elle s'habillait comme une jeune fille et soignait davantage son apparence : presque agressive avec ses cheveux blond cendré et ses lèvres rouge vif.

– Vous êtes au courant pour Gabor, je suppose ? Gina baissa les yeux et acquiesça.

– Depuis quand vous le connaissiez ?

— Trois mois, répondit-elle après avoir réfléchi une seconde. On devait se voir le soir où il est mort. Il devait venir chez moi.

— Vous avez une idée de ce qui s'est passé ?

— Non, vraiment, je ne sais pas... Je ne crois pas qu'il avait des ennemis, il ne m'en a jamais parlé. Il pêchait, bien sûr, il trafiquait sûrement un peu, mais je ne pense pas...

— Il y avait des différends entre les groupes ? Les Russes, les Slovaques...

— Non, je ne crois pas. Toni était très ouvert, il me l'aurait dit. Il avait appris assez vite l'italien, il voulait rester ici. Il était né près du Danube, il disait que le Pô lui rappelait son pays.

Gina eut une expression de regret, teintée de mélancolie.

— Je sais ce que vous pensez, se reprit-elle tout de suite après, que je suis plus vieille que lui. Et alors ? Je suis bonne à jeter à cinquante ans ? Je me sentais bien avec Toni, et c'était réciproque, c'est tout ce qui comptait. Ça ne pouvait pas durer ? Peut-être. Vous croyez que ça a du sens de faire tout un tas de projets quand, à vingt-trois ans, on peut mourir comme ça... Il en avait plein, des projets, Toni. Comme tout le monde. Vous n'en avez pas eu ?

— Eh oui, c'est vrai, admit Soneri, on a tous rêvé d'un avenir différent... Malheureusement, pour Gabor, ça s'est mal terminé. J'essaye juste de savoir ce qui s'est passé.

— Moi aussi. Les gens nous débinaient, vous savez, mais je m'en foutais pas mal. Moi, j'aime la vie, et l'amour, je le cherche. C'est mal ? Ça vaut mieux que toutes ces bonnes femmes qu'ont pas le courage de larguer leurs maris et qui meurent d'envie devant celles qui ont décidé de refaire leur vie, affirma Gina.

— Vous avez dit que le soir de l'homicide Gabor devait venir chez vous. Il ne vivait pas dans une caravane ? s'informa le commissaire.

— Oui, il devait venir ici. Les premiers temps, si, il vivait au bord du fleuve, mais ensuite il passait presque toutes ses nuits chez moi. C'est plus confortable de dormir dans un lit que dans ces machins-là.

— Il avait une voiture ?

— Un vieux 4 × 4. Il remorquait les caravanes le long du Pô.

— Il ne s'est pas arrêté à Sacca ?

— Non, pendant une période, il a pêché à Polesine, et ensuite à Stagno. Le fleuve est plus large, les zones sont meilleures pour le poisson, les eaux sont plus calmes.

— Pourquoi ses collègues sont partis ?

— Ils sont peut-être pas tous en règle, ils ont préféré prendre le large.

— Ils ne pêchent plus, en ce moment ?

— Je n'en sais rien. Je ne les connais pas. Toni m'avait dit que plusieurs d'entre eux avaient fait des conneries en Hongrie. C'est vrai qu'avec leur permis de pêche y avait quand même un truc qui clochait.

Soneri la remercia en prenant congé. En passant le portail, il remarqua les deux angelots sur les piliers. Angela se serait extasiée si elle les avait vus à l'entrée d'une pension de la *bassa*. Tandis qu'il s'en allait, il aperçut Gina derrière la vitre de sa fenêtre ; son expression était déterminée, on comprenait qu'elle était prête pour une nouvelle histoire.

Il ne mit que quelques minutes à retrouver l'Asolana, et il roula tout droit en direction du Pô. Chemin faisant, il repensa au héros de *La Chartreuse de Parme*, et ce fut comme une évidence : nulle part ailleurs Fabrice del Dongo n'aurait pu traverser le Pô, comme si tout confluait naturellement vers Sacca. Lorsqu'il y arriva, il vit la digue qui barrait le passage, l'église à droite et le *Stendhal* à gauche. Une limite, une amarre, une fin ou un début. Et plus loin, l'eau du fleuve, douane ardue et silencieuse. Il se gara sur le petit parking où la Polo blanche avait été abandonnée. Il aurait dû dire à Nanetti de l'inspecter en même temps que le bateau de Biancani. Montesano, qui revenait du ponton à la cadence d'une troupe de débarquement, n'allait pas manquer de le lui rappeler.

— Vous avez fait bonne pêche ? plaisanta Soneri.

— Mauvaise, se limita à répondre l'adjudant-chef. Quand est-ce que vos collègues vont venir examiner le bateau et la voiture ? On ne va pas non plus les garder des mois, s'agaça-t-il.

— Bientôt, mentit le commissaire. Vous avez fait une belle promenade ? reprit-il en indiquant la vedette de l'Arma qui repartait après l'avoir déposé.

— On a jeté un coup d'œil aux berges, depuis Isola Serafini jusqu'en bas, pour contrôler les pêcheurs... l'avisa Montesano.

— Vous n'avez pas laissé tomber, alors...

— S'il n'y avait que moi... Mais le questeur a contacté le commandant de région et la *dottoressa* Marcotti... On est en état d'alerte.

— Du coup, vous avez fait un tour, continua Soneri. Le militaire haussa les épaules.

— Je m'en serais bien passé. Les types se sont barrés, expliqua-t-il en mimant la fuite d'un geste de la main. Ils ont senti que ce n'était pas le jour, conclut-il.

Nocio arriva quand Montesano s'en allait.

– Ils sont en guerre, commenta-t-il en parlant du carabinier.

– Ils battent plutôt en retraite, constata le commissaire tout en le regardant s'éloigner.

– Tu rigoles, ils ont envoyé des brigades sur les berges, de Crémone à Mantoue.

– Ils ratissent de l'autre côté ? s'étonna Soneri en montrant la rive lombarde.

Nocio acquiesça.

– Ce matin, on a eu droit à tout un va-et-vient de vedettes. Après l'histoire du mort, on dirait qu'ils ont tous émigré de là-bas.

Le commissaire serra les poings : Capuozzo l'avait doublé de bout en bout. Comme d'habitude, on l'obligeait à faire cavalier seul, il faudrait agir prudemment, à la manière des chats du Pô, intimidés par le courant.

Ils furent distraits par les hurlements de Caretti à la sortie du cercle nautique. Ce dernier titubait, une bouteille de bière à la main, en baragouinant des phrases incohérentes.

– Il a passé la nuit à vadrouiller, et maintenant, il va se coucher plein comme un œuf, l'informa Nocio.

Soneri se rappela qu'on était dimanche, même si ça ne faisait aucune différence sur les rives du Pô.

– Ça lui arrive souvent ?

– Plus ou moins… Quand il trouvera une femme, il finira par se ranger. Mais faut le vouloir, un type de ce genre. Il s'en ramasse quelques-unes au bord des routes. Peut-être bien les Noires qu'il ne veut pas chez lui, elles coûtent moins cher, acheva Nocio avec une pointe de méchanceté.

Au cercle, il y avait davantage de monde que de coutume, et le commissaire n'eut pas envie d'entrer.

– Si ça te dit, on peut faire un tour pour voir ce que les pandores ont fabriqué, lui proposa l'ami.

Soneri le suivit jusqu'au ponton et grimpa dans son canot. Ce n'est qu'alors qu'il remarqua qu'il était plus ancien que les autres. Avec sa coque en bois et ses formes arrondies, il était de ces bateaux qui naviguent lentement, à une allure de rame. Un vestige, comparé aux hors-bord profilés en résine de polyester, équipés de moteurs qui creusent des sillons et nagent plus vite que les poissons. Lorsqu'ils quittèrent la rive, il ressentit le même malaise que l'autre jour, toutefois moins prononcé. Le Pô était tranquille et s'écoulait dans le calme trompeur des eaux profondes. Soudain, une nuée d'oiseaux les survola, et peu après ils respirèrent une senteur nauséabonde.

– Tu vois la direction qu'ils prennent ? fit remarquer Nocio.

Sur un îlot un peu au-delà de Casalmaggiore, les oiseaux s'acharnaient sur un cimetière immaculé de vertèbres pointues.

– Ils ont découpé le poisson en filets, et ils ont laissé le reste, expliqua Nocio. Les oiseaux sentent l'odeur à des dizaines de kilomètres. Parfois, ils remontent de la mer.

L'îlot de sable était couvert de volatiles, les becs martelaient sans relâche tandis que la puanteur donnait la nausée.

– C'est ça qu'on sent, en ce moment, sur le fleuve, reprit Nocio.

– Ça pue aussi ailleurs, crois-moi.

– Peut-être, mais ici, avant, c'était magnifique, rétorqua l'autre en longeant l'îlot devant les carnassiers indifférents. Regarde autour de toi, regarde l'eau, dit-il en désignant l'épaisse écume blanchâtre qui flottait comme un morceau de glacier détaché d'une banquise. Tout le monde a peur, maintenant, au bord du Pô. La nuit, plus personne n'ose y aller. On y trouve de tout : des dealers qui se planquent dans les maisons en ruine, des gars qui vendent leur cul, des sectes qui font des feux et des messes noires, et je ne te parle même pas des bandes de jeunes qui se bourrent la gueule et qui défoncent toutes les guérites. Ils mettent aussi le feu aux bateaux, des fois. C'est une jungle, aucun salut pour personne. Le seul espoir, c'est la crue, pour qu'elle balaye toute cette merde. Qu'elle assainisse la lande.

– Tout le monde les déteste, c'est ça ? voulut savoir le commissaire en faisant allusion aux pêcheurs.

– Par la force des choses. Ils sont comme la peste : ils salissent, ils bivouaquent, ils réduisent les berges en bouillie, et en plus, ils sont arrogants. Ils pillent le peu qui reste au fond du fleuve. Ils prennent de tout avec leurs chaluts : des silures évidemment, mais aussi des carpes, des ablettes, des poissons-chats, des brochets... Ils ne laissent rien. Personne ne les emmerde. Aucun carabinier, alors qu'ils n'ont même pas un semblant de permis.

– Aujourd'hui, ils sont venus...

– Tu parles... Une fois de temps en temps, ils font une descente... Mais les gars savent anticiper, ils attendent plusieurs jours, et ils reviennent comme avant. Et puis, c'est pas seulement ça, le problème. Ce serait trop simple... marmonna Nocio.

Ils furent distraits par le hurlement d'une sirène. Mais, dans les brumes, on aurait dit le gémissement d'un monstre fluvial.

– T'inquiète, le rassura l'ami en virant à bâbord, c'est le bateau qui promène les touristes, il va bientôt se montrer, avec sa pelletée d'illusions.

– C'est sûr qu'avec ce temps ils ne vont pas y voir grand-chose.

– Ce n'est pas plus mal. Avec toutes les conneries qu'on leur raconte... Ils font passer le Pô pour un espace préservé, alors que c'est devenu un égout. Ils leur font croire que c'est un lieu vivant, alors que tout est pourri. Tout ça pour se gagner quatre sous. De toute façon, tout le monde ne pense qu'à spéculer, rien d'autre. Les pêcheurs ne sont jamais que les derniers arrivés, ragea Nocio.

– Et qui a commencé ?

– Tu ne vois pas où le fleuve en est réduit ? Ils ont creusé tellement profond qu'on ne voit même plus l'eau quand on est sur les digues. C'est plus qu'un canal, le courant est de plus en plus fort, on ne sait même plus comment sont les fonds. Chaque fois qu'ils tournent avec l'échosondeur, ils sont obligés de changer les voies de navigation parce qu'en dessous c'est les montagnes russes. C'est ça qu'il est devenu, le Pô, à force de prendre du sable. Ici, en dessous, indiqua Nocio du doigt, c'est la mine d'or, c'est à qui se servira le premier. Tout le monde est mouillé : les coopératives, les rouges comme les blanches, ceux qu'ont pas de permis, ceux qu'en ont mais qui prennent le triple de ce qu'ils devraient, ou ceux qu'ont des permis temporaires périmés depuis des années et qui continuent de racler, de jour comme de nuit.

Après un deuxième coup de sirène plus fort que le précédent, le commissaire aperçut la silhouette d'un bateau de croisière se profiler dans le brouillard. Il diffusait autour de lui la musique d'un orchestre de guinguette, prenant de court quelques instants l'indifférence et l'immobilité du fleuve. Nocio vira une seconde fois en négociant le plus largement possible afin d'éviter les remous de l'embarcation et s'arrêta de justesse à moins de vingt mètres de la rive lombarde. Sur le pont, un marin d'eau douce en uniforme scrutait le courant au milieu du fleuve tandis que par les vitres de la salle on distinguait une foule d'excursionnistes à la fête qui trinquait et dansait. L'équipage fit retentir un nouveau coup de sirène assourdissant à la vue du canot de Nocio, et la nuée d'oiseaux s'envola de l'îlot en bruissant. Nocio attendit que le remous s'en aille et remit des gaz.

– Tu sais jusqu'où ils vont ? se renseigna Soneri.
– Mortizza. À cette saison, ils reviennent à l'embouchure avant la nuit.

Le commissaire tourna la tête et vit disparaître le bateau, englouti par le brouillard. À peine eut-il le temps de se retourner pour regarder à l'avant que le sifflement d'un hors-bord traversa l'air et les frôla quelques secondes plus tard. Son sillage les remua davantage que celui du bateau de croisière, et Nocio se perdit en jurons en se retenant à la passerelle.

– Ils sont malades ! s'écria Soneri.
– On flotte au-dessus de la mort, mais y en a pas beaucoup qui le savent, déplora l'autre. Là-dedans, ajouta-t-il en montrant l'eau, avec ce froid, si tu tombes, t'es foutu.

– Tu sais qui c'était ?
– Non, mais le hors-bord vient de chez Masi. L'atelier Masi de Gussola, précisa-t-il. Le modèle date d'il y a deux ans. Un type de Torricella a exactement le même.

– Il ne doit pas y en avoir beaucoup dans le coin…
– Je ne pense pas, confirma Nocio. C'est un petit artisan, il n'en fabrique pas beaucoup. Par contre, c'est du travail d'orfèvre.

Ils naviguèrent encore une dizaine de minutes avant d'arriver à Bocca d'Enza. Nocio signala le cours d'eau qui se jetait dans le Pô.

– Tous les torrents qui se jettent ici sont des poisons supplémentaires. Comme ça coûte cher de liquider sa merde, ils préfèrent la foutre dans les fossés ou les canaux d'irrigation. Et comme le courant descend, tout atterrit ici.

Soneri demeura sans voix. L'angoisse et le brouillard devenaient oppressants. On ne voyait aucune lumière, aucune issue. Il s'énerva de son impuissance et eut un mouvement d'impatience.

– Montesano n'a jamais averti la cellule des délits environnementaux ?

– Ils disent qu'ils n'ont pas assez d'hommes, mais de toute façon, ça ne servirait à rien.

– Pourquoi ?

– Beaucoup trop de gens ont intérêt à maintenir les choses en l'état, lui expliqua l'ami. Les industriels et les artisans ne veulent rien dépenser pour leurs saloperies, et les élus locaux ont peur de se mettre les entreprises à dos. Il suffit qu'on leur construise de nouveaux hangars pour faire comme si de rien n'était. Plus de hangars, plus de travail, plus de monde, plus d'habitants, plus de taxes à prélever, et plus de clientèle à se garder à la mangeoire. Moi, j'ai fini par renoncer et je m'énerve en solo. Si j'étais jeune, je ferais sûrement cramer les guérites, ou pire. Tu as vu Caretti ? C'est le résultat de cette société : un fasciste qui joue les gros bras, mais dans le fond, ce n'est pas lui le coupable. Je crois que je ferais pire à sa place.

– Tu crois que c'est la solution ? fit remarquer le commissaire, légèrement sarcastique.

— Tu ne penses quand même pas qu'il suffit de se boucher le nez devant la merde ? Moi, encore, admettons, mais un jeune à qui on ne donne aucun avenir, et pas d'espoir... Faut pas s'étonner si y en a qui prennent le mauvais chemin.

Soneri repensa soudain à la phrase qu'il avait lue dans le journal du commandant.

— Aujourd'hui, les jeunes, soit ils se noient dans l'alcool, soit ils se shootent, soit ils roulent comme des dingues en bagnole. Il y en a même qui font les trois à la fois, reprit Nocio. Dans tous les cas, c'est une façon désespérée de protester.

Soneri se rappela la poursuite en voiture et, par association d'idées, en revint au hors-bord qu'ils venaient de croiser.

— Tu dis que le chantier Masi est à Gussola, c'est ça ? Nocio acquiesça en faisant marche arrière. Ils remontaient à présent contre le courant, mais le fleuve était calme. Le commissaire regarda sur le côté : le niveau de l'eau était si bas qu'on aurait cru les peupliers plantés sur une colline.

— Tu n'as rien remarqué d'autre sur ce hors-bord ? insista Soneri. Je veux dire : c'est bizarre d'aller si vite, non ?

— Si on ne s'était pas poussés à cause du bateau des touristes, ils nous auraient percutés de plein fouet. La seule chose que j'ai réussi à voir, c'est qu'ils avaient un moteur cent chevaux, un Mercury.

— Un quoi ?

— Un moteur Mercury, c'est les plus répandus. Tu peux monter le moteur que tu veux sur un hors-bord. Soit tu réclames au fabricant de te l'installer, soit tu l'achètes de ton côté, expliqua Nocio tout en mettant le régime moteur pour vaincre le courant.

Peu après, ils aperçurent Casalmaggiore.

— Regarde, indiqua l'ami.

Il montrait la vedette des carabiniers amarrée du côté de la rive crémonaise. L'embarcadère était couvert d'uniformes tandis que l'on faisait monter plusieurs hommes sur le bateau.

— Ils en ont serré quelques-uns, révéla Nocio. Tu n'étais pas au courant ?

Le commissaire secoua la tête et observa les militaires en tentant de contenir sa rage contre Capuozzo. La sensation de solitude à laquelle le condamnait cette enquête se renforça, même si le brouillard intervint miraculeusement pour effacer la scène. Il s'abandonna sur la banquette en écoutant le marmonnement du moteur, le regard planté dans le dos de Nocio, debout à la barre. Son téléphone sonna.

— *Dottore*, amorça Juvara, il y a eu une nouvelle attaque de banque.

— Comment ça, « nouvelle » ? Y en a eu d'autres ?

— Pardon, s'excusa l'inspecteur, je voulais dire une nouvelle attaque de la bande des distributeurs.

— C'est pas forcément les mêmes ! On est dimanche, aujourd'hui.

— Voilà, c'est justement ce que je voulais dire, se défendit Juvara. Leur mode opératoire est assez bizarre : les voleurs ont attendu que le directeur de l'agence revienne de la messe et, quand il est arrivé chez lui, vers onze heures, ils l'ont obligé à monter dans leur voiture. Ensuite, ils se sont fait ouvrir la banque, ils ont enfermé le directeur dans un cagibi et ils ont pris tout ce qu'ils pouvaient avant de s'enfuir en sortant par-derrière.

— Quel bordel ! s'exclama Soneri.

— Des professionnels, insista l'inspecteur. La description des trois braqueurs correspond à celle de la bande.

Le commissaire soupira.

– Écoute, dit-il, laisse tomber les pêcheurs, les carabiniers sont déjà sur le coup. Préviens Draghi et Musumeci.

– Ils auraient pu nous le dire avant... protesta Juvara.

– Laisse tomber, abrégea Soneri en raccrochant.

CHAPITRE 8

Soneri était à ce point humilié qu'il songea même à demander une mutation. Au vu des circonstances, cela lui paraissait la meilleure solution. Le lendemain tombait un lundi : voilà comment il commencerait la semaine. Ou alors il suivrait le conseil de Nocio : aller directement dans le bureau de Capuozzo et le traiter de connard. Mais dans ce cas, il n'aurait plus qu'à changer de ville. En entendant sonner une heure au clocher de l'église, il décida d'aller se calmer au *Stendhal*.

Bruno l'accueillit avec ses grosses pognes d'ouvrier agricole, l'héritage le plus visible de ses origines paysannes.

– On vous attend depuis une demi-heure, annonça-t-il en gesticulant.

– Ah bon ? Qui ça ? s'étonna Soneri.

L'autre resta interdit et écarta les bras.

– Si vous ne le savez pas vous-même…

Dans un coin de la salle, Angela lisait le journal assise à une table.

– Tu es en retard, lui reprocha-t-elle comme s'ils avaient rendez-vous.

– Mais d'où tu sors ? Tu m'as dit ce matin que tu rentrais chez toi…

— J'ai fait un tour à la brocante de Colorno. Ensuite, je me suis dit que tu ne pouvais pas rester tout seul dans la *bassa*, avec tout ce brouillard, plaisanta-t-elle. Et puis on est dimanche. Ça fait tellement longtemps qu'on n'a rien fait ensemble.

— Un dimanche de merde ! siffla le commissaire.

— Je ne suis pas sûre que ce soit le meilleur moyen de commencer un déjeuner avec une femme qui a envie de sortir avec toi, le fustigea-t-elle d'un air débonnaire. Qu'est-ce qu'il s'est passé ?

— Capuozzo se fout de ma gueule, il me double, il me met des bâtons dans les roues... Il me casse tellement les couilles que je vais demander une mutation.

— Allez, arrête !

— Au moins, ce gros con arrêtera de me gâcher mes journées, poursuivit Soneri.

— Tu ne pourrais pas l'endormir, plutôt ? Prouve que c'est un crétin, jusqu'à maintenant, c'est toujours toi qui as eu le dernier mot.

— Ça ne sert à rien, Angela. Il est protégé politiquement, tout ce que je peux entreprendre ne lui porte aucun préjudice. À Rome, ils récompensent la fidélité, pas tes compétences.

— D'accord, mais si tu l'endors, il te foutra la paix, l'encouragea-t-elle.

Le portable de Soneri les interrompit.

— Collègue, ta balle n'a rien à voir avec une mitraillette, lui apprit Nanetti. C'est un calibre 9 qui vient d'un pistolet. D'après moi, un Beretta automatique. Le même que les nôtres.

— Quelle chance que tu sois de garde ! lança le commissaire.

— Tu te fous de ma gueule ? J'avais une ouverture, j'ai dû la reporter.

– Ça ne va pas te faire plaisir, mais moi, je suis en train de conclure, insista Soneri. *Mors tua vita mea.*

– Pourquoi tu ne vas pas faire du bien à ta sœur ? le rembarra Nanetti.

– Tu ne peux pas savoir à quel point cette nouvelle me met en joie, répondit le commissaire.

– J'avais peur d'avoir compliqué les choses.

– Un peu, mais, en même temps, ça nous ouvre de nouvelles perspectives.

– Si tu le dis…

– N'oublie pas que tu dois retourner dans la *bassa* : tu as une voiture et un hors-bord à examiner. Interphone : Montesano, plaisanta Soneri.

– Tu ne veux pas venir avec moi ? Je suis timide, répliqua son collègue avant de raccrocher.

– J'ai l'impression qu'on a changé de direction, résuma Angela. Je prépare le coup de tampon pour la requête ?

– Tu as sans doute raison : je vais peut-être avoir le dernier mot.

– Je te donne toujours de bons conseils.

– Nanetti vient de me dire que la balle que j'ai trouvée dans le peuplier venait d'un pistolet, lui expliqua le commissaire. Alors que le Hongrois s'est fait tirer dessus par une mitraillette Uzi. La thèse du règlement de comptes de Capuozzo perd de sa force, en conclut Soneri.

– Pourquoi ? Ils ne peuvent pas avoir tiré avec deux armes ? s'interrogea Angela.

– Quel intérêt de tirer avec un pistolet si je décide d'éliminer quelqu'un avec une Uzi ? C'est le genre de mitraillette à descendre dix mecs en vingt secondes.

– Ça veut dire quoi, alors ?

– Que plusieurs personnes ont tiré dans le champ, mais pas au même moment, présuma le commissaire.

– Ça me paraît plus embrouillé qu'avant, commenta Angela.

– C'est vrai, mais au moins la thèse de Capuozzo perd du poids. Et puis...

Soneri se perdit dans une pensée et laissa sa phrase en suspens.

– Et puis ? insista sa compagne.

– Aujourd'hui, il y a eu un nouveau braquage... Ça te dirait de visiter un chantier naval ? proposa-t-il en sautant du coq à l'âne.

– Quand tu réfléchis, tu ressembles à un portable qui capte mal : tu balances des bouts de phrases, on dirait un fou.

– Non mais sérieusement. C'est à Gussola, dans les environs de Crémone.

– Un chantier naval dans la *bassa*. C'est marrant. Entre élevages de porcs et champs de maïs, se gaussa Angela.

– La *bassa* est un territoire d'eau.

– D'accord, détective. L'idée de faire semblant d'être ton assistante commence à me plaire.

Bruno apporta les *anolini* au bouillon.

– C'est qui ce type dans un fauteuil roulant qui sort la nuit avec son aide-ménagère ? voulut savoir Soneri.

Le patron lança vaguement sa main en l'air.

– Tout le monde l'appelle Lumén, c'est l'ancien cantonnier. Il préfère être dans le noir, comme les cafards.

– Il n'est content qu'en grimpant sur la digue pour écouter le Pô, dit le commissaire.

Bruno se mit à rire.

– Il a l'ouïe plus fine qu'un chat ! Il s'est toujours baladé de nuit, même à l'époque où il bossait. On l'avait surnommé comme ça à cause de sa torche de mineur fixée sur sa casquette. Le soir venu, on voyait clignoter son œil phosphorescent un peu partout dans la campagne. Il attirait les grenouilles et terrorisait les enfants. On les menaçait que Lumén allait venir pour qu'ils aillent au lit.

– Il n'a peur de rien, affirma Soneri.
– Il n'a jamais eu peur de rien, renchérit Bruno. Par contre, son aide-ménagère…
– On ne peut pas lui donner tort, la défendit Angela.
– Non, c'est vrai, on ne peut pas lui donner tort, marmonna Bruno en baissant la voix, pris d'une soudaine mauvaise humeur. La nuit, au bord du fleuve, il y a de quoi chier dans son froc.

Angela et Soneri le regardèrent s'en aller de son ample démarche, de celle qu'ont les personnes habituées au plein air. Brusquement, elle demanda :

– Pourquoi ils l'ont jeté à l'eau ?
– Tu parles du Hongrois ? Je ne sais pas. Moi aussi, je me suis posé la question, répondit le commissaire en repensant à la phrase de Nocio : « On flotte au-dessus de la mort. »
– Ce serait le meilleur moyen de mettre sur une fausse piste, non ? Un cadavre découvert bien plus tard en aval : personne ne sait où il s'est fait descendre. Un sacré bordel, conclut Angela.
– Ça l'est déjà… fit noter Soneri.
– Tu as une petite idée ?

Soneri secoua la tête.

– J'en ai trop, et elles ne fonctionnent pas. Les habitants les détestent, et les pêcheurs se détestent entre eux. J'ai l'impression qu'il y a autre chose.
– Quand tu as l'impression… dit Angela en remuant elle aussi la tête.

Soneri fut pris par l'un de ses élans.

– Allons à Gussola.

– Tout de suite ? Tu dis toujours qu'il faut prendre son temps quand on mange !

– L'hiver, il fait nuit tôt, se justifia-t-il.

Ils traversèrent le Pô et débarquèrent en Lombardie. C'était le même paysage plat, mais avec davantage de grosses propriétés, et davantage de *corti* : ces grandes fermes anciennes avec leurs maisons mitoyennes remises à neuf, ou, au contraire, louées croulantes à de pauvres bougres, noyées sous du linge à sécher. Et puis, régulièrement, la silhouette imposante d'un gros hypermarché, aussi hors de propos qu'une météorite tombée dans un désert d'asphalte.

– Je préfère encore le bord de l'eau en plein cœur de la nuit, constata Soneri.

– Oui, c'est moins prévisible, approuva Angela.

Ils rejoignirent Gussola et prirent la direction du fleuve. Quand ils demandèrent où se trouvait le chantier Masi, on les envoya vers un hangar au bord du Pô.

– On est dimanche, aujourd'hui… fit remarquer Angela.

– Les artisans n'arrêtent jamais de bosser, rétorqua le commissaire avec assurance.

Et en effet, devant l'établissement, plusieurs personnes étaient en train de mettre un hors-bord à l'eau, visiblement flambant neuf. Un type corpulent élégamment vêtu qui assistait aux opérations depuis le ponton leur désigna Masi du doigt, à la manœuvre d'une petite grue.

– Quand on est passionné par son travail, on ne connaît pas les jours de repos, dit tout bas le commissaire tandis qu'ils attendaient que le bateau se pose délicatement sur l'eau.

– Tu parles de toi ? s'amusa Angela. Pourtant, il y a une heure, tu voulais tout lâcher.

Le commissaire ne fit aucun commentaire et continua d'observer la manœuvre. Lorsque l'embarcation fut prête, le type élégant s'y installa et démarra son moteur. Il serra la main de Masi venu pour le saluer, attendit que ce dernier dénoue l'amarre et s'en alla en mettant les gaz.

– Beau moteur, complimenta Soneri en se présentant au patron.

Puis, craignant qu'Angela ne joue le rôle de son assistante, il la présenta à son tour :

– Maître Cornelio.

L'homme les regarda et se limita à répondre :

– Masi.

– C'est la première fois qu'il va sur l'eau ? s'enquit le commissaire en indiquant le bateau qui s'était éloigné.

– Oui, la première. Mais le moteur n'est pas adapté, commenta l'homme. Cinquante chevaux suffiraient, il en fait quatre-vingts. Ce n'est pas un hors-bord de course.

– Vous construisez combien de bateaux à l'année ?

– Six ou sept... Je devrais en faire plus.

– Il y a la queue ?

– Mes clients doivent patienter trois ou quatre ans.

– J'aurais voulu des informations sur un hors-bord que vous avez construit il y a deux ans, avec un moteur Mercury de cent chevaux, expliqua Soneri.

– Le moteur, ça ne veut rien dire : ils les changent en permanence... Faudrait que j'aille voir à mon bureau...

– Apparemment, vous l'avez aussi vendu à un type de Torricella, laissa entendre le commissaire.

– Je crois savoir, acquiesça Masi. Celui-là, oui, c'est un hors-bord de course.

– Je voudrais connaître le nom du propriétaire.

– Il faut aller dans mon bureau, trancha l'homme.

Il y avait dans le hangar des ossatures de bateaux, un four pour la préparation de la résine et une forte odeur de solvant. Masi les conduisit à un escalier qui menait à une petite pièce vitrée remplie d'étagères et chauffée par un poêle à gaz. L'homme en tira un dossier avec l'année écrite sur le dos et se mit à le consulter.

– J'en ai fabriqué quatre, tous identiques, annonça-t-il. Un pour Bertolini, à Torricella, un autre pour Zorandi, à Bellagio, un pour Ferri, à Motta Baluffi, et le dernier pour Consolini, à Luzzara.

Soneri écarta les deux premiers et, tandis que l'homme enlevait ses lunettes, demanda :

– Vous pourriez me donner les adresses de Ferri et Consolini ?

– Commissaire, je ne sais pas...

– Soyez tranquille, nous vous laisserons en dehors de tout ça, intervint Angela avec une persuasion toute féminine.

Masi ne répliqua pas et se contenta d'écrire les adresses de ses deux clients.

– Je compte sur vous, les pria-t-il en tendant le papier.

Soneri se leva d'un bond, mais l'homme ne se dérangea pas pour les raccompagner. Quand ils ouvrirent la porte, ils furent surpris du crépuscule déjà tombé. Le commissaire ne goûtait guère cette sensation. Il préférait quitter le jour progressivement.

– C'est passé vite, ce dimanche... commenta-t-il.

– Ce dimanche en ma compagnie, le corrigea-t-elle.

– Tout passe à une vitesse... Et avec toi, c'est ce qui me pend au nez, vu comment tu t'y prends avec les hommes, dit le commissaire en faisant allusion à Masi.

– Un type facile à embobiner, comme tous ceux qui ne se consacrent qu'à une chose dans la vie.

— Comme moi, tu veux dire ?
— Toi, heureusement, ton métier te déniaise.
Ils fendirent à nouveau le brouillard et restèrent silencieux.
— Et maintenant ? On va où ? À la recherche des deux passeurs ?
— Non, répondit Soneri. Pour l'instant, je préfère les espionner de loin.
— Écoute, tu peux aussi me dire ce que tu as en tête, exigea-t-elle, quelque peu menaçante.
— Si tu es nommée d'office pour défendre un de ces types, je me tire une balle dans le pied.
— Je n'accepterais jamais une charge de ce genre, répliqua Angela avec fermeté. J'essaye juste de comprendre ce que ces hors-bord ont à voir avec la mort du Hongrois.
— Je n'en sais pas plus que toi. J'ai deux pistes distinctes : le mort et les braqueurs de DAB, avec des dates et des lieux en commun. Et pour l'instant, je ne peux pas aller plus loin, expliqua Soneri.
Angela laissa sa main sur la nuque du commissaire pendant une bonne partie du voyage, un contact chaud et rassurant. Une fois à Sacca, il la déposa devant sa voiture.
— Tu retournes chez toi, ce soir ?
— Oui, mais je ne sais pas quand.
— J'ai fait ton assistante toute la journée, je crois qu'il vaut mieux que je te laisse seul.
Il l'embrassa avec gratitude.

CHAPITRE 9

Le noir, le brouillard, le sentiment d'inachevé des jours de fête et le départ de sa compagne le chargèrent d'une pointe d'angoisse. On ne retenait jamais rien, et le bonheur ne se montrait qu'après qu'il avait disparu, laissant chacun à d'innombrables petits regrets. Il resta quelques secondes dans sa voiture pour sentir le parfum d'Angela qui se mêlait encore à l'odeur de son vin. Enfin, il ouvrit sa portière et replongea dans le présent et la réalité, que l'on ne retenait pas davantage. Il grimpa sur la digue et s'alluma un cigare. On ne voyait pas grand-chose, on eût pu croire que se cachait un autre monde au lieu du fleuve. Il descendit vers le cercle nautique et, bien avant d'apercevoir la lumière de l'entrée, perçut le clapotis de l'eau et le gémissement des amarres. Il dépassa le cercle et continua tout droit. Il enjamba le canal puant du Lorno et s'engagea le long des guérites désertes qui exhalaient une vague odeur de clandestinité. Enfin, il arriva aux deux chalands qui soutenaient la maison de Nocio.

– Monte de l'autre côté, entendit-il dans le noir.

L'ami était sur une petite passerelle, son ombre se distinguait à peine.

– Tu es bien prudent. Tu as peur, toi aussi ?

— Ici, tous les bruits signifient quelque chose. J'ai entendu tes pas sur le pont.

— Comme ça, tu sais tout ce qui se passe.

— Plus ou moins... dit Nocio. Toi aussi, tu sais ce qui se passe.

— Plus ou moins...

Il suspectait un je-ne-sais-quoi de circonspect dans les manières de son ami ; du reste, il avait installé une grosse serrure à sa porte d'entrée ainsi que des volets en fer devant toutes ses fenêtres.

— Tu aimes ? lui demanda Nocio en remarquant la curiosité de Soneri.

— Un petit bunker.

— Le bois est ignifugé. Et puis, regarde, dit Nocio en soulevant une lourde trappe, là-dedans, j'ai de quoi faire.

À travers l'ouverture au sol, on pouvait voir des réserves de bois dans la cale de l'un des deux chalands.

— À l'autre bout, y a toutes mes provisions. En cas de crue, je peux tenir un mois.

Le poêle au milieu de la pièce répandait une chaleur d'autres temps.

— Tout ce bois, c'est le Pô qui m'en fait cadeau, s'enorgueillit Nocio. Je choisis le meilleur.

— Tu as peur ? réitéra le commissaire à brûle-pourpoint.

Son ami ne lui répondit pas tout de suite.

— Je fais gaffe, avoua-t-il.

— Pourquoi tu ne vas pas au cercle ?

— Parce que je m'emmerde. Le dimanche, ils regardent tous le foot comme des abrutis. Le monde marche sur la tête, ça me tape sur le système. Si quelqu'un crève sur un échafaudage, tout le monde s'en fout, par contre, ils s'excitent tous devant quatre imbéciles qui se prennent des millions en courant derrière un ballon. Trop, c'est trop : on est devenus pires que des bêtes. Tu n'es pas d'accord ?

Soneri acquiesça en se réchauffant les mains.

— Tu vois ? Comment ne pas être d'accord ? Pourtant, si tu tiens ce genre de discours, on te prend pour un fou et on te traite d'extrémiste. Mais d'après toi : on a d'autres perspectives ? On va vers quelque chose de mieux qui pourrait nous sauver ? Non, rien du tout. On vit en pleine horreur, et on s'en fout. Alors qu'ils aient le courage de dire que la violence, l'exploitation et l'indifférence sont tout à fait normales, et qu'ils arrêtent de nous casser les couilles avec leur prêchi-prêcha.

— C'est ce qui se passe, sur cette berge, chuchota Soneri.

— C'est ce qui se passe sur cette berge, acquiesça Nocio avec gravité. Au moins, toi et moi, on avait de l'espoir. On croyait que ça pouvait changer. Aujourd'hui, c'est fini. Tu vois, Caretti ? Tous ces types-là ont de la colère en eux, ils ne savent pas comment l'évacuer. Ils ont besoin d'un père autoritaire et, dès qu'ils en dégoteront un qui le comprendra et qui les fera marcher à la baguette, ils le suivront aveuglément. Et moi, je dis qu'on ne peut pas les condamner.

— Tu parles à quelqu'un qui est chargé de faire respecter la loi, lui rappela le commissaire.

— Laquelle ? La loi est faite pour les poissards. Les friqués s'en balancent, ils ne la respectent pas. Nos gouvernants sont des voleurs, des corrompus. Tous mouillés avec les mafias. On a même droit à d'anciens assassins. Et on devrait accepter de respecter leurs lois ?

— Tu crois que je ne le sais pas ? Tu crois que je me sens comment ? se fâcha Soneri.

— Tu me fais penser à ces curés qui ne croient plus en Dieu, mais qui sont obligés de continuer leur boulot.

Je ne t'envie pas, parce que faut jouer la comédie. Je te l'ai déjà dit : si j'étais jeune... Et je n'ai jamais été une tête brûlée, tu le sais. J'ai même fréquenté le séminaire, à une époque, tu t'en souviens ? Et pourtant, un chrétien ne peut pas supporter tout ça. Si tu le supportes, tu n'es pas un chrétien. Et si tu l'es, t'es obligé de te révolter. Comment tu peux t'étonner que la violence réponde à la violence ? acheva Nocio avec fureur.

Soneri resta silencieux. Ce discours l'avait précipité dans un abîme de réflexions sur son métier et sa vie d'homme. Il comprenait l'ami Nocio et l'aurait bien pris pour modèle. Pourquoi pas en se retirant du monde ? Mais son refuge à lui ne serait pas au bord du fleuve, plutôt dans une vieille ferme des Apennins au beau milieu des châtaigniers, là où la rudesse de la vie cultive le sens de l'essentiel.

– Qu'est-ce que tu sais ? De cette colère, de ce qui se passe ici... ? demanda-t-il à brûle-pourpoint.

Nocio le fixa d'abord sans rien dire. Puis il détacha son regard.

– Il se passe sûrement des choses, mais moi, je ne suis pas au courant. C'est le commandant qui savait. Malheureusement, tu ne pourras plus l'interroger.

Ils mangèrent un peu de *grana* et de *culaccia* à côté du poêle, comme autrefois. La sensation du temps qui arrache tout sur son passage revint inexorablement. Soneri se sentait comme le sable du Pô, caressé par ses eaux qui ne retiennent rien. Leur dîner achevé, il se leva et se réchauffa une dernière fois les mains.

– Sois prudent, lui recommanda Nocio en l'accompagnant vers l'escalier de fer.

– Ça n'est pas moi qui reste près du courant, dit Soneri, moi, je retourne dans le monde.

– Ne te fais pas d'illusions : ce n'est pas si différent, répliqua l'autre.

Le commissaire ne lui répondit pas. Il se retourna et fixa l'ombre de l'ami sur la passerelle, puis le salua d'un geste sans être sûr qu'il le reçoive. Il repassa le petit pont et retrouva le cercle nautique, à présent déserté. Alors, il remonta le remblai et décida d'attendre : tôt ou tard, il finirait par arriver. De fait, il apparut sous le dernier lampadaire du village. Poussé par l'Ukrainienne, Lumén ressemblait à une mite qui tentait patiemment de percer du regard l'épais brouillard laineux. Puis il sortit les bras de son pardessus et se mit à gesticuler. La femme fit de même. Ils n'avaient pas bougé du lampadaire où Soneri les avait aperçus. Ils repartirent quelques secondes plus tard. À la distance qu'ils maintenaient entre eux, on devinait qu'ils s'étaient disputés. Dans un premier temps, l'Ukrainienne se figea à la vue du commissaire, ensuite, elle sembla soulagée et arrêta le fauteuil juste en face de lui.

– C'est notre destin de nous rencontrer, dit Lumén, le regard un peu torve.

– Si vous appelez ça le destin…

– Ouais, vous avez de curieuses façons d'enquêter, nota le vieux. Se balader de nuit sur la digue…

– C'est vous qui dites ça ? La nuit n'est pas le meilleur moment de la journée ?

– On n'y cherche pas les mêmes choses, rétorqua Lumén.

– Sans doute. Quoique les choses que je cherche se trouvent plus facilement dans le noir.

La femme fixa le commissaire des yeux et sembla vouloir dire quelque chose.

– Vous entendez le Pô ? signala le vieux après un silence.

Soneri secoua la tête.

— Je voudrais y aller, mais elle veut pas m'emmener, pesta-t-il en désignant son aide-ménagère. Elle a peur.

— Il doit bien y avoir une raison...

— Mais non ! Vous savez comment sont les femmes...

L'Ukrainienne fit plusieurs gestes que le vieux ignora. Elle les répéta sans détacher ses yeux du commissaire, mais Soneri ne réussit qu'à en cueillir l'urgence.

C'est alors qu'ils entendirent arriver une voiture qui diffusait de la musique à plein volume. En se rapprochant d'eux, elle les pointa violemment avec ses phares. Deux jeunes avec des écharpes de l'équipe de foot locale se penchèrent par la vitre en hurlant. Ils avaient l'air complètement soûls, et le chauffeur freina en feignant de rentrer dans Lumén. Le vieux resta impassible tandis que l'Ukrainienne fit un bond en arrière. Soneri regarda à l'intérieur de la voiture et crut reconnaître Caretti. La voiture repartit aussi sec tandis que l'un des deux garçons continuait de se pencher en faisant le salut romain.

— Autrefois, la nuit était moins vulgaire, murmura le vieux, comme tous ceux qui s'y promenaient, y compris les assassins.

L'Ukrainienne était terrifiée.

— Ils vous ont déjà fait le coup ? l'interrogea le commissaire.

La femme bougea les mains et la tête pour acquiescer sans équivoque.

— Je suis vieux, je ne pense pas comme eux, et je ne suis pas comme tout le monde, reprit Lumén. Ils ont fait pire avec Manotti, vous savez ? Mais Manotti n'avait pas peur. On en a trop vu pour avoir peur...

— Ils l'insultaient ?

— Ils se sont déchaînés sur ses bêtes, parce qu'ils savaient qu'il y tenait. Ils lui ont tué trois chiens et je ne sais combien de chats. Il les appelait Stalin, ses chiens, tous avec le poil roux. Une fois, ils ont même incendié sa cabane à outils. Mais lui, ils ne l'approchaient pas. Ça ne plaisantait pas avec le commandant.

— Il y a trente ans, peut-être... objecta le commissaire.

— Même ces derniers temps, assura Lumén. Manotti, dit-il en le mettant dans la confidence, était armé, fallait pas trop...

Soneri se repassa le compte-rendu de la perquisition, mais ne se souvenait pas d'une quelconque présence d'armes.

Ils entendirent une nouvelle fois le moteur excité et hurlant de la voiture. Puis les phares surgirent du brouillard, accompagnés par une chanson qui disait quelque chose au commissaire. En remettant les notes en ordre, il en reconnut le refrain : *Giovinezza, giovinezza, primavera di bellezza* – « Jeunesse, jeunesse, printemps de beauté »... Un revival de l'hymne fasciste défilait sous leurs yeux.

— Ça se passait plus ou moins comme ça, il y a quatre-vingts ans, constata le commissaire d'une voix sombre.

Lumén acquiesça dans le noir.

— Le Pô, ces quatre baraques et le brouillard étaient les mêmes, dit-il à voix basse. Et eux, ils sont pareils que leurs grands-parents, des ignorants. Mais moi, je me tracasse plus beaucoup : c'est vos oignons, maintenant, termina le vieux en s'adressant à Soneri, sans que l'on comprenne s'il faisait allusion à son âge ou à sa fonction.

— Ce sont ces fanfarons qui vous font peur ? demanda le commissaire à l'Ukrainienne.

Elle grimaça une sorte de « oui », mais l'on sentait qu'il y avait autre chose. Lumén n'intervint pas, comme sous le coup de nouvelles préoccupations. Il sortit les bras de son pardessus et changea la direction de son fauteuil. Soulagée, son aide-ménagère se dépêcha de le pousser pour le ramener chez lui.

– Et vous, qu'est-ce que vous faites ? Vous restez ici ? dit le vieux.

Le commissaire garda le silence et se mit à marcher à ses côtés. Ils traversèrent ainsi l'obscurité sans ouvrir la bouche. Une fois sous le lampadaire, Soneri lui posa une question :

– Vous trouvez que le temps est passé pour rien ?

– Vous m'avez vu ? dit l'autre. Vous pensez qu'il est passé pour rien ? C'est pareil pour tout le monde, jusqu'à ce qu'on s'en aperçoive. C'est à votre âge qu'on commence à y penser, même si, tout compte fait, on se sent encore assez fort. Moi, au contraire, je m'y prépare. Les jeunes de tout à l'heure n'imaginent pas que la vie se fout de notre gueule. Peu importe ce qu'ils en pensent, d'ailleurs, de toute façon, ils nous rejettent. Ils passent leur temps à nous le crier. C'est ça, la sauvagerie.

Il s'élança soudain sur la digue en faisant tourner ses roues, et l'Ukrainienne le retint de justesse en empoignant le fauteuil.

Le commissaire resta seul sur la place de l'église à fumer son cigare en contemplant les chats qui passaient sur la route et qui se faufilaient dans les haies des jardins après l'avoir flairé de loin. Depuis plusieurs minutes, une idée l'obsédait avec tant d'insistance qu'il décida de la suivre. Il remonta dans sa voiture et prit le chemin de halage en laissant le village derrière lui. Malgré un reste d'indécision tout au long du trajet, il se gara et braqua ses phares sur la cour de la maison du commandant. Il dut parcourir toute la distance qui la séparait du portail avant d'en distinguer la façade. Après une dernière hésitation, il finit par entrer et alluma le rez-de-chaussée. La saisissante odeur de mort se mélangeait aux effluences de moisissure qui s'étaient imprégnées partout. Ce furent justement ces dernières qui le poussèrent à monter sous les combles. C'était l'endroit qui échappait le plus à l'eau des artères de la terre. Il alluma aussi les chambres et monta au grenier. Là-haut, les tuiles au-dessus de la tête, il se remémora les paysans qui y trouvaient refuge quand le Pô leur rendait visite avec toute la malignité d'un écoulement imprévisible. C'est là qu'il trouverait les armes, où la crue ne montait jamais.

Il cogna contre le plafond pour vérifier ce qu'il renfermait. Ne répondirent que le bruit sourd des briques de terre d'argile gorgées d'humidité. De la bave de sel blanc avait parfois suinté et gagné patiemment les murs en formant des taches de plus en plus larges. Ce fut grâce à ces traces qu'il découvrit deux autres briques sur lesquelles le canevas de moisissure dessiné par le temps s'était interrompu. Il alluma sa lampe de poche et remarqua qu'on les avait soigneusement et récemment mastiquées avec du silicone de la même couleur que la chaux. Il sortit son canif et se mit au travail. Il lui fallut dix bonnes minutes pour arriver à bout de la consistance caoutchouteuse, mais la première brique se souleva. Le commissaire la fit tourner en oblique vers le bas et la désemboîta. Puis il enfila sa main et tâta à l'intérieur. Ses doigts tombèrent sur un gros sac de toile dans lequel on sentait quelque chose de solide et pointu. Il retira l'autre brique et éclaira l'ouverture avec sa lampe. On y voyait deux sacs assez volumineux. Il les tira à l'extérieur et, quand il les ouvrit, eut la confirmation de ses soupçons. Dans le premier, on y trouvait trois Sten, deux vieux fusils de chasse, deux pistolets Luger et une carabine italienne datant de la dernière guerre. Dans le second, deux fusils Beretta AR70, trois mitraillettes Mauser, une mitraillette Uzi, et quatre pistolets : des Smith & Wesson à tambour ainsi que des automatiques.

Soneri admira son butin. Deux générations d'armes, deux moments historiques. Il les examina longuement en essayant de comprendre ce qui pouvait les rattacher. Il s'expliquait les plus anciennes, pas les récentes. Tandis qu'il s'interrogeait, il se rappela la phrase qu'il avait lue sur le cahier du commandant. Puis il pointa de nouveau sa lampe dans l'ouverture du plafond, mais ne vit qu'une série de chevrons sur lesquels reposaient les tuiles rondes.

C'est alors qu'il entendit des bruits dans la cour. Il s'approcha de la lucarne et regarda en bas : le gyrophare bleu d'un fourgon de carabiniers tournait dans le brouillard. Ce devait être Montesano.

– Soneri, c'est vous ? héla l'adjudant-chef en bas de l'escalier.

– Montez, lui répondit le commissaire.

– Merde ! s'exclama le militaire en voyant toutes les armes par terre.

– Elles étaient là-haut, expliqua Soneri en indiquant les combles.

– Celle-là est neuve, affirma Montesano en examinant une mitraillette.

– Combien d'armes avait déclaré Manotti ? se renseigna le commissaire.

– Deux fusils de chasse.

– Aidez-moi à les descendre, décida Soneri.

Une fois les armes déposées dans le fourgon, le commissaire reprit la mitraillette Uzi et la garda avec lui.

– Vous l'emportez chez vous ? s'étonna le carabinier.

– J'ai besoin de la faire examiner rapidement, se justifia-t-il. Les autres, emportez-les et montrez-les à vos collègues du Ris.

L'autre eut un regard suspicieux, on comprenait qu'il avait peur d'être évincé. Ils étaient devant la façade, et les pièces éclairées donnaient l'idée d'un événement exceptionnel ou d'une disgrâce. Soneri se souvenait qu'à la campagne on allumait seulement une lumière à la fois. Les éclairages au grand complet se réservaient pour les mariages ou pour les enterrements.

Le cri d'une chouette mit fin à leur échange de regards de défiance.

– Pourquoi vous êtes venu ? demanda Soneri.
– Je vous dérange à ce point ?
– Pas trop.
– On a reçu un coup de fil anonyme : « C'est allumé chez le commandant. Il n'est pas mort ? » On n'a pas eu le temps d'en savoir plus parce que ça a tout de suite raccroché, l'informa le militaire.
– Vous n'avez pas repéré d'où il venait ?
– On n'est pas équipés pour ça, à la caserne. Mais ça doit être quelqu'un d'ici, vu qu'il savait que c'était chez Manotti.
– Il ne nous reste plus qu'à éteindre les lumières, décréta Soneri.
– Apparemment, vos hommes n'ont pas bien travaillé, glosa Montesano en pointant les armes.
– On a besoin d'imagination pour enquêter, sourit le commissaire, les scientifiques en manquent.

L'adjudant-chef le fixa d'un regard absent, il n'eut pas l'air de bien comprendre. Puis il remonta dans son véhicule et démarra sans prendre congé. Soneri attendit quelques instants en fumant son cigare avant de rendre la maison du commandant à l'obscurité ; enfin, il appuya sur le dernier interrupteur. Sa découverte lui procurait un sentiment mitigé : du plaisir et de l'amertume ; d'un côté satisfait d'avoir suivi son intuition, et de l'autre, déçu. Il essayait de comprendre le sens de la présence de ces armes modernes, mais se perdait en conjectures. Il finit par y renoncer, jeta le mégot de son cigare et remonta dans son Alfa.

Un kilomètre plus loin, il vit une nouvelle fois le gyrophare du fourgon de Montesano. Il se gara derrière. Au bout de la digue, le faisceau d'une torche balayait dans tous les sens l'intérieur d'une voiture accidentée.

– Cette fois, c'est vous qui me suivez, cria Montesano depuis l'extrémité de la digue.

Le commissaire le rejoignit en remontant en escalier l'herbe durcie par le givre. Il découvrit l'un des deux jeunes qu'il avait vus quand il était avec Lumén. Son corps était replié, évanoui sur les deux sièges avant, et il perdait du sang à cause d'une blessure à la tête.

– Ça n'arrête pas, constata Soneri.

Montesano ne fit aucun commentaire. Il continuait d'inspecter l'habitacle avec sa torche et se limita à dire :

– L'ambulance va mettre un peu de temps, avec toute cette purée.

Il tenta ensuite d'ouvrir la portière droite, mais le choc l'avait encastrée. Elle finit par céder sous ses coups. Le carabinier s'y enfila jusqu'à la taille et se mit à fouiller. Peu de temps après, le commissaire l'entendit marmonner quelque chose et le vit ressortir, un petit pistolet à la main.

– Ça faisait un petit moment que j'avais des soupçons. J'étais sûr qu'il trempait dans des mauvais coups, déclara-t-il.

Soneri examina l'arme dans le noir : apparemment, un Walther 6.35. Un revolver de poche pour dame.

— Vous savez qui c'est ? demanda-t-il à Montesano en même temps que l'on entendait la sirène de l'ambulance.

— Non, répondit l'autre. Ses papiers doivent être dans la poche de son pantalon. Le médecin va le déplacer...

Les objets avaient valsé partout dans la voiture. Le commissaire remarqua un paquet de cigarettes sur la plage arrière, ainsi qu'un trousseau de clés. Et puis des coussins, des CD, des friandises, des stylos, des papiers... Par une sorte de réflexe conditionné, Soneri inspecta sous le siège du conducteur. Il discerna une faible luminescence. Il prit un mouchoir et saisit le portable du jeune homme. Il y vit un message, appuya sur une touche et l'écran s'éclaira : *Les vieux communistes sont pleins de fr...* Son texto avait sans doute été interrompu par la sortie de route. Il regarda s'il s'agissait de la réponse à un autre message, mais il ne trouva rien. Il n'y avait pas non plus de messages reçus, ni de contacts dans le répertoire. Ses soupçons s'éveillèrent. Il composa alors son propre numéro et attendit plusieurs sonneries. Puis il contrôla si l'appel avait laissé des traces, le garda en mémoire et attendit que le carabinier finisse avant de lui remettre le téléphone.

— Il a dû se planter à cause d'un SMS, supposa-t-il.

Montesano jeta un œil sur le message.

— Ou parce qu'il est bourré. Il pue autant qu'une dame-jeanne.

Dans le même temps, l'ambulance s'arrêta sur la digue et ouvrit en grand son ventre métallique rutilant. Le garçon se réanima pendant qu'on l'extirpait laborieusement de la voiture et, une fois à l'air libre, vomit tripes et boyaux.

— Du travail en moins pour son foie, commenta Montesano.

– Résultat, le test va être négatif, se plaignit Soneri.
– Même pas après un lavage d'estomac, poursuivit l'autre d'un ton acide. Si vous saviez tout ce qu'ils se foutent dans le buffet.

Deux brancardiers à la carrure de terrassier s'essoufflaient à traîner le blessé jusqu'au chemin de halage. Puis l'ambulance repartit sans rallumer sa sirène. Soneri et Montesano restèrent seuls devant la voiture hors d'usage dans un silence absolu, aussi immobiles que les peupliers, rien d'autre que des ombres.

– On va enfin pouvoir aller se coucher, glissa Montesano dans l'obscurité.

Sans lui répondre, le commissaire remonta le remblai.

CHAPITRE 10

Angela était plongée dans un sommeil paisible. Il aimait la regarder dormir, cueillir sur son visage les traces d'enfance qui avaient survécu. Ils étaient liés par une profonde intimité, mais en même temps, Soneri percevait une distance insaisissable, comme si une chose imprévisible les menaçait à chaque instant, à la manière d'un accident. Il l'aimait et il la craignait, au fil des aléas qui changent en permanence les trajectoires de vie. Ainsi, debout devant son lit, le commissaire fut assailli par une inquiétude grandissante qui lui ôta l'envie de dormir.

Il mit de l'ordre dans ses affaires avec une méticulosité inhabituelle, rangea la mitraillette dans son armoire et, après s'être déshabillé, prit le cahier du commandant.

Il avait dû l'écrire peu de temps avant de mourir, car il s'ouvrait sur le bilan de sa vie politique.

Si je pouvais revenir en arrière, je ne m'occuperais plus de rien et j'en profiterais le plus possible. Je ne penserais qu'à moi, je ne prendrais pas parti, je ne m'exposerais pas. Sous le fascisme, j'aurais mieux fait de porter la chemise noire pour mes petits intérêts et puis après, quand Mussolini est tombé, j'aurais mieux fait de me mettre avec les démocrates-chrétiens pour reprendre mes petites affaires. Aujourd'hui, j'aurais dû choisir la droite pour les mêmes raisons. C'est comme ça qu'on vit le mieux : penser à soi et faire place nette dans tout le bazar, tous ces rêves et ces idéaux que je me suis trimballés pendant des années. J'ai gâché mon talent à travailler et à risquer ma vie pour les autres. Ça n'en vaut pas la peine. Aucune reconnaissance, et personne qui va me rendre les années que j'ai perdues à cracher du sang. Et ça suffit avec cette histoire de conscience. Tu parles d'une belle satisfaction de pouvoir te dire quand tu es vieux que tu as toujours été cohérent ! C'est quoi, la cohérence ? Ça veut dire quoi, ce petit tas de mots que plus personne ne dit, par rapport à ce que j'ai perdu ?

Soneri leva les yeux lorsque Angela apparut dans la pièce.

– Ça doit être une lecture passionnante pour que ça t'empêche de dormir, commenta-t-elle.

– Désespérante, corrigea-t-il. Ça me donne envie de changer de métier.

– Tu es passé de la mutation à la démission ?

– Je me demande quel genre de loi je m'évertue à prôner. Et si ça a du sens... murmura Soneri.

– Et moi, alors, à marchander continuellement ici ou là... On ne trouve pas pire endroit qu'un tribunal, pour la loi : à la fin, tu ne sais même plus ce que c'est, fit remarquer Angela. Viens te coucher, susurra-t-elle en le prenant par la main.

Le commissaire lui sut gré de son geste, de son corps chaud et accueillant. Il y répondit aussitôt en s'accrochant à elle, comme on s'accroche à quelque chose qui manque depuis longtemps.

Ils prolongèrent l'instant d'extase en s'endormant d'un coup enlacés l'un à l'autre.

Ils se réveillèrent avec la sensation de n'avoir dormi qu'une seconde.

– Je suis retournée voir Frascaroli, se lança Angela au petit déjeuner. Il m'a raconté une histoire sur le commandant, mais il n'est sûr de rien. Tous ceux qui connaissaient la vérité sont morts. Le dernier étant Manotti.

– C'est quoi, l'histoire ?

– Un gros trésor de guerre. De l'or, des bijoux, peut-être de l'argent... Pillés par les Allemands pendant la débandade entre Émilie et Lombardie avant de rentrer dans leur pays. Sauf qu'en traversant le Pô, ils sont tombés sur des embuscades de partisans. Les Allemands auraient tout lâché. Personne ne sait où le trésor a fini. La seule certitude, c'est le pillage, parce qu'on a les témoignages des victimes, parmi lesquels des aristos de la *bassa*, et une dizaine d'orfèvres. Ensuite, tout a sombré dans le néant.

– Et Frascaroli soutient que Manotti savait ?

Angela acquiesça.

– C'était le commandant, il était forcément au courant.

– Cette maison cache de sacrés mystères... marmonna le commissaire.

– Si on y trouve un cadavre momifié...

– Hier soir, j'ai découvert des armes dans les combles, lui révéla Soneri.

– Il y en a chez tous les anciens partisans, modéra Angela.

– Oui, mais chez Manotti, elles ne datent pas toutes de la dernière guerre, précisa le commissaire, j'en ai trouvé des plus récentes, dont une Uzi, comme celle qui a tué le Hongrois près du Pô.

– Tu penses qu'il menait une double vie ? Les anciens combattants ont parfois envie de revivre leurs rêves de jeunesse.

– Bah... dit Soneri en hochant la tête. Je me limite à constater une présence d'armes. C'est un fait qu'il va falloir interpréter et, pour l'instant, je ne suis pas en mesure de le faire.

Puis il se leva, repris d'inquiétude. Il salua Angela et se rendit à la Questure. Il avait enveloppé la mitraillette dans un grand sac plastique et traversa la cour comme s'il revenait du supermarché. Il se rendit directement au service de la Scientifique et le posa sur le bureau de Nanetti.

– Tu m'apportes les croissants ? s'amusa son collègue.

– Sors-la doucement, je ne voudrais pas que tu te fasses mal.

– D'où ça vient ? questionna le chef de la Scientifique en voyant la mitraillette.

– De là où vous n'avez pas regardé, répondit Soneri d'un ton sec.

– Le mois prochain, je te donnerai la moitié de mon salaire, ça te va ? ironisa l'autre.

– Elle était dans les combles.

– Écoute, je ne peux pas regarder partout. Il y avait ce cadavre momifié, on s'est concentrés là-dessus. Et puis mes effectifs sont réduits, on m'a sucré deux agents pour mes astreintes, se défendit Nanetti.

Le commissaire lui fit signe de laisser tomber.

– Je te le dis pour te prévenir. Tu peux être sûr que cette couleuvre de Montesano va le balancer à Capuozzo.

Nanetti haussa les épaules.

– Tu penses que c'est avec ça qu'on a tiré sur le Hongrois ?
– Je n'en sais rien... C'est pour ça que je l'ai ramenée. Y a pas non plus des milliers de mitraillettes en circulation.
– Je vais m'en occuper, lui assura son collègue en se saisissant de l'arme. Appelle-moi à l'heure du goûter.

Le commissaire entra dans son bureau où Juvara était déjà au travail sur son ordinateur.

– J'aurais besoin de quelques vérifs, annonça-t-il. D'abord ce numéro de portable, ordonna-t-il en lui tendant un bout de papier. Ensuite sur ces deux types : un certain Ferri Leonardo, qui habite à Motta Baluffi, et un certain Consolini Giacomo, de Luzzara. Les deux, précisa Soneri, possèdent un hors-bord de chez Masi et naviguent sur le Pô.

Juvara obéit sans mot dire en notant les deux noms.

– On dirait un carabinier, le moqua Soneri. Obéir et se taire.

L'inspecteur devait être dans l'un de ses mauvais jours, car il ne sourit pas et changea de sujet :

– À propos de carabiniers, il y en a un qui a cherché à vous joindre tout à l'heure : adjudant-chef Montesano, de Colorno.

– Il t'a dit ce qu'il voulait ?

– Oui, qu'il y avait un problème dans la maison du vieux qui est mort, mais qu'il se débrouillerait, l'informa Juvara.

Soneri composa immédiatement le numéro du militaire.

– Montesano, qu'est-ce qui se passe ?

– Il y a une dizaine de personnes devant chez Manotti. Ils veulent tous entrer. Ils sont dans la cour.

– Qui est-ce ?

— La famille. Des neveux et des petits-neveux, de ce que j'ai compris.

— Empêchez-les d'entrer, la maison est sous séquestre.

— Premièrement, je n'ai pas besoin de vous pour le savoir. Deuxièmement, je ne suis pas sous vos ordres, s'énerva Montesano.

— Excusez-moi, adjudant-chef, ces gens qui se souviennent de leur oncle quand il est mort me font perdre la tête.

— Dès qu'ils peuvent gratter... déplora l'autre, radouci.

Soneri raccrocha et prévint Juvara :

— Je dois y aller tout de suite.

Ce dernier l'observa un instant les yeux dans le vague et acquiesça.

Le commissaire se précipita vers la porte et tomba nez à nez avec Capuozzo.

— Je vois que vous tenez compte de ce que je vous dis, attaqua-t-il avec un improbable petit rire ironique.

— Je n'ai pas trouvé où dormir au bord du fleuve, j'ai dû revenir chez moi, le moucha Soneri.

— Mais oui, mais oui... Continuez de faire comme vous voulez... reprit le questeur, en passant de l'ironie à une vague menace. Vous êtes au courant de celui qu'on a coincé avec un pistolet dans sa voiture ?

— J'y étais, persifla le commissaire.

— Bien ! Alors si vous y étiez... Vous devez donc savoir qu'il est d'extrême droite ?

— On le comprenait aux chansons qu'il écoutait.

— Aux chansons ? Ah bon ! Vous enquêtiez sur ses goûts musicaux ? chargea-t-il cette fois avec ironie. On m'a pourtant rapporté que vous aviez manipulé pas mal d'armes, dernièrement, s'acharna le questeur, qui, de toute évidence, avait été tenu au courant par Montesano.

— Oui, j'en ai manipulé. Mais chez un communiste, spécifia Soneri.

— Des armes par-ci, des armes par-là… Qu'est-ce que je vous dis, depuis le début ? Enfin, voyez vous-même, *dottore*, railla-t-il en s'en allant.

Le commissaire s'élança hors de son bureau tel un cheval piqué par un taon et parcourut le couloir au pas de course.

Le brouillard l'apaisa à mesure qu'il conduisait. Sans doute possédait-il les mêmes propriétés qu'un sédatif : engourdir les sens pour ne pas sentir la douleur. En approchant du Pô, l'air se faisait plus lourd, et le pare-brise fut envahi de petites gouttes. Quand il se gara devant chez le commandant, une pluie fine mais décidée commença à tomber.

Montesano et deux de ses hommes empêchaient une dizaine de personnes d'entrer, dont quelques-unes qui parlaient à voix basse.

— Voilà le commissaire ! s'écria-t-il avec soulagement. C'est lui qui est chargé de l'enquête.

Soneri fut immédiatement entouré par quatre femmes menaçantes.

— Pourquoi on nous empêche d'entrer ?

— La maison doit rester à notre disposition jusqu'à la fin de l'enquête, les avisa Soneri sans ménagement.

— Encore une enquête ? Ce n'est quand même pas un meurtre ! insista une brune d'environ quarante ans, très élégante, qui se présenta comme sa nièce.

— Vous en êtes sûre ? siffla le commissaire.

— Et qui l'aurait tué ?! Il ne voulait voir personne, même pas sa famille.

— Vous non plus, vous ne vouliez plus le voir, à ce qu'il paraît, riposta Soneri.

— Vous croyez que c'était facile de s'entendre avec lui ?

— Peut-être pas, mais personne ne mérite de pourrir chez soi dans l'indifférence.

— Ce n'est pas faute d'avoir essayé... bougonna la femme. Ma mère, reprit-elle en lançant un coup d'œil à une voiture dans laquelle une vieille dame était assise, a attendu je ne sais combien de temps qu'il donne de ses nouvelles. Mais vous ne connaissiez pas l'orgueil...

— S'il n'avait pas eu d'orgueil, il n'aurait pas été celui qu'il a été, dit le commissaire.

— À quatre-vingts ans, il est temps de le mettre de côté.

— Votre maman l'a fait ?

La femme se tut. Elle regarda une nouvelle fois la vieille qui observait d'un air absent derrière la vitre embuée et finit par répondre :

— Elle, désormais... Elle n'est plus parmi nous. Et puis, ce n'était pas à ma mère...

— Si vous en êtes restée à vous demander qui devait faire le premier pas, c'est que la rancœur persiste, fit noter Soneri.

— Ma mère et ses sœurs ont subi un préjudice.

— Lequel ? Son choix d'un parti contraire aux idées familiales ?

— Laissez la politique où elle est, s'irrita la femme. Nous sommes ici en face de choses beaucoup plus concrètes. Cette ancienne ferme, protesta-t-elle en la montrant, était à mon grand-père, et quand il est mort, notre oncle a refusé de la partager avec ses sœurs. Il se l'est appropriée. Ma mère n'a jamais pu l'avaler.

— Et maintenant, vous êtes venus la récupérer ? S'il n'y a pas d'autres dispositions testamentaires, vous pourrez vous la partager, piqua le commissaire. Finalement, tout rentrera dans l'ordre, non ?

— Nous n'exigeons rien d'autre que le respect de la loi, répliqua l'autre en le défiant du regard.

— Certainement. La loi est de votre côté. Je veux dire, celle du code civil. Mais ce n'est pas la seule, insinua Soneri.

— Il y en a une autre ?

— Si vous n'êtes pas capable de l'imaginer, ça ne sert à rien que je vous la suggère. Dans tous les cas, ajouta le commissaire, je ne suis pas sûr que cette maison mérite de s'enflammer à ce point. Elle ne vaut pas grand-chose.

— C'était celle de mon grand-père, insista la femme. Mon fils a l'intention d'en faire un *bed and breakfast*. Le Pô attire de plus en plus de monde, et ce chemin de halage est destiné à devenir une piste cyclable pour les touristes, comme sur le Danube.

— En effet, le Pô a beaucoup de points communs avec le Danube, laissa entendre Soneri. N'empêche qu'il vous faudra attendre que l'enquête soit conclue, abrégea-t-il pour couper court.

La femme lui tendit une carte de visite avant de s'en aller. On y lisait : « Marzia Rosi, expert-comptable ». Et en dessous, son adresse : viale Solferino 32. La famille leva le siège et disparut de la vue du commissaire, comme s'ils s'étaient évaporés sous la pluie fine et persistante.

— D'après vous, qu'est-ce qu'ils voulaient ? s'enquit Montesano.

— Ils cherchent quelque chose. Il est probable qu'ils en sachent beaucoup plus que nous sur cette maison, supputa Soneri.

— C'était la maison de famille… constata le carabinier.

Les deux s'observèrent en silence, juste le temps de donner prise à leurs soupçons respectifs. Enfin, Montesano rappela ses hommes.

– Je vous laisse le quiz, commissaire, annonça-t-il en remontant dans sa fourgonnette, tout dégouttant de pluie.

– Allez-y, allez-y ! Sinon, la flamme de votre visière va s'éteindre, plaisanta Soneri en lui désignant sa casquette.

Montesano sourit et démarra en trombe.

Une pluie serrée martelait le sol, couchée par un vent oblique et obstiné. Et si certains mystères de la maison du commandant étaient inscrits dans le journal que Soneri avait sur lui ? Il s'abrita dans sa voiture et rouvrit le cahier. La carte militaire trouvée sur le bateau de Biancani s'en échappa. Il la déplia et l'examina une nouvelle fois sans rien y comprendre, tandis que la pluie crépitait contre la vitre. L'eau le préoccupa. Le fleuve allait grossir, il irait envahir et recouvrir les lits en travaillant comme un solvant. Il fallait se hâter.

Il démarra et retourna à Sacca. Il se gara dans le petit espace jouxtant la *Motonautica* et s'achemina en direction de la peupleraie. Il évalua les distances à l'échelle de la carte et convertit les centimètres. Il rejoignit ensuite la zone correspondant au cercle rouge sur la carte. C'était un bout de terrain sans arbres, traversé par une espèce de fossé. Il le remonta jusqu'à un petit pont tombé en désuétude, près d'une cabane en maçonnerie d'environ trois mètres de large, ouverte de chaque côté ; un homme pouvait, en se courbant, se faufiler à l'intérieur. Il en fit l'inspection, mais il ne trouva rien. Il tourna de l'autre côté, là où l'accès était le moins visible, et remarqua que des arbustes avaient été pliés, probablement sous les pas de quelqu'un.

Il se mit en quête de l'autre point indiqué sur la carte et traversa la peupleraie, verticale et vertigineuse, une rébellion chorale contre le pays plat. Cette fois, il ne repéra rien qui distinguât ce lieu d'un autre. Tout était extraordinairement identique, à part une grosse souche de saule qui avait engendré une auréole de rejetons de deux mètres de diamètre. Dedans, le commissaire remarqua de la terre remuée et des mottes fraîchement piétinées. Il estima à vue de nez où il était et en déduisit qu'il ne devait pas être loin du lieu où les Russes et les Slovaques rencontrés à Luzzara avaient pêché.

Il ratissa autour, dans l'herbe chargée d'eau qui penchait vers le sol. Des premières flaques s'étaient formées, et de petits ruisseaux commençaient à couler. On ressentait le côté provisoire d'un monde qui changerait de visage si la pluie venait à gonfler le fleuve. Les eaux exigeaient de l'espace, elles recouvriraient tout d'une nouvelle couche de sable. Près de la souche, il distingua un minuscule objet qui scintillait parmi les tons froids de l'hiver. Il se pencha pour le ramasser : il s'agissait d'un morceau de sangle de quelques centimètres muni d'un petit mousqueton chromé, preuve qu'il n'était pas là depuis longtemps. Il le mit dans sa poche et persista à ratisser jusqu'à ce qu'il n'en puisse plus de froid. Il rejoignit alors le cercle nautique, chassa l'eau qu'il avait sur le dos et prit place près du feu.

– Vous avez vu le Pô ? demanda Carega.

C'était la seule chose à laquelle il n'avait pas fait attention.

– J'ai fait un tour, répondit vaguement Soneri.

– Il grossit, prévint l'autre. En amont, il a commencé à pleuvoir il y a six heures, on en voit déjà les effets. Si ça continue, il va falloir évacuer.

– Un sacré pétrin... commenta le commissaire.

— Et pourquoi ? reprit l'homme en haussant les épaules. Ça va, ça vient... C'est on ne peut plus normal, on en fait tout un drame. Ici, la terre n'appartient pas aux hommes, elle appartient au fleuve.

— Vous êtes la seule personne sereine des environs, remarqua Soneri.

— Parce que j'accepte le monde au lieu d'enrager s'il ne marche pas comme je voudrais. Qu'est-ce que vous voulez y faire s'il pleut et que l'eau monte ? Les gens ne se rendent pas compte que leurs désirs sont infantiles. Ils voudraient du beau temps et de l'eau en cascade, de la neige sans se les geler, et pas trop chaud l'été... Ce ne sont pas des enfantillages ?

— C'est plus difficile d'accepter que les gens s'entretuent, et d'accepter la méchanceté qui va avec, objecta le commissaire.

— Vous savez quoi ? confia l'homme. Je passe mon temps à rire. Je ris intérieurement : cette comédie où chacun joue son rôle le plus sérieusement du monde sans se douter que le scénario sera déchiré et balancé dans le Pô.

Carega avait la même tête que les fous que l'on rencontre dans la *bassa*, et le commissaire se sentit soulagé de retrouver un peu d'authenticité.

— Vous avez bien de la chance de rire, dit Soneri.

— Et qu'est-ce que je devrais faire ? Pleurer ? J'ai enseigné toute ma vie, comme vous le savez déjà, et je peux vous affirmer qu'avant un certain âge les élèves sont eux-mêmes et qu'ils expriment franchement ce qu'ils pensent. C'est plus tard qu'ils commencent à porter un masque et qu'ils se mettent à jouer un rôle, à calculer, à mentir. Ils croient que ça leur permet de faire partie de la distribution, mais le metteur en scène s'en fout. Moi, j'ai compris le manège, alors tous ces idiots me font rire. Si nous prenions acte de ce que nous sommes, c'est-à-dire rien, nous cesserions de faire autant de clabaudage et de donner de l'importance à ce qui n'en a pas. C'est comme ça, nous n'y pouvons rien. Exactement comme pour le fleuve, ou pour la pluie. Je vous l'ai faite un peu longue pour en revenir à ce que vous disiez : le sacré pétrin. Mais non, ce sont juste des choses qui arrivent. Tout compte fait, le Pô n'est pas aussi avide : il se permet seulement de revendiquer, de temps en temps, ce qui lui appartient.

CHAPITRE 11

Les mots de Carega résonnèrent dans son esprit tandis qu'il retournait à la Questure en traversant la *bassa*, assiégée depuis des heures par une pluie battante. Et lui, quel rôle lui donnait-il dans toute cette comédie ? Un rôle de troisième ordre ? Il observa d'un œil nouveau les citadins nerveux foncer sur les trottoirs en se cognant avec leurs parapluies, le chaos des voitures ainsi que les visages blafards des conducteurs en train de jurer, et se sentit flancher. Il se surprit à envier la colère de l'automobiliste voisin, signe d'une profonde confiance en soi.

L'atmosphère de la Questure, son bureau et Juvara le ramenèrent à la réalité. Pour la première fois depuis plusieurs jours, son travail quotidien le revigora. En revanche, l'inspecteur était toujours d'une humeur sombre. Froid et distant, il répondait à Soneri du bout des lèvres. Au bout de sa troisième question, le commissaire lança :

– On peut savoir ce que tu as ?

– C'est personnel, *dottore*, minora Juvara.

– Et qui t'a dit que ça ne me concernait pas ? insista Soneri.

– Je ne suis qu'un gros naïf, marmotta l'autre.

– Toi aussi ? Alors, tu es en bonne compagnie !

L'inspecteur en resta interdit et le fixa quelques secondes. Puis il se dit que le commissaire sous-entendait sans doute des illusions bien différentes.

— Je me suis fait tout un film avec une fille...

— Tu veux un conseil ? Ne t'en fais pas trop et regarde en avant. Il ne faut jamais donner trop de poids à ce qui arrive : ni à ça, ni au reste.

Juvara le fixa de nouveau en s'efforçant de comprendre. Il haussa finalement les épaules et soupira :

— Vous devez avoir raison.

Il retourna ensuite à son bureau pour sortir un dossier de son tiroir.

— Et à ces deux types, on donne de l'importance ?

— De qui tu parles ?

— De Ferri et Consolini, répondit l'inspecteur. Vous ne m'aviez pas demandé des renseignements ?

Soneri acquiesça et fourra son cigare dans sa bouche.

— Tu as trouvé quelque chose d'intéressant ?

— Consolini travaille à l'Agence sanitaire de Crémone. L'autre, Ferri, est infirmier à Oglio Po. Sa femme est grossiste en quincaillerie, elle fournit la *bassa* entre Reggio et Mantoue.

Soneri lui fit signe de poursuivre.

— Ils ont tous les deux la passion du fleuve, leur casier est vierge et...

— Ils se sont offert un hors-bord de chez Masi, conclut le commissaire en l'interrompant.

— Pas tout à fait, le corrigea Juvara. Ferri a signé un contrat avec les ateliers Masi, mais ensuite il a procédé à une cessation de contrat au bénéfice de Consolini.

— Avant la livraison ?

— Deux mois après la commande.

— Masi m'a dit qu'ils en avaient commandé un chacun, dit Soneri.

— Il s'est trompé. Il n'a pas dû s'apercevoir que Ferri avait cédé son contrat, et que c'était le même bateau.

— Quoi qu'il en soit, soupira le commissaire, on ne peut rien en déduire.

— J'ai peut-être un truc, rebondit Juvara, mais je ne sais pas si c'est important.

— Dis-moi.

— Les deux ont écopé d'une sanction disciplinaire pour absence injustifiée de la part de l'Agence sanitaire. Le même jour, Ferri s'est pris une amende sur l'Asolana pour excès de vitesse ainsi qu'un rapport du médecin agréé qui ne l'a pas trouvé chez lui alors qu'il s'était déclaré malade. Quant à Consolini, un de ses collègues a bien voulu pointer pour lui.

— Ensuite ?

— Ils devaient finir au tribunal pour escroquerie, mais ils s'en sont tirés avec un blâme et une semaine de suspension. Les deux sont syndiqués, Consolini est même délégué, résuma Juvara. Leur direction les soupçonne de l'avoir fait plusieurs fois, mais ils ne les ont jamais coincés.

— C'est curieux, réfléchit Soneri, ils se refilent un hors-bord et ils truandent le même employeur...

Juvara allait intervenir quand le portable du commissaire sonna.

— Je n'ai pas de bonnes nouvelles, démarra Nanetti.

— Dommage, je commençais à m'habituer.

— Je sais que tu comptais sur la mitraillette, reconnut son collègue, malheureusement, ce n'est pas avec cette arme qu'on a tué Gabor. Cette arme est neuve, elle n'a jamais servi. Et il faudrait passer le terrain à l'extracteur pour voir s'il y a d'autres balles. On pourrait peut-être trouver d'autres traces.

— Trop tard, dit Soneri, la crue va tout recouvrir. Par contre, j'ai autre chose pour toi : j'ai trouvé un bout de sangle sous les peupliers, je voudrais savoir d'où elle s'est détachée.

— Envoie-la-moi, suggéra l'autre. On a aussi inspecté le bateau, signala-t-il. Beaucoup d'empreintes, reste à savoir à qui elles appartiennent.

Après avoir raccroché, Soneri songea qu'il en revenait au point de départ. Dehors, la pluie tombait sans discontinuer, le Pô devait grossir et envahir la plaine d'inondation. À chacune de ses crues, le monde autour du fleuve recommençait depuis le début : chaque fois enseveli, chaque fois renaissant sous une forme nouvelle.

Son portable sonna encore, c'était au tour de la Marcotti.

— On vient de m'apporter les conclusions de l'autopsie de Manotti, l'instruisit-elle. Comme prévu, elles laissent la voie à de nombreuses hypothèses et ne servent pas à grand-chose.

— On pourrait l'avoir tué ?

— Ça n'est pas exclu, bien que ce ne soit pas l'hypothèse principale, poursuivit la magistrate. L'état du corps étant ce qu'il est, nous n'en sommes qu'aux premiers examens. Nous aurons besoin d'approfondissements supplémentaires avant d'avoir en main des informations utiles.

— Vous en pensez quoi ? sonda Soneri.

— Commissaire, j'ai appris à ne jamais être sûre de rien, et ça fait bien longtemps que je ne fais plus d'hypothèses : j'ai trop souvent été démentie, répondit-elle, un peu amère.

— Je ne crois pas qu'on l'ait tué, glissa le commissaire.

– Vous êtes un téméraire, ricana la Marcotti, au fond, malgré le métier que vous faites, vous restez optimiste.

– J'essaye au moins de garder espoir, dit le commissaire.

– Vous avez raison. Prenons-le comme un devoir, conclut-elle.

– Juvara, reprit Soneri après avoir raccroché, tu vas poursuivre tes investigations sur nos deux types : creuse un peu leurs absences au boulot, et vois s'ils ont eu d'autres problèmes…

– Commissaire, les jours où leur présence a été contestée tombent le 12 septembre pour Consolini, et le 13 octobre pour Ferri, exposa l'inspecteur.

– Écoute, recueille tout ce qu'on pourra te dire, abrégea Soneri.

Des voitures firent irruption dans la cour et déversèrent une kyrielle de notables escortés par leurs assistants.

– Qu'est-ce qui se passe ?

– Réunion de crise pour la crue, l'informa promptement Juvara. L'état d'alerte est décrété dans les provinces de Parme, Crémone, Reggio et Mantoue.

Le commissaire se leva subitement et sortit du bureau, sous une pluie fine qui, désormais, tombait avec résignation sans un souffle de vent. L'inspecteur le regarda s'en aller, sans aucune réaction.

Tandis que Soneri marchait, Angela lui téléphona.

– J'ai des trucs à te dire.

– Quand tu commences comme ça, je pense toujours au pire.

– À propos du boulot. C'est important, insista-t-elle.

– Tu me rassures. Du tien ?

– Mais non ! Depuis quand je te parle de mon boulot ? Du tien, du commandant. Frascaroli m'a téléphoné pour qu'on se voie. Comme il était très agité, j'y suis allée tout de suite, et il m'a raconté de nouveaux épisodes qu'il avait jusque-là gardés pour lui... Il avait juré de ne jamais en parler... Des choses lourdes, tu vois ?

— Sur le commandant ?

— Pas seulement. Il m'a parlé du trésor... et de ceux qui comptaient dessus.

— Je vais à Sacca, le Pô est en crue, lui dit le commissaire.

— Ben, en quoi ça te regarde ?

— La crue ? Je ne sais pas, je sens que je dois y aller.

— Alors je viens aussi. La *bassa* commence à me plaire. On se retrouve au même endroit ?

L'eau recouvrait les champs ; les fossés et canaux débordaient, mettant en évidence des maisons isolées, enfoncées dans la boue. La route enjambait un immense marais repoussé à l'infini par la veine gonflée du Pô.

— Regarde, on est à plusieurs mètres sous le niveau de l'eau, fit remarquer Soneri en se garant sur la place de l'église.

Ils contemplèrent la digue puissante qui contenait la crue et qui, malgré ses dimensions, donnait une impression de fragilité. Puis ils rejoignirent lentement le halage et constatèrent que le fleuve avait quitté son lit, envahi la peupleraie et recouvert à moitié le bâtiment du cercle nautique. Le courant caressait les arbres en les faisant vibrer de plaisir ou de peur. Le fleuve dense et argileux s'écoulait lentement, les eaux étaient si vastes qu'on ne voyait plus l'autre berge.

— On dirait la mer... commenta Angela.

— Une mer par-dessus la campagne, ajouta Soneri.

C'est alors que Carega et Montesano surgirent de la zone inondable pour se mettre à l'abri.

— Fait, dit le premier qui portait des cuissardes de pêche. Retraite accomplie. Quand le Pô avance, on n'a plus qu'à se cacher derrière les tranchées. En espérant qu'elles tiennent, précisa-t-il, le sourire aux lèvres.

— Vous allez nous porter malheur, lui reprocha le militaire tout en saluant le commissaire et Angela.

— Moi ? Mais vous avez bien vu ! Qu'est-ce que vous voulez faire d'autre ? s'exclama Carega en indiquant les eaux.

Montesano laissa tomber d'un geste :

— Persuadez plutôt ce fou de lever le camp, le pressa-t-il.

— Ne vous inquiétez pas, il ne va rien lui arriver, le rassura Carega.

— Je suis responsable, j'ai ordre d'évacuer, insista l'adjudant-chef.

— Qui est le fou ? s'enquit Soneri.

— Nocio, répondit Carega. Il refuse d'évacuer. Il flotte déjà, de toute manière. S'il est content...

— Vous venez de dire vous-même qu'il valait mieux se retirer, gronda Montesano.

— On n'est pas tous pareils : certains aiment les défis.

— Il ne veut rien entendre ? se renseigna le commissaire.

Carega hocha la tête.

— Les pompiers y sont déjà allés, Montesano aussi, mais sans succès. Il a une petite barque sur sa terrasse, et de quoi tenir pendant un mois. Il est aussi heureux qu'un gamin dans la neige.

Angela en restait sans voix, mais Soneri n'était pas étonné par l'attitude de Nocio. À sa place, il aurait fait la même chose.

Avec la crue, l'agitation montait tout le long de la berge. Des anonymes sortaient de chez eux et s'agglutinaient sur la digue pour regarder le fleuve. Les volontaires de la Protection civile faisaient la navette à bord de fourgonnettes, de gros camions ou de tracteurs afin de maîtriser les brèches où le courant passait. La pression de l'eau infiltrée dans les veines souterraines se libérait, de brusques écoulements jaillissaient sans prévenir. Un groupe installait des sacs de sable pour rehausser la berge si le niveau montait.

– On s'attend au pire ? s'inquiéta Angela.

– C'est une crue normale, répondit Carega. Mais aujourd'hui, même la normalité fait peur. Nous voudrions nous imposer à la nature au lieu de l'accepter. La voilà, l'origine de toutes nos frustrations, dit l'homme dans un rictus.

Soneri regarda autour de lui, mais Lumén n'était pas présent. Il devait écouter les voix et le désordre derrière les barreaux de ses fenêtres. Entendait-il aussi le courant s'approcher, lui qui disait tout distinguer ? Sans doute préférait-il imaginer, tel un voyant ayant fait vœu de cécité.

Angela tira le commissaire par un bras et l'entraîna avec elle sous la pluie persistante.

– La maison du commandant est par là ? demanda-t-elle.

Le commissaire acquiesça, et elle prit un pas décidé.

– Je veux la voir, trop de temps qu'on en parle, exigea-t-elle.

– Frascaroli s'est beaucoup livré ?

– Oui. Il m'a raconté des choses inquiétantes.

– Sur le trésor ?

Elle fit oui de la tête.

– Mais pas seulement, spécifia-t-elle. Il pressent que cette affaire a laissé des morts dans son sillage. Une espèce de malédiction.

Soneri se dit que le commandant pouvait en être une des victimes. Pourquoi pas la dernière d'une série. La Marcotti avait raison d'être sceptique.

– Ça a commencé quand ? interrogea le commissaire.

– Avant le 25 avril. Frascaroli soutient que cet or a fait plus de morts que la bataille contre les Allemands. Mais il ne connaît pas toute l'histoire. D'abord parce que tout le monde a gardé le secret, ensuite parce que la mémoire te trahit. Malheureusement, Frascaroli est le dernier à pouvoir en parler. L'autre, c'était Manotti.

– Les faits s'envolent s'ils ne sont que des souvenirs, constata Soneri.

– Si Frascaroli s'est décidé à en parler, c'est justement pour ça, bien qu'il ait juré d'emporter le secret dans la tombe, reprit Angela. Je te l'ai dit : il y a une histoire de morts assassinés derrière.

– Et personne ne s'en est jamais inquiété ?

– À l'époque, un de plus, un de moins… C'était dans l'ordre des choses. Il y avait aussi des infiltrés chez les partisans : des soldats isolés, des gens qui n'avaient pas grand-chose en commun avec leurs idéaux. Ils en ont jugé plusieurs en faisant passer leur disparition pour des morts au combat. Sauf qu'après la guerre il est arrivé quelque chose de plus grave, détailla Angela avant de s'interrompre pour admirer le fleuve.

Soneri la laissa prendre le temps dont elle avait besoin pour continuer.

– Tu te souviens de l'homicide de Guidotti ?

– Bien sûr, on a échafaudé tout un tas d'hypothèses, mais rien n'en est jamais sorti.

– Ils l'ont fait passer pour un affrontement entre communistes, en plein climat stalinien. Guidotti était trotskyste, et à l'époque, les types comme lui n'avaient pas la vie facile. Que la foi soit entrée ou non en ligne de compte, Frascaroli est convaincu que tout cet or lui a porté malheur. On n'a jamais su si Guidotti réclamait simplement sa part, ou s'il y a eu des discussions sur la façon de l'utiliser. Le parti avait besoin d'argent, mais Guidotti appartenait à une chapelle différente. Reste qu'après sa mort ils ont décidé de ne pas toucher au butin et de le cacher quelque part. Plus personne ne l'a revendiqué, et personne ne sait où il a fini. D'après Frascaroli, c'est Manotti qui l'a planqué, en se portant garant. Il faut dire que l'affaire Guidotti les a tous obligés à se taire, chacun pouvait dénoncer l'autre et mettre tout le groupe dans le pétrin. Ensuite, ils sont morts un par un, sans jamais rien lâcher. Frascaroli est le seul survivant, même s'il n'est pas directement protagoniste. Ce qu'il sait, il l'a reconstitué en faisant des recoupements.

— C'est l'omerta totale sur l'affaire Guidotti. Elle a été, et elle demeure, un mystère, rappela Soneri.

— Ça vaut peut-être mieux, estima Angela. Frascaroli voulait s'ôter un poids avant de mourir, il a choisi une de ses anciennes élèves pour laquelle il a toujours eu de la sympathie. Ça lui a beaucoup pesé de n'avoir rien dit, mais il n'avait pas envie de salir l'un des rares moments où ce foutu pays s'est sorti de la merde. Il se rend compte que ça n'a plus beaucoup de sens de le faire maintenant, parce que la loi des vivants ne s'applique pas aux morts, il faut plutôt le prendre comme une confession personnelle qui a davantage de valeur pour la conscience que pour les tribunaux.

Ils gardèrent un instant le silence jusqu'à ce que la maison du commandant apparaisse, davantage isolée sous la pluie.

— Peut-être que l'or est là-dedans, hasarda Soneri.

– Si c'est le cas, ils vont être nombreux à vouloir y entrer, supputa Angela.

– Ils ont déjà essayé, lui fit savoir le commissaire, persuadé que cette maison pouvait l'aider à éclaircir de nombreuses questions.

– Elle est vraiment insignifiante, dit Angela en découvrant la cour, la façade sans enduit et la cabane à outils.

– Oui, elle ne vaut pas grand-chose, reconnut Soneri, sans parvenir à s'ôter de l'esprit un sentiment d'ambiguïté insaisissable.

– Elle est lugubre, renchérit-elle, c'est peut-être pour ça que je pense au pire. Je ne pourrais jamais vivre dans ce genre d'endroit, déclara-t-elle ensuite en revenant sur ses pas avec un geste qui trahissait un fond de dégoût.

Durant le trajet, la lumière baissa rapidement, et la pluie se transforma en bruine légère. Le fleuve avait encore grossi et noyé entièrement les troncs des peupliers. Les eaux avaient razzié tout un bazar, leur butin dévalait en suivant le courant. Des bateaux sans rames tournoyaient lentement, secoués par des tourbillons.

– On ne peut rien y faire ! s'écria Carega presque joyeux. Vous avez vu ? dit-il en leur montrant la haie de spectateurs et les volontaires sur la digue. Il n'y a pas de colère, juste de la concorde, les gens ont recommencé à se parler, à travailler ensemble : on dirait une communauté, gloussa-t-il.

– Les gens ont besoin d'avoir peur pour être ensemble, argua Soneri.

– Bravo, vous avez deviné. Quelque chose qui rappelle combien nous sommes fragiles, acquiesça Carega.

Un coup de brise déplaça l'air et le crachin se mit à tomber en oblique. Une odeur âcre se répandit alors sur la campagne détrempée sans que personne ne parvienne à la définir.

Ça faisait longtemps, murmura Soneri. Je n'avais encore rien senti de pire.

C'était comme un mélange d'exhalaison putride et d'odeur de solvant : quelque chose évoquant la chimie et le laboratoire. Quelque chose échappant à tout type d'expérience.

Soudain, dans la pénombre de la fin du jour, une lueur en mouvement apparut sur le courant. Elle avançait en ondoyant tel le Christ sur l'eau, et rayonnait à l'improviste après de petites éruptions. On aurait dit un paradoxe miraculeux, une hallucination.

– Le Pô brûle ! hurla quelqu'un depuis la digue.

– La *bassa* est une terre de visions et de monstres, chuchota Carega à l'oreille du commissaire.

Pendant plusieurs minutes, les gens s'arrêtèrent de parler : de longues langues de feu surgissaient sur le fleuve, à la suite de bouffées de gaz. Les flammes éphémères prenaient les couleurs de l'enfer : certaines furieusement gaies, jaunes et cramoisies, d'autres qui s'essoufflaient, moins hautes et plus fragiles, juste à ras du courant, pareilles au bleu éteint qu'ont les feux des réchauds.

Dans le même temps, la puanteur était devenue insupportable, et l'on sentait dans l'air une fumée plus dense que la vapeur des brumes.

– On va s'empoisonner, bougonna Angela.

– Espérons que la brise revienne, dit Soneri en s'efforçant de comprendre d'où pouvait bien sortir cet étrange flambeau.

Ils le comprirent quand le courant le rapprocha. Un vieux chaland à la dérive fêtait ses funérailles au beau milieu des flammes, telle une torche vive emportée vers l'aval. En s'approchant près de la rive, on entendait distinctement les grésillements de l'incendie qui avait éclaté à bord.

— Quelqu'un est aux commandes ? se renseignait Montesano au téléphone.

— Personne, lui répondit un type. Vous ne voyez pas qu'il ne tient pas la route ?

Le chaland faisait des embardées et percutait des épaves traînées par le courant.

— Avant d'être dévoré par les flammes, il va s'échouer contre un silure, intervint un autre homme : c'était la voix de Biancani.

Montesano continuait de s'exciter au téléphone :

— Qu'est-ce que je dois faire ?

— Rien, intervint Carega en se parlant à lui-même. Le bateau brûle, on ne peut pas l'arrêter. Le Pô va bientôt s'en charger. Il digère toujours tout.

À force d'entendre cette phrase, le commissaire dut reconnaître qu'elle disait vrai : il n'avait pas souvenance d'indifférence plus grande que celle exprimée par le Pô.

Un grondement soudain brisa le noir silence. C'était comme si un monstre s'était dressé en surgissant des fonds sableux. Puis ce fut l'impudente déflagration en un carnaval de couleurs, une brève explosion d'énergie face au ponton du cercle nautique désormais submergé. Comme un défi aux hommes et à l'obscurité, mais surtout, un défi au fleuve. Une bouffée de chaleur remonta sur la digue, éclairant les visages de teintes caravagesques. Beaucoup s'affolèrent et, terrifiés, reculèrent d'un pas.

— Personne n'avait jamais vu l'eau brûler, confessa Carega.

- L'eau... rétorqua Angela en se protégeant la bouche d'une main. Dites plutôt un poison à formule inconnue.

Mais Soneri avait compris à quoi faisait allusion Carega. À une *bassa* mythologique, ressuscitée par un bateau ivre de flammes que de vulgaires motivations avaient poussé à la dérive. Et maintenant, il brillait sous leurs yeux de ses feux les plus vifs en consumant l'horrible combustible qu'il avait dans le ventre, et il empoisonnait le ciel d'un encens démoniaque. Les flammes montaient et se tordaient en d'énormes volutes tandis que des flammèches plus rapides que des rats rampaient sur les murailles.

La lumière se propageait, illuminant le fleuve et la digue d'une couleur vague et inconnue de rêve nocturne. Et quand le bateau vacilla après avoir heurté un tronc, le monde autour en fit de même, arrachant un cri à la foule.

– Ils ont vidé leurs ordures sur ce vieux clou avant de le larguer sur le fleuve, révéla Carega. Il y en a qui larguent du lisier de porc, d'autres, on ne sait trop quoi. Vous savez combien ça coûterait ?

Montesano passait son temps à hurler au téléphone, personne n'avait l'air de l'écouter à l'autre bout du fil. Tout dévalait comme le courant. Comme ce bateau en flammes qui continuait sa route et qui léchait déjà la berge de l'usine. Ils le regardèrent voguer : sa lumière déclinait et ressemblait à un coucher de soleil artificiel. Un peu plus bas, dans un ultime sursaut de vie, il explosa une dernière fois, puis s'inclina et rendit l'âme, telle une bougie sans plus de mèche entourée d'un voile de vapeur.

– La coque a cédé, déclara Biancani.
– L'eau l'a bouffé, ajouta un autre.

– Comme le reste, conclut Carega.

Un profond silence s'ensuivit, le noir était à nouveau maître. Tout paraissait s'être dissous dans le courant imperturbable dont on apercevait l'ombre puissante en mouvement. Tout, sauf l'odeur infecte.

CHAPITRE 12

Dans la salle du *Stendhal*, on avait installé un commandement d'urgence en dégageant les tables. Montesano était nerveux, et ses allées et venues mettaient le commissaire dans l'embarras : en présence d'Angela, il avait l'air d'être en vacances.

– Si c'est pour le chaland, laissez tomber, l'intercepta Carega. Il n'a laissé aucune trace, ce ne sera pas le dernier à finir au fond du Pô.

Montesano haussa les épaules.

– Il y a encore ce fou...

On comprit tout à coup son allusion : jusque-là, personne n'avait fait attention à la musique lyrique qui s'était engouffrée dans le village. Angela entraîna Soneri dehors, et d'autres les suivirent. Le son était encore plus fort à l'extérieur, malgré la brise qui en modulait le volume.

– Mais ça vient d'où ? demanda Soneri.
– De chez Nocio, répondit Carega.
– Il est fou ! répéta le carabinier.

Ils montèrent tous ensemble sur la digue comme s'ils allaient en procession sur les berges du Pô pour prier la Madone. Il ne manquait que le curé à la tête du cortège, mais à Sacca, les curés n'officiaient plus depuis longtemps.

— Le voilà !

Montesano indiqua le ponton d'où l'on apercevait une lueur tremblotante.

— Il reste sur l'eau, attaché à ses deux peupliers.

On distinguait un halo de lumière, une timide aurore au-dessus du courant. La musique s'entendait maintenant dans toute sa puissance, et elle envahissait l'immensité du fleuve, cet espace infini que l'eau s'était creusé dans le brouillard épais de la plaine campagne.

— *La Force du destin* ! s'exclama Carega avec emphase, et Soneri reconnut l'interprétation incomparable de Pavarotti.

C'était comme si les notes donnaient voix à l'instant qu'ils vivaient, comme si elles surgissaient du fleuve. Tout suivait le courant, tout était emporté par une force obtuse, irraisonnée et indomptable.

— S'ils m'envoient des renforts, j'interviens, menaça Montesano.

— Et pourquoi ? réagit Carega. Puisqu'on est au spectacle, il faut bien une bande-son.

Quelqu'un hurla de couper les câbles pour le faire taire, mais tous les autres protestèrent. Verdi s'appréciait à tue-tête. Montesano fut contraint d'abonder. Il se résigna à écouter avec les autres, mais la musique ne devait pas être à son goût, car peu après il réattaqua son refrain :

— Je suis responsable, et s'il arrive quelque chose...

— Je vais essayer d'aller le convaincre, trancha Soneri. Par contre, je ne vous garantis rien.

Le militaire le dévisagea d'un œil circonspect.

— Si vous avez envie de vous prendre de la flotte...

Le commissaire monta sur le zodiac des pompiers, plus moderne et plus confortable que le canot de Nocio.

Par chance, le courant du lit d'inondation, ralenti par le bas-fond et par les peupliers, n'était pas aussi fort que le courant du lit mineur. De loin, la maison flottante ressemblait à une flamme s'agitant sous des voiles de pluie et de brouillard. Une phosphorescence répandant autour d'elle les notes de Verdi, poignantes et solennelles. Nocio surgit sur la terrasse, auréolé d'une lumière qui empêchait d'en distinguer les traits. On ne voyait qu'une ombre noire, et sa voix résonnait comme depuis le podium d'un meeting.

– Allez-vous-en, gronda-t-il, je ne bougerai pas d'ici ! C'est mes nuits les meilleures !

– Nocio ! C'est moi ! le héla Soneri.

– Qui t'envoie ? Montesano ?

– Il exécute les ordres. C'est un militaire, il ne peut pas...

– Qu'il aille chier avec ses ordres ! l'interrompit Nocio. T'as pas vu ce qui vient de se passer ? T'as pas vu le bateau ? Tu ne vois pas ce qui se passe depuis toujours ? Et un couillon de carabinier voudrait me donner des ordres ? Qu'il s'occupe des saloperies qu'on fait sous son nez !

La maison balançait au rythme du courant, on aurait cru Nocio sur le pont d'un navire.

– On a de la chance d'avoir une crue, elle est en train de tout balayer, poursuivit-il. Tous les lits étaient empoisonnés, après ça, ils seront propres. Le Pô renouvelle tout, laissez-moi profiter en paix du spectacle ! De l'aube du nouveau jour ! s'écria-t-il.

Soneri le soupçonna d'avoir trop bu. Il en eut la confirmation lorsqu'une secousse un peu plus forte fit trébucher Nocio et menaça de le faire tomber à la renverse. Mais ses raisonnements se tenaient.

— Ne t'inquiète pas pour moi, se reprit-il, je suis beaucoup plus en sécurité que vous. Si le fleuve déborde, vous serez tous obligés de vous enfuir comme des rats, alors que moi, je continuerai à flotter tranquillement. Va le dire à ton gradé. Et va lui dire aussi que tout le monde s'en branle, de sa loi, ricana-t-il. Tu ne vois pas qu'il est ridicule ?

— Dans ce cas, je le suis aussi, rétorqua le commissaire.

— Tu l'es quand tu défends un ordre inexistant.

— Certains veulent qu'il existe, c'est pour ça qu'il y a des hommes comme moi.

— L'ordre n'existe pas, il n'a jamais existé. Il n'y a que des intérêts, leur ordre, c'est de les défendre. Mon ordre à moi, c'est l'eau, clama Nocio. Elle n'est pas providentielle ? Rien ne peut l'arrêter, elle traite tout le monde pareil. C'est l'eau de la Bible, tu t'en souviens ? Le déluge qui submerge la pourriture du monde pour qu'il reparte de zéro.

— Nocio, tenta Soneri, laisse tomber la Bible, ferme ta baraque et reviens au village, sinon leur procession va continuer pendant des jours.

Mais ses mots prononcés d'une voix douce et basse ne furent pas convaincants. Trop tard pour y remédier – l'un des pompiers finit par dire :

— Allez, on y va, il ne bougera pas.

Le commissaire regarda son ami, devenu désormais une ombre, avec lequel il se sentait secrètement en accord. Il aurait bien aimé être à sa place, coupé du monde et de ses règles. C'est alors que Verdi fit résonner un crescendo explosif de voix et d'instruments, comme pour faire ressortir l'intensité de la situation. Un des pompiers redémarra, et le zodiac se redressa avant de prendre son virage. Soneri se tourna une dernière fois pour regarder Nocio. Debout, la main sur la balustrade, celui-ci lui cria :

– Laisse le monde à la crue !

En débarquant, le commissaire semblait troublé. Montesano s'approcha de lui.

– Rien à faire, c'est ça ?

Soneri opina brièvement, on entendait toujours la musique de Verdi.

– Très mélodramatique, je dirais, commenta Angela. J'aimerais bien être avec toi, dans cette maison flottante.

– Ne rêve pas trop, répliqua sèchement le commissaire. Nocio n'accepterait jamais de nous faire monter. En plus, il est bourré. Il se prend pour Noé.

– Nous serions les humains d'où tout repartirait. Imagine le monde nouveau, sourit Angela.

– Il y croit vraiment.

– Alors qu'est-ce qu'on attend ?

– Sa colère et son envie de tout fracasser me font peur.

– C'est ça qui t'inquiète ? devina Angela.

Le commissaire ne lui répondit pas. Sa compagne avait lu en lui.

Elle l'entraîna alors à travers le bourg en le protégeant sous son parapluie, et le prit dans ses bras à l'abri des regards.

– Si tu es si bouleversé, ça veut dire que ce n'est pas une connerie, lui susurra-t-elle.

Les propos d'Angela lui remettaient souvent les idées en place.

– Non, dit-il, ce n'est pas une connerie.

Ils montèrent dans la voiture d'Angela et roulèrent sous la pluie jusqu'aux Vedole. À la vue de l'enseigne du restaurant, ils décidèrent d'y entrer.

– On va se faire des cuisses de grenouille.

Angela fut saisie d'horreur.

– Tu préfères les escargots ?

– J'ai toujours su que la barbarie et les fêtes païennes se cachaient derrière les gourmets : dévorer l'autre pour lui voler sa force.

– À une grenouille et à un escargot ?

– Ils ne manquent pas de qualités, observa Angela.

– La patience, sans aucun doute, bredouilla Soneri en affichant la sienne quand son portable sonna.

– Plat en sauce ? plaisanta Nanetti en faisant allusion à la pluie.

– Gagné ! se réjouit le commissaire tandis qu'on lui apportait ses escargots.

– Tu me diras, avec toi, c'est pas bien difficile, le taquina son collègue. Je voulais te parler de ton bout de sangle…

– Tu sais d'où elle vient ?

– D'un étui à fusil. Il en existe de plusieurs marques, mais le mousqueton est standard.

– Fusil de chasse ?

– En général, oui, confirma Nanetti. Mais tu peux y glisser d'autres types d'armes longues. Le tissu est imperméable, et les étuis se ferment avec des petites sangles.

– Imperméable, tu as dit ?

– Ben oui, les armes n'aiment pas l'humidité.

Ces mots le ramenèrent au lit d'inondation avant qu'il ne soit envahi par la crue. À ces deux cercles tracés sur la carte qui ne voulaient apparemment rien dire.

– Tu sais, le Pô est une zone de chasse, le prévint Nanetti. Tu as neuf chances sur dix que ça appartienne à un chasseur de faisans.

– Oui, c'est probable, admit le commissaire d'une voix lointaine avant de le saluer et de raccrocher.

– Qu'est-ce qui t'inquiète encore ? demanda Angela en le fixant.

– Rien de spécial… répondit Soneri, l'esprit ailleurs. Un mort, une balle logée dans un arbre, des tirs de mitraillette, deux points marqués sur une carte, la sangle d'un étui de fusil, des va-et-vient nocturnes sur le fleuve… énuméra-t-il.

– Je vois, abrégea-t-elle, tu commences à flairer des choses, c'est bon signe.

– Non, ce n'est pas ça, murmura le commissaire. Nocio a raison, je suis un hypocrite. Les lois sont une fiction, et les premiers qui les transgressent sont les gens qui les font. Cet endroit le prouve.

– Quelqu'un s'est fait assassiner, tu n'as pas envie de lui rendre justice ?

– C'est la seule chose qui me motive dans ce métier, être humainement solidaire des victimes, confirma Soneri.

– Ça ne te suffit plus ?

– Si. Mais je supporte de moins en moins la comédie autour de mes enquêtes : la loi, la justice… Allez-vous faire foutre !

Le goût des escargots tempéra l'amertume du commissaire, et il se mit à les manger d'un appétit presque rageur.

– Tu vois qu'il y a du primitif en toi, le moqua Angela.

– Pas seulement à table, insinua-t-il du tac-au-tac.

Elle lui fit un clin d'œil.

– Ne me dis pas qu'en une semaine je vais réussir une deuxième fois à déchaîner tes instincts primordiaux ?

Ils se levèrent de table, poussés par la même idée fixe. Ils prirent cette fois l'Alfa et roulèrent un moment dans la *bassa* inondée. L'eau des champs et des routes se reflétait dans la lumière des phares. Ils s'arrêtèrent sur une aire de repos qu'il y avait sur la digue, dans le noir absolu de cette nuit pluvieuse. Les gouttes frappaient le toit de la voiture, le ciel semblait se libérer. Ils s'aimèrent furieusement, s'agrippant l'un à l'autre comme au dernier buisson avant de sombrer dans l'abîme. Comme si leur passion s'abreuvait du danger imminent qui pesait sur la plaine.

– La *bassa* nous fait du bien, constata Angela tout en se rhabillant.

– En clair, y a plus que le cul.

– Tu trouves que c'est peu ? C'est pourtant beaucoup plus qu'une consolation...

– Oui, sourit Soneri, c'est vrai, mais beaucoup trop court.

Elle lui donna une tape sur l'épaule, complice et faussement agressive, et le commissaire remit le contact. Ils arrivèrent peu après à Sacca.

– Commissaire, annonça-t-elle, cette nuit je vais dormir dans mon lit, parce que j'ai une audience demain matin et que je ne peux pas me présenter trop chiffonnée.

Ils se saluèrent et, dès qu'elle s'éloigna, il éprouva la même mélancolie que l'autre jour, en butte à une terrible solitude. Il sortit de sa voiture et s'aperçut que la pluie avait cessé. Il décida alors de remonter la digue pour rejoindre le chemin de halage. On entendait toujours la musique de Verdi glisser placidement sur le courant, telle une naufragée. La digue était déserte, et seuls les sacs de sable qu'on avait entassés rappelaient l'état d'urgence. Il se demandait pourquoi tout le monde avait abandonné la surveillance du fleuve. Ce n'est qu'en atteignant les lampadaires de l'usine qu'il découvrit que le niveau de l'eau avait baissé.

— La crue est déjà passée, entendit-il derrière lui.

Lumén avait surgi du noir dans son fauteuil roulant, affublé comme toujours de son vieux pardessus.

— On voit que plus personne ne connaît le Pô, reprit-il. S'ils le connaissaient encore, ils auraient évité tout ce bordel, ils auraient su tout de suite qu'il n'y avait rien à craindre. Le courant n'était pas mauvais, je l'ai senti tout de suite.

Le commissaire s'attendait d'un instant à l'autre à voir l'Ukrainienne surgir de l'obscurité.

— Votre aide-ménagère n'est pas avec vous ? s'étonna-t-il peu après.

Lumén agita sa main.

— Elle est partie. Mais je peux très bien sortir sans elle.

— Comment ça, « partie » ? s'alarma Soneri.

— Partie. On se rencontre, on se quitte. Vous devriez le savoir, non ? Elle n'en pouvait plus d'être ici. On dit que les pauvres s'adaptent à tout, mais il y a des limites. Ici, c'est un trou paumé. Et puis avec un vieux, toujours seule...

— Et de grosses frayeurs, ajouta le commissaire.

Le vieux le fixa avec intensité et répéta :

— Et de grosses frayeurs.

— Qui vous menaçait ? Caretti et sa bande ?

Lumén fit non de la tête.

— Rien à voir. C'étaient d'autres types, je ne les connais pas. C'est elle qu'ils menaçaient, elle n'a rien voulu dire... Elle était terrorisée.

— Et maintenant ? Vous savez où elle est ?

— Qui peut savoir ? Pour moi, elle est retournée retrouver son mari et ses deux enfants en Ukraine.

Elle m'a juste laissé un mot pour me dire au revoir en expliquant qu'elle ne pouvait plus rester : fin des programmes.

Soneri se sentit frémir. Il ne s'était pas écouté, et maintenant cette femme lui avait échappé. Une inertie inexplicable l'avait empêché d'agir, il avait eu trop de scrupules.

– Vous savez qui la menaçait, affirma-t-il tout de suite après.

– Je l'imagine, mais je ne vais pas plus loin, répondit Lumén.

– L'imagination est une des choses les plus utiles dans une enquête.

Le vieux le fixa à nouveau.

– Vous connaissez ma sensibilité. Et vous savez aussi que beaucoup de questions se résolvent la nuit, les gens se laissent aller plus volontiers, ils prennent moins de précautions.

– Je sais. C'est pour ça que vous aimez la nuit.

– Absolument, acquiesça Lumén. Je vais la faire brève, commissaire : certaines nuits, j'entends des coups de feu. Pas comme à la chasse, entendons-nous. Des tirs plus étouffés, en sourdine. Parfois, pas plus qu'un léger souffle, y a que moi qui les entends. Si d'autres les entendaient, ils feraient semblant de rien : la peur, tout le monde chez soi, et chacun ses oignons.

– Ils viennent d'où ?

– Du lit d'inondation.

– Vous êtes sûr qu'ils ne viennent pas du polygone de Casalmaggiore ?

– Vous me prenez pour qui ? Au polygone, ils ne tirent pas la nuit, ils ferment avant ! Non, pour moi, c'est des gens qui ont d'autres objectifs.

– Dans le brouillard et dans le noir... réfléchit Soneri.

— Quand on s'entraîne à tirer, faut apprendre à tenir son arme, à appuyer sur la queue de détente, à réagir au recul… À quoi ça sert d'y voir clair ? Faut d'abord apprendre tout ça avant de viser une cible. Vous ne faites pas la même chose ?

Le commissaire acquiesça en essayant de se souvenir de la dernière fois où il avait tiré au polygone.

— Y a eu des nuits venteuses et des ciels clairs, ils ont peut-être aussi tiré sur cible. Dans la peupleraie, à l'abri de la digue, les bruits sont encore plus étouffés, expliqua le vieux.

— Vous pensez que votre aide-ménagère a vu et entendu ?

— Une fois, j'ai insisté pour sortir alors qu'il bruinassait. Comme vous savez, faut toujours que je voie le Pô, je ne peux pas m'en passer. On a entendu plusieurs coups de feu, de l'autre côté de l'usine. J'ai essayé de la rassurer en lui disant que c'étaient des braconniers. Au retour, une voiture est passée à côté de nous et nous a vus. Quelques jours après, elle a commencé à ne plus vouloir sortir la nuit : elle disait qu'elle avait l'impression de revivre la police communiste de son pays. Je la comprends, son père a été déporté en Sibérie.

— Quel rapport avec les communistes ?

— Je ne sais pas. Je crois qu'ils représentaient une menace, pour elle.

— Pourquoi vous ne me l'avez pas dit avant ? regretta Soneri.

— J'avais peur de la mettre en danger. S'ils s'apercevaient qu'elle avait parlé, ils ne l'auraient plus lâchée. Maintenant qu'elle est loin, je me sens plus libre. Moi, vous savez, ça m'est égal de finir d'une manière ou d'une autre, conclut Lumén.

Le commissaire fut frappé par ce discours. La révélation lui avait embrouillé l'esprit, il devait la laisser décanter. Il fixa le vieux dans les yeux et demanda :

– Pour vous, ce ne sont pas des braconniers, c'est ça ?

– Je ne crois pas. Les braconniers restent aux aguets et tirent de temps en temps, un coup à la fois, jamais de rafales.

– Des rafales ?

– Quatre ou cinq, ou six coups d'affilée : rien à voir avec des fusils de chasse. Ni avec des carabines.

Ils revenaient vers le village. Soneri marchait en silence aux côtés de Lumén qui manœuvrait son fauteuil par à-coups. Quand ils empruntèrent la descente, le vieux se laissa aller en appuyant parfois ses paumes de main contre les roues. Le commissaire l'accompagna jusqu'à la porte de chez lui.

– Merci, lui dit-il, vous m'avez été d'un grand secours.

– Je vous ai dit ce que je savais, et maintenant, la solitude me guette.

Il prit congé d'un geste et referma sa porte.

CHAPITRE 13

Soneri retourna sur la place de l'église. Après l'excitation de la crue, Sacca était retombée dans sa léthargie habituelle. Seuls des tracteurs de la Protection civile et le fourgon des carabiniers continuaient leurs rondes d'un œil distrait. Le commissaire monta dans son Alfa et s'en alla vers Mezzani plutôt que de rentrer à Parme. Un peu plus loin, il se gara sur une aire de stationnement voisine de la maison du commandant. Il gagna le portail, fit glisser la targette et entra dans la cour. Depuis que la pluie avait cessé, l'horizon s'était dégagé, mais la terre s'évaporait dans un brouillard rasant haut comme un champ de maïs.

Soneri avait décidé de faire une énième perquisition, avec le même acharnement que l'on met à chercher un objet perdu. Il commença par l'arrière-cour et surprit une lueur derrière l'une des lucarnes de la cave. Instinctivement, il se mit à l'abri d'un vieux saule. Il resta un moment à scruter dans le noir avant de revoir la lumière. À travers les vitres poussiéreuses, on pouvait croire à la lueur ondoyante d'une lampe à huile ; ce ne devait être qu'une lampe de poche qu'on agitait à l'intérieur. Il fut tenté d'appeler Montesano, mais il s'en empêcha. Mieux valait se laisser porter par les événements plutôt que de les attaquer de front.

Il coupa son portable et s'appuya sur l'arbre creux. La lumière de l'écran s'alluma quelques secondes, aussi faible qu'un feu agonisant dans l'âtre. Puis le téléphone vibra et s'éteignit enfin. Le commissaire regarda sa montre : une heure passée. Il patienta encore jusqu'à ce qu'il entende des pas sur le gravier de la cour. Il se plaqua contre le saule et vit apparaître un jeune homme. Celui-ci avançait d'un air méfiant, apparemment peu rassuré. Avant de quitter l'allée pour s'approcher de la cave, il jeta prudemment un œil autour de lui, sans rien remarquer d'anormal, puis frappa rapidement contre la porte. On lui ouvrit dans la foulée. Le jeune homme échangea quelques phrases excitées et revint sur ses pas. Au geste vif de son index, on comprenait qu'il avait vu la voiture de Soneri et qu'il venait donner l'alarme. Et en effet, tout de suite après, trois autres individus sortirent, dont un qui portait un paquet, peut-être des outils. Le commissaire nota qu'ils refermaient la porte à clé, comme s'ils étaient propriétaires.

Il les suivit discrètement en prenant soin de ne pas glisser sur l'herbe mouillée. Le groupe fit aussitôt le tour de la maison et s'en alla par le portail. Sur la chaussée, Soneri distingua la forme sombre d'une voiture. Elle démarra une fois tout le monde à l'intérieur, après que le chauffeur eut allumé les phares. À la lumière du tableau de bord, le commissaire reconnut le gros nez légèrement busqué de Caretti.

Il rejoignit la route et réfléchit un court instant aux raisons de leur présence chez un ancien partisan. L'or dont tout le monde parlait ? Ou autre chose en relation avec la mort de Manotti ? Le commissaire avait beau être sûr qu'il s'agissait d'une mort naturelle, les résultats de l'autopsie tardaient à le lui confirmer, et cette bande de supporters fascistes laissait la voie à nombre d'hypothèses.

Une fois à sa voiture, il s'aperçut en ouvrant la portière que son pneu arrière gauche était à plat. Il vérifia les autres, mais tout était normal. La perspective d'être obligé de changer sa roue l'épuisa à tel point qu'il prit la décision de dormir à Sacca. Sur le chemin, il ralluma son portable qui annonça sans délai un texto d'Angela : *Je sais que tu ne viendras pas, on se voit demain.* Comme si elle lui avait crevé son pneu pour prouver qu'elle devinait tout.

Au village, il dut réveiller Bruno pour qu'on lui donne un lit. Il entendit sa femme râler, tandis que le patron tentait de masquer son dépit derrière un ton de circonstance. Quand Soneri se glissa sous les draps dans la même chambre que la fois précédente, le corps de sa compagne lui manqua cruellement.

Son absence s'insinua jusque dans son sommeil. Noyé de solitude, il fit de mauvais rêves et il se réveilla en proie à une pénible sensation de veuvage. C'était comme s'il revivait les premiers temps du décès de sa femme, Ada. Toutes les années passées en avaient accentué la perte irréparable, les beaux jours de la vie ne reviendraient jamais.

Il se leva vers quatre heures du matin pour échapper à ses cauchemars et s'accrocher à la réalité. La chambre ne suffisant pas, il ouvrit la fenêtre et s'offrit à la nuit. Il retrouva Sacca, figé tel un sanctuaire sur une photographie, et distingua les mélodies verdiennes de son ami Nocio qui naviguaient toujours sur l'eau, mais à présent plus assourdies, à peine un chuchotis. La crue avait sûrement passé.

Ensuite, il ne se souvenait pas. Il se rappelait seulement qu'il s'était rendormi. À son réveil, plus tard que de coutume, il avait entendu un grand bruit de moteurs et, en rouvrant la fenêtre, découvert un décor insolite. Le soleil éclairait la *bassa* en se reflétant dans les miroirs des champs et dans les flaques de pluie boueuses. Les tracteurs, les camions et autres fourgonnettes s'excitaient sur la digue avec un air d'exode. Le danger n'était plus, tout le monde sortait de sa tanière.

– Profite de l'embellie, lui conseilla Bruno. Avec ce temps, la brume sera de retour avant l'après-midi.

Il ne faisait même pas froid, on eût dit un printemps en avance.

Tout en marchant, Soneri remarqua que le fleuve avait rejoint son lit et libéré les autres, qui n'étaient plus maintenant qu'une étendue de vase. Des congères de déchets pendaient aux branches des peupliers : hideuse floraison précoce et bringuebalante étincelant au soleil.

Il contempla longuement ce spectacle d'iridescences criardes trembloter dans la brise avant d'être distrait par la sonnerie de son téléphone.

– Commissaire ? Vous allez passer ? s'informa Juvara.

– Pas maintenant, peut-être plus tard, répondit-il. Il y a du nouveau ?

– J'ai appris des trucs sur le type de la sortie de route.

– Le supporter fasciste.

– Oui. Il s'appelle Davide Dodi, il a des précédents pour rixe et délit de rébellion, et il en vient souvent aux mains les soirs de matches, développa l'inspecteur.

– Et pour le flingue ?

– Volé. Il a dû se le procurer au marché noir.

– On va en entendre parler, redouta Soneri.

– Oui, Capuozzo est déjà surexcité. Il vous a appelé ?

– Oui, son sermon habituel.

– Je crois qu'il a confié le dossier à l'Arma : ils sont plus obéissants, reprit Juvara.

– Tu sais ce qu'il en est sorti ? Ils ont des pistes en main ?

– La sempiternelle piste du trafic d'armes à laquelle vous avez contribué. Ils évaluent aussi l'implication de Dodi et de sa bande dans les attaques de DAB. Je l'ai compris aux dates qu'ils évoquaient, les mêmes que celles des vols, précisa l'inspecteur.

– Je ne les ai pas toutes retenues...

– C'est facile, dit Juvara, il suffit d'ajouter un jour à chaque mois : ça commence par le 12 septembre, après c'est : 13 octobre, 14 novembre et 15 décembre. Vous n'avez plus qu'à vous souvenir du 12. La seule qui s'en éloigne, c'est celle du 9 janvier, vous vous souvenez ? Dimanche dernier.

Le commissaire mémorisa les dates comme il le faisait avec un numéro de téléphone.

– C'est curieux cette série de dates, constata-t-il. Tu penses que c'est un hasard ?

– *Dottore*, d'après moi, oui, je ne crois pas aux rituels.

– Moi non plus. Le hasard n'a besoin de personne, approuva Soneri.

– Quoi qu'il en soit, Dodi et ses amis n'ont pas l'air bien malins, observa l'inspecteur.

– Non, mais ils sont armés. La délinquance est devenue banale, les armes ne distinguent plus le rang. N'importe quel abruti peut se procurer des mitrailleuses.

Il raccrocha en repensant au pneu crevé de sa voiture et retourna vers la maison du commandant. Une centaine de mètres plus loin, Montesano l'accosta, au volant de son fourgon.

– Si on va dans la même direction, l'Arma peut vous déposer. On est de la même famille, vous n'êtes pas d'accord ? plaisanta le sous-officier.

– Vous n'iriez pas chez Manotti, par hasard ? dit Soneri sur le même ton.

L'autre le regarda sérieusement.

– Beaucoup y vont, là-bas.

– Je crois, oui, répondit le commissaire en restant évasif.

– La presse de ce matin rapporte que son domicile a été violé plusieurs fois : la nièce m'a appelé, elle était furieuse. Elle a hurlé que tout le monde y entrait, sauf eux, alors qu'ils en auraient le droit. Dans un certain sens, elle n'a pas tort, soupira le carabinier.

– Qui l'a balancé aux journaux ?

– Allez savoir… Ils ont leurs sources à la Questure : là-bas, y a plus de trous que dans une passoire, maugréa Montesano en rajustant sa casquette. Ils vous laissent toujours aller à pied ?

– J'ai crevé hier soir.

– Vous vous étiez garé ici ? s'étonna l'autre, en s'arrêtant derrière l'Alfa.

– Quand on s'aperçoit qu'on a crevé, on s'arrête où on peut, mentit Soneri.

– Commissaire, reprit l'adjudant-chef comme s'il avait compris, on en fait quoi, de cette baraque ?

– Attendons encore quelques jours, proposa Soneri.

– Vous êtes du genre à préférer l'affût, en déduisit Montesano. Je reconnais que dans certains cas ça donne plus de résultats. Écoutez, ajouta-t-il, nos experts ont examiné ces armes, vous vous souvenez ?

– Évidemment !

– Ils disent qu'elles sortent tout droit de l'usine. Mais que quelqu'un les a testées, parce qu'elles ont de la graisse jusque dans le canon.

Soneri écarta les bras.

– Une bizarrerie supplémentaire.

Il descendit et prit congé du militaire.

Le soleil continuait de chauffer la *bassa*, et la chaleur faisait fumer la carrosserie mouillée de son Alfa. Il mit un quart d'heure à changer son pneu et put enfin retourner à Sacca. Il s'arrêta dans le bourg, sortit ses bottes du coffre et prit la direction du champ d'inondation. Il rencontra Carega sur la digue, qui lui montra la singulière décoration des peupliers.

– Vous avez vu la belle vendange qui nous attend ?

– Les gens d'ici répètent que le Pô rend toujours tout. Et comme nous sommes en terre de mélodrame, il en rajoute dans le côté spectaculaire, commenta Soneri.

– Ça produit un certain effet, admit Carega. Heureusement, ça ne va pas durer longtemps. Le brouillard et le gel se chargeront de tout faire faner. Vous n'imaginez pas tout ce qu'on trouve sur les arbres, après une crue. Il faut venir sous les peupliers pour s'en rendre compte : culottes, soutanes, casquettes, pots de chambre, enseignes, tables de nuit, des jouets, des vélos, des poêles à bois... Comme si le Pô se faufilait dans les maisons des gens pour voler tout ce qu'il peut...

– Dites plutôt l'inverse, s'indigna Soneri. Ça vaut quoi, ces épaves, comparé au sable, à l'argile, aux poissons ou aux arbres ? Le fleuve se fait piller, et en échange il se reçoit de la merde.

– Ne soyez pas aussi drastique, commissaire, l'exhorta Carega. Le fleuve nous survivra. Malgré les dragues qui lui dévorent le lit, c'est quand même lui qui gagne. Plus on essaye d'en modifier le cours, plus on essaye de le brider, plus il devient furieux. Alors qu'il nous faudrait l'accompagner pour le dompter, et faire preuve d'indulgence. Comme font les femmes avec les hommes. C'est ça, la loi.

– Sur les femmes, je suis d'accord : elles nous rendent aussi gagas que la fumette, sourit le commissaire en se remémorant les improvisations d'Angela. (Puis il changea de sujet :) Le moment est venu de passer en revue tout ce bazar.

– Ce sera instructif, vous verrez, vous découvrirez d'autres mondes, dit l'autre en le saluant d'un œil perfide.

Soneri descendit le remblai interne de la digue et s'enfonça dans la boue fraîche apportée par le courant. Quand il fut à l'abri des peupliers, il leva le regard vers le ciel et rencontra les ombres de l'horrible feuillage. Les branches s'étaient chargées du côté de la rive, comme lorsqu'un arbre est adossé au mur et qu'il fleurit seulement là où le soleil donne. On voyait pendouiller de tout. Il repensa à la galerie à ciel ouvert de Luzzara, craignant que les portraits de ces hommes du Pô ne fussent eux aussi outragés, ternis par ces débris crasseux.

Il chemina assez longtemps, avançant à grand-peine et s'enfonçant à mesure dans la boue. Toutes les traces précédentes avaient disparu. Nocio avait raison : la crue régénérait le monde. Au moment de sortir du bois, il tomba nez à nez avec un sac en plastique accroché à une branche basse.

Le sac venait de l'Agence sanitaire de Crémone, et l'on pouvait y lire DÉCHETS HOSPITALIERS. Sur un côté, un gros accroc laissait voir le contenu du sac. Contrairement à ce qu'il pensait, il n'y avait ni seringues, ni compresses usagées, mais un dossier rangé dans une chemise imbibée d'eau.

Le commissaire enfila ses gants pour l'examiner, mais les bords n'étaient que bouillie. Il parvint à ouvrir à moitié le dossier et vit qu'il s'agissait de documents manuscrits, désormais illisibles. Il découvrit en haut de la page le logo du Comité de libération nationale. Il sonda le paquet qui s'effritait sous ses doigts à la moindre pression. L'eau avait tout attaqué et presque tout effacé. Le symbole de la faucille et du marteau avait survécu par miracle, et l'on devinait juste en dessous l'inscription en vieux caractères PARTI COMMUNISTE ITALIEN.

Il remit le dossier dans la chemise, encore surpris d'être tombé sur ce sac en plastique. Il le comprit en relisant le sigle de l'Agence sanitaire : l'office où travaillait Consolini. Une vague intuition, à peine une impression, lui avait commandé de s'y arrêter. Avec ses mains terreuses et ses pieds dans la boue, il était si peu de chose, quasi insignifiant dans ce terrain spectral. Il rejoignit la rive et vit le courant trouble frôler les levées de terre. Le cercle nautique n'était plus qu'une petite enclave dominée par une dune de déchets et de sable. Plus loin, la maison flottante de Nocio avait conservé ses couleurs habituelles, et les chalands qui la soutenaient affichaient une ligne de flottaison à mi-hauteur des coques.

– Tu as vu ? Elle a passé, le surprit Nocio en surgissant de derrière sa maison.

– Tu l'avais dit.

– J'aurais voulu qu'elle soit plus forte ! Qu'ils se chient tous dessus !

– Je crois qu'ils ont eu leur compte.

– J'espère que ce Montesano aura compris, grogna Nocio.

– Tout le monde a compris que tu t'amusais beaucoup. Les gens du Pô peuvent aussi apprécier, mais un carabinier méridional… pour lui, tu es un fou, expliqua Soneri.

– Le seul qui soit capable de tenir le rythme devant ce spectacle grandiose, c'est Verdi, personne d'autre. On a besoin de grandeur dans ce monde de misère. Tous ces vermisseaux de riverains ont tremblé de voir leurs affaires emportées par le fleuve.

– À propos, tu connais un institut, une bibliothèque ou une fondation, en amont ? s'informa le commissaire.

– Qu'est-ce que tu veux que j'en sache ? Oui, probablement...

– J'ai trouvé des documents d'archives...

– Ce truc ? dit Nocio en désignant le paquet d'un signe de tête.

Le commissaire acquiesça tandis que l'ami regardait la chemise avec indifférence.

– Ça arrive, mais en général l'eau efface tout. Le Pô efface tout, renchérit l'homme. Je ne suis pas sûr que ce truc vienne d'une institution, je dirais plutôt d'une cave : ça doit encore se trimballer une odeur de saindoux.

– D'après toi, ça vient d'où ?

Nocio écarta les bras.

– La seule chose que je peux te dire, c'est que le courant ramène toujours du même côté.

Le commissaire salua son ami, frustré et irrité. Tout paraissait fuyant et nimbé de mystère : Nocio, Carega, Lumén et les autres se montraient tous énigmatiques. Il traversa une nouvelle fois la vase du lit majeur et regagna la route. Il mit ses bottes à sécher à l'arrière de sa voiture et s'en alla rendre visite à l'ancien cantonnier. Le soleil tapait encore sur Sacca et la plaine alentour, mais ses rayons avaient perdu de leur ardeur : on sentait le retour du brouillard. Lumén répondit à l'interphone où il avait inscrit au crayon à papier ENORE ZINI, et l'ouverture se déclencha. Le commissaire poussa la porte tandis que la voix de l'homme l'interpelait de loin :

– Fermez derrière vous ! Entrez, entrez !

La maison était plongée dans le noir. Le commissaire s'approcha à l'aveugle en tendant les mains en avant pour éviter de se cogner, jusqu'à ce qu'une faible lumière oscille devant ses pieds en révélant le périmètre de la pièce. Lumén avançait dans le couloir en s'éclairant d'une vieille lanterne qui exhalait une odeur âcre de mazout.

– Il y a du soleil dehors, pas ? demanda le vieux.

– Comme au printemps.

– Je vous l'avais dit. Dès que l'aube est apparue, j'ai eu mal à la tête, ajouta-t-il gravement. Je suis comme les poissons-chats : je dois rester dans les fonds sombres, la lumière du soleil me tue.

– Si vous restez à l'intérieur, vous ne courez pas grand risque, le taquina le commissaire.

– Détrompez-vous. La lumière arrive aussi jusqu'ici, elle tape sur la maison, elle me poursuit. Ce matin, les tuiles se dilataient à cause de la chaleur, les murs craquaient, sans parler du bois. Tout faisait du bruit : les chaises, les tables, les armoires, les buffets, les lits, comme s'ils se mettaient au garde-à-vous. La lumière m'envoie des avertissements jusque dans ma tanière.

– Vous savez où l'Ukrainienne est partie, affirma le commissaire.

– Non, non, fit-il. Je ne le sais pas, je vous assure. Elle a filé vite fait, elle a même laissé tout un tas d'affaires.

– J'aurais besoin de lui parler, pour mon enquête, vous comprenez ?

L'homme acquiesça.

– Vous devez me croire, je vous jure que je ne sais pas où elle a fini. Y a beaucoup d'Ukrainiens en Italie, elle pourrait aller n'importe où. Du fait qu'elle ne parlait pas, je n'ai jamais pu savoir qui donc elle fréquentait, ni ce qu'elle fabriquait. Je sais seulement que ses jours de libre, elle prenait l'autocar pour Parme.

– Comment s'appelle-t-elle ?
– Olga Stefanova.

Le commissaire le nota tandis que l'autre le fixait sous la lumière cuivrée de la lanterne.

– Écoutez, ça ne vous servira à rien, l'avisa enfin Lumén. Ce que vous savez, je le sais aussi, je peux juste vous dire que ces graines de fasciste que vous avez eu l'occasion de rencontrer lui fichaient la trouille parce qu'ils lui rappelaient les gardes communistes de son pays. C'est tout.

– Et les coups de feu près du Pô ? Elle ne les a pas entendus ? insista Soneri.

– Je ne sais pas. Mais ces tirs ne la menaçaient pas directement. Va savoir ce que c'était...

– Je peux voir ce qu'elle a laissé ?

– Si vous voulez... soupira Lumén en s'agaçant un peu et en faisant tourner son fauteuil.

Il le conduisit à la chambre de la femme, meublée d'un simple lit, d'une armoire ordinaire et d'une petite commode.

– Ce qui vous intéresse se trouve dans le premier tiroir, dit le vieux.

Le commissaire l'ouvrit et découvrit un tas de paperasse, dont les reçus des versements qu'elle envoyait dans son pays. Il y avait aussi des lunettes de soleil, un vieux portefeuille vide, plusieurs photomatons, ainsi qu'une carte de sécurité sociale. Au cas où, Soneri vida le tiroir pour en passer minutieusement le contenu sous la lumière de la lanterne que Lumén lui avait confiée. Au moment de tout remettre en place, il remarqua dans un coin une carte de retrait. Il l'attrapa et l'observa longuement.

– Elle a dû la laisser ici après avoir vidé son compte, justifia le vieux.

Possible, mais cette carte de retrait déclencha un réflexe conditionné. Après tout, cette affaire n'avait-elle pas commencé par là ? Il mit la carte dans sa poche et laissa tomber le reste.

– Je ne pense pas que vous soyez intéressé par ses vêtements, si ? devina Lumén.

Soneri secoua la tête.

– On ne peut pas dire que votre Olga faisait preuve d'élégance, plaisanta-t-il.

– Alors, je vais me les garder dans mon armoire, comme les veufs, répliqua sombrement le vieux.

Et Soneri comprit combien il était seul.

CHAPITRE 14

Il cueillit les derniers rayons avant que le brouillard n'obscurcisse à nouveau la *bassa*. Les mots de Lumén l'avaient remué, la lumière qui baissait en avait rajouté. Il remonta dans sa voiture et se rendit à Colorno, où se trouvait l'agence bancaire d'Olga. Il s'arrêta d'abord dans un garage pour faire viser son pneu crevé, puis il alla se présenter au directeur de l'agence, un type petit et grassouillet avec une paire de lunettes rondes à monture argentée. L'homme examina la carte, tapa les coordonnées sur son ordinateur et imprima une feuille.

– Elle a soldé son compte il y a quelques jours, annonça-t-il.

– Elle l'avait ouvert à quelle date ?

– Il y a deux ans.

– Je peux savoir quel type d'opérations étaient effectuées ?

Le directeur tapa encore sur son clavier.

– Une fois par mois, un virement d'Enore Zini, plusieurs transferts d'argent à l'étranger, beaucoup de petits retraits au distributeur, résuma-t-il.

– Vous pourriez m'imprimer les opérations du dernier trimestre ?

L'autre fronça les sourcils.

— Normalement, je n'ai pas le droit, mais... comme vous êtes de la police...

Il lui tendit le récapitulatif quelques secondes plus tard.

Soneri le remercia, retourna au garage et, en attendant, téléphona à Juvara.

— Tu te souviens dans quelles banques les attaques ont eu lieu ?

Le commissaire entendit l'inspecteur farfouiller des papiers après avoir reposé brutalement le combiné sur son bureau. À en juger à son silence, il n'était toujours pas d'humeur.

— La première chez Cariparma, la deuxième à la Popolare dell'Emilia, la troisième à la Banca Monte, et la quatrième à l'Agricola Mantovana, répondit-il.

— La dernière, c'est celle du 15 décembre ?

— Oui, *dottore*.

— Et elle est où, cette agence ?

— Le long de la départementale, en direction des Vedole, au 143.

— Merci Juvara, que ferais-je sans toi ?

— Je n'ai fait que lire un P-V...

— Il faut savoir relier les choses... marmonna le commissaire.

— *Dottore*, je n'y comprends rien.

— J'ai un doute sur la fuite de l'aide-ménagère de Lumén, reprit Soneri sans réaliser que l'inspecteur n'était pas au courant de l'histoire. Il se trouve qu'elle a justement tiré de l'argent le 15. À quelle heure ils ont fait le coup ?

— Vers quatorze heures trente. Le rapport précise que le distributeur se trouve un peu à l'écart, à la sortie de Colorno, et qu'ils sont venus avec un camion de chantier pour faire croire à des travaux, lui apprit l'inspecteur.

Le commissaire raccrocha et composa le numéro du directeur d'agence.

– Vous pouvez me dire à quelle heure la Stefanova a tiré de l'argent le 15 décembre dernier ?

La réponse ne se fit pas attendre :

– Quatorze heures seize.

– Quelques minutes avant l'attaque, donc...

– Oui, il s'agit du dernier retrait avant l'attaque de la machine, confirma le directeur.

Olga devait avoir vu quelque chose, et les autres l'avaient menacée. C'était sûrement pour cette raison qu'ils l'avaient recherchée, et il fallait qu'ils aient de bons informateurs pour réussir à retrouver une Ukrainienne dans un endroit tel que Sacca. Ou qu'ils connaissent parfaitement la *bassa*.

Entre-temps, le garagiste avait fini.

– Le trou était gros ? questionna Soneri.

– Pas du tout ! Le pneu était juste dégonflé !

– Ça peut arriver ?

– Bien sûr. Si vous cognez dans un trottoir, par exemple. Mais là, votre pneu n'a aucun signe, ni votre jante. On a dû vous faire une mauvaise blague, supposa l'homme.

Soneri repensa à l'endroit où ça s'était passé et en conclut que ceux qui étaient venus chez Manotti avaient voulu l'empêcher de les suivre. Une précaution de base quand un voleur s'aperçoit qu'il a un flic au cul. Maintenant qu'il était repéré, le commissaire savait qu'il ne pourrait plus les surprendre : il avait joué tous ses atouts.

En remontant dans sa voiture, il se souvint de la chemise que le Pô lui avait offerte. Posée sur le siège passager, elle avait formé une auréole humide sur le tissu et, en séchant, le carton était devenu aussi dur que du bois : retour à la matière première.

Il bouscula ses plans et prit la direction de Parme pour la remettre à Nanetti. Si le hasard la lui avait servie sur un plateau, il se devait de l'honorer.

Chemin faisant, il téléphona à Angela pour lui donner rendez-vous chez Alceste, au *Milord*.

– Commissaire, je te sens en forme, remarqua-t-elle au ton de sa voix.

– Ce matin, il y avait du soleil dans la *bassa*...

– Tu te mets à parler par images ?

– C'était un spectacle insolite, la plaine dévêtue, nue.

– Je vois : tu as quelque chose en tête, en déduisit Angela.

– Quelque chose, c'est vite dit. Mais tu sais que je ne peux pas m'empêcher d'essayer.

– Pas autant que moi, le rabroua-t-elle. Et je commence à fatiguer de te courir après dans la brume de la *bassa*.

Son passage brutal du ton badin aux choses sérieuses mit sous pression le commissaire.

– Angela, j'ai assez d'incertitudes et d'inconnues comme ça : tu veux en rajouter ?

– Tu es toujours dans cet état. C'est toi qui es un inconnu, le x de ma vie, se plaignit-elle.

– Vous ne faites que m'assassiner de reproches ! éclata Soneri. Je bosse comme un âne et je n'arrête pas de me faire reprendre de volée : toi, Capuozzo... Qu'est-ce que j'ai fait de mal ?

– Commissaire, je ne te parle pas de code pénal ! riposta Angela. Je voudrais juste te savoir derrière moi, sentir que tu me désires. C'est important, la présence, pour une femme. Sinon les vides se comblent, tu devrais le savoir.

– Je dois le prendre comme une menace ?
– *Macché* menace ! C'est une réaction normale. À force d'être frustré, on fait des choix irréfléchis. Tu le sais d'expérience…
– Je ne m'occupe pas d'affaires sentimentales.
– Conneries ! Il y a toujours du sentiment, tu le sais très bien. Et je ne suis pas en train de régler un différend dans le bureau de ton supérieur, c'est de nous que je te parle. Je ne te menace pas, mais s'il te plaît, ne me laisse pas à chaque fois en équilibre au bord du désir.

Soneri grognassa un vague acquiescement et, vexé, raccrocha. En arrivant à la PJ, il trouva Juvara dans la même humeur rogue, et aucun des deux n'échangea l'ombre d'un mot. Le commissaire prit son dossier sous le bras et se rendit dans le bureau de Nanetti.

– L'humidité t'a chiffonné, l'accueillit son collègue en le fixant attentivement.
– Pas seulement moi, répondit Soneri en détournant la conversation et en posant délicatement le paquet devant lui.
– C'est quoi ce truc ?
– Des tracts, des documents, des circulaires… Qui ne datent pas d'hier, à en juger au graphisme.
– De la vraie bouillie, constata Nanetti en soulevant un bord avec un gant en latex.

Puis il ouvrit la chemise dont le carton avait mieux résisté à l'eau.

– Où t'as pêché ce truc ?
– Pêché, tu ne crois pas si bien dire. Je l'ai trouvé pendu à un arbre dans un sac en plastique, il s'est accroché en naviguant sur le courant.
– C'est la deuxième fois que tu es redevable à un arbre. Les peupliers te portent bonheur.

— C'est la deuxième fois qu'ils me font des suggestions, reconnut le commissaire. Malheureusement, je n'arrive pas à tout saisir.

— Sois patient. Les arbres mettent du temps à pousser, fit noter son collègue.

— Quand est-ce que tu pourras m'en dire un peu plus ? demanda Soneri.

— Pour le matos et les inscriptions, dans deux heures. Mais si tu veux du plus sophistiqué, plus longtemps.

— Jette un œil sur la chemise, réclama le commissaire, soudain pris d'une idée. J'aimerais savoir si elle a le même âge que les documents, et si on peut retrouver d'où elle vient.

— Tu ne connais pas le proverbe chinois ? sourit Nanetti.

— Quel proverbe ?

— « Quand le sage montre la lune, l'idiot regarde le doigt. »

— Putain, c'est quoi, le rapport ? s'impatienta le commissaire.

— Tu as la pulpe et tu me demandes d'analyser la peau !

— Faudrait savoir. Tu viens de me dire que les peupliers me portaient chance.

— Et alors ?

— Avec quoi on fait le papier ? acheva Soneri avec une œillade allusive qui laissa son collègue sans repartie.

Le commissaire dut repasser par son bureau avant de rejoindre le *Milord*. Au moment de s'asseoir à son bureau, le téléphone sonna.

— Pris en flagrant délit ! s'exclama la Marcotti, étonnée de le trouver à la première sonnerie.

— Si seulement ça pouvait m'arriver avec l'assassin du Hongrois.

— Toujours dans le brouillard ? s'enquit la magistrate.
— De temps en temps, le soleil me fait signe, répondit le commissaire au souvenir du matin clair.
— Tant mieux. J'ai dû calmer Capuozzo qui trépignait. Je l'ai convaincu de confier l'enquête sur les armes aux carabiniers, comme ça, il vous laissera tranquille. Ils sont en train de cuisiner le jeune qui a fait une sortie de route.
— Je vous remercie, dit Soneri avec reconnaissance.
— Vous n'avez pas à me remercier. Je l'ai fait parce que je suis aussi perplexe que vous sur cette histoire d'armes. Ces ultras m'ont tout l'air de crétins. Et tout ce que je veux, c'est que vous enquêtiez sur le Hongrois. J'ai l'impression d'une affaire à part. Et puis, c'est encore moi qui suis chargée de coordonner l'enquête, pas Capuozzo.
— Je pense aussi que c'est une affaire à part, *dottoressa*, approuva le commissaire.
— Où en est-on ?
— On piétine, malheureusement, soupira Soneri. La seule chose dont on soit sûr, c'est qu'il y a eu des tirs sur le lit d'inondation à plusieurs reprises. Gabor a été tué par une mitraillette Uzi, mais la balle que j'ai retrouvée dans un tronc vient d'un pistolet, et ces deux armes ne font pas partie de celles qu'on a retrouvées chez Manotti. La balistique est formelle. Il y a aussi cette histoire de l'aide-ménagère, une Ukrainienne au service d'un ancien cantonnier, partie sans laisser d'adresse après avoir reçu des menaces. Or, il se trouve qu'elle a retiré de l'argent à la banque Mantovana le même jour que l'attaque du distributeur du 15 décembre dernier. Pour moi, elle a vu quelque chose, et j'aimerais bien savoir comment ces types ont fait pour la retrouver dans

un bled comme Sacca. La seule explication, c'est qu'ils connaissent parfaitement les environs et ses habitants.

— Et cette femme n'a jamais rien dit ? s'étonna la Marcotti.

— Non. Je ne l'ai vue que deux fois, elle m'a paru terrorisée.

— Vous auriez dû l'interroger…

— Elle est muette. Le vieux dont elle s'occupait était le seul à la comprendre, mais il minimisait. Et comme il ne sortait qu'en pleine nuit, ça paraissait logique qu'elle ait peur dans ce genre de contexte.

— En bref, il se peut que nous soyons embourbés, conclut la juge.

— J'ai bien quelques idées, lui soumit Soneri, mais elles sont tellement ténues qu'il n'y a que moi qui peux les déchiffrer.

— Commissaire, encore une de vos élucubrations ? Je les adore et elles portent souvent chance, mais je préfère que vous me les traduisiez quand elles seront plus claires. Si vous le tentez maintenant, j'aurais l'impression de manger des carottes pleines de terre.

— Je vais essayer de vous servir un plat mangeable, lui promit le commissaire avant de raccrocher.

Quand il leva les yeux, Juvara se trouvait devant lui. Il était revenu sans que Soneri s'en aperçoive et s'était mis silencieusement à son ordinateur. Du reste, son expression parlait pour lui.

— Tu devrais aller faire un tour pour rencontrer des gens, risqua le commissaire pour le secouer un peu.

— Je crois que je finirai tout seul, bougonna l'autre.

— Mais arrête ! Rien n'est jamais figé, tu devrais le savoir. Et puis, risqua-t-il à nouveau, la solitude a des avantages.

L'inspecteur se crispa légèrement, puis haussa les épaules.

– Tiens-toi prêt, prévint ensuite le commissaire, je crois que je vais bientôt avoir besoin de toi et de Musumeci.

Juvara se limita à acquiescer tandis que Soneri sortait. Le commissaire traversa la cour avec un poids sur la poitrine et s'engagea via Repubblica. Mais la trêve passagère du brouillard qui avait dégagé la rue ne parvint pas à chasser son malaise. Quand il arriva chez Alceste, celui-ci le scruta en fronçant les sourcils, et Soneri comprit qu'il avait une sale tête.

– Commissaire, on dirait que tu viens de faire une coloscopie, le salua Angela d'un ton faussement bourru.

– Gagné. Mais c'est toi qui me l'as faite. Et sans grandes précautions, tacla-t-il.

– Je ne suis jamais qu'une avocate du barreau, renchérit-elle en déchirant le voile de brouillerie qui les divisait.

– Je dois compenser par le palais.

– C'est ce que font tous les boulimiques.

– Les toxicos. Je suis accro aux *tortelli*.

– J'eusse préféré que ce fût à moi, se lamenta Angela.

– Tu me fais autant de bien qu'un médicament, mais la première bouchée est toujours amère, déplora-t-il.

Ils n'eurent pas le temps de se dire autre chose, car le portable de Soneri sonna.

– Tu as bien fait de regarder le doigt, le félicita Nanetti.

– Quel doigt ? bredouilla Soneri en appuyant sur le haut-parleur.

– Commissaire, tu as l'esprit ailleurs ? Le proverbe, tu as oublié ?

– Ah, oui ! Tu as trouvé quelque chose ?

— Bravo, cette fois, c'est toi qui as vu juste : la chemise est récente, et le reste date de plusieurs décennies. Il est clair qu'ils l'ont achetée pour y ranger les documents. Et assez récemment, si l'on en croit l'analyse du carton.

— Il n'y a pas que les peupliers qui me portent chance, commenta le commissaire, il y a aussi les *tortelli*. C'est la deuxième fois que tu m'annonces une bonne nouvelle pendant que j'en mange. Je te pardonne donc de m'avoir interrompu.

— C'est la belle vie, hein ? Restaurants, promenades... Écoute-moi bien, dit Nanetti en prenant une voix de professionnel, la chemise vient d'une usine de papier, sise à Viadana, la Cartograf. Leur logo est imprimé à froid au verso, en relief. D'après moi, ils ont dû se la procurer dans le coin. La Cartograf n'est pas une grosse entreprise, elle n'a pas un gros réseau de distribution.

— Mieux vaut que le cercle soit restreint, jugea Soneri. Un peu de cul, de temps en temps, ne gâte rien.

Après avoir raccroché, il s'aperçut qu'Angela le fixait avec un rictus menaçant.

— Tu es déjà ailleurs, tu ne tiens pas en place, constata-t-elle. Tu voudrais être sur les rives du Pô, à la recherche du type qui a acheté la chemise. Je ne reste pas plus de dix minutes dans ton esprit. Tu te rends compte ?

— Viens avec moi, lança le commissaire de but en blanc.

— Des fois, tu me fais penser à un gosse, dit-elle en riant, attendrie par l'ingénuité de sa proposition. Ce sont les moments que je préfère.

— Alors, viens avec moi. Tu joueras mon assistante, insista Soneri.

— Tout le monde ne peut pas vivre son métier de manière aussi vagabonde, invoqua Angela. J'ai des horaires, moi, des devoirs, des gens qui m'attendent... Toi, tu pourchasses des gens, tu es maître de ton planning. Moi, je dois respecter ceux qui me paient, et respecter les habitudes du tribunal.

— Et Capuozzo, tu le mets où ?

— Mais arrête ! le rembarra-t-elle. Tu en fais ce que tu veux ! Si, à chaque fois, tu continues envers et contre tous, c'est par défi intellectuel.

— Mais qu'est-ce que tu racontes ? ricana Soneri, touché à un point sensible.

— Tu as très bien compris, le toisa-t-elle. Tes enquêtes sont un moyen d'exprimer ta soif d'inventivité, et un moyen de te faire plaisir. Donner forme à l'inconnu est un exercice créatif terriblement gratifiant. C'est aussi une manière de montrer sa propre supériorité. Tu ne fais pas gagner la loi, tu te fais gagner, toi.

— Parce que pour toi c'est différent ? Ne me dis pas que si tu gagnes un procès, c'est la loi qui a gagné ! C'est toi qui as gagné, c'est ça qui t'intéresse, répliqua Soneri.

— Je ne le nie pas. Tout ce que je dis, c'est qu'on devrait aussi chercher ce plaisir intellectuel quand on est ensemble. Le problème, c'est que c'est assez rare, parce que tu as tendance à la masturbation.

— S'il te plaît, Angela... la pria Soneri, gagné par l'exaspération.

Elle s'approcha de lui.

— Je veux que ce soit moi l'objet de tes enquêtes, susurra-t-elle d'une voix sensuelle en attrapant sa veste.

Il fut saisi d'un frisson de désir qui s'exprima en un regard. Elle lui rendit une œillade appuyée et ajouta tout de suite après :

— D'accord ?

Le commissaire acquiesça en ricanant tandis qu'ils se levaient de table. À la sortie du restaurant, elle enfila sa main dans la poche du commissaire et leurs doigts se croisèrent. Ils marchèrent côte à côte jusque devant l'Alfa.

— Je t'attends, alors, le salua-t-elle en jouant légèrement de l'œil.

Le commissaire la regarda s'en aller et, malgré son désir intense, peut-être même à cause de lui, fut pris d'un sentiment de grande précarité.

Il retourna à la PJ et convoqua Juvara et Musumeci. Quelques minutes plus tard, il se retrouva en face de deux convalescents déprimés auxquels il expliqua l'histoire de la papeterie et de la chemise. À leur énième ronchonnement, il perdit patience :

— Prenez-vous des vacances, non ?

Juvara fut le premier à se secouer.

— *Dottore*, nous vivons tous les deux un moment difficile.

— C'est-à-dire ? Une épidémie de mauvaise humeur ? grinça Soneri en les maudissant presque.

— On peut continuer ? glissa Musumeci.

Ils retrouvèrent leurs esprits, et le commissaire put développer ce qu'il leur faudrait éclaircir : tout d'abord, vérifier le réseau de distribution de la Cartograf, ensuite, passer au crible tous les points de vente le long du Pô pour tenter de connaître le parcours de la chemise.

— J'irais d'abord à l'usine avant d'aller voir les grossistes et les points de vente, conseilla Soneri. Croisons les doigts.

Les deux inspecteurs sortirent en silence tandis que le commissaire se laissait choir sur son fauteuil en un soupir de soulagement. En s'asseyant, il sentit quelque chose contre sa cuisse et retomba, une fois encore, sur le cahier du commandant. Il l'ouvrit à la page où il s'était arrêté et reprit sa lecture :

La plupart de ceux qui étaient de mon côté ne l'étaient pas par conviction, mais parce qu'ils avaient peur. Ils se sont servi du parti et de nos idéaux comme d'une arme de défense, et une fois qu'ils n'en ont plus eu besoin, ils s'en sont débarrassé. La plupart ne pensaient pas à la révolution, ils pensaient juste à se remplir la panse, et à l'argent. Les idéaux sont pour les cons, et ceux qui les mettent en pratique finissent tous sur la croix. La seule loi, c'est la loi du besoin et de l'ambition personnelle, et c'est à cause de ça que le monde vit dans le chaos. Il n'y a que les idiots ou les rêveurs qui croient pouvoir arrêter sa course. Pourtant, il faudrait continuer de maintenir la flamme de l'utopie. Mais je laisse ce devoir à d'autres. Je suis trop vieux.

Chacune des pages de ce journal était l'équivalent d'une piqûre d'amertume. Surtout pour Soneri, qui, tous les jours, tentait de comprendre le chaos entourant ses enquêtes.

Son téléphone interrompit ses ruminations, et son « allô », prononcé dans sa barbe, trahit une vague irritation.

– Tu viens de recevoir la visite de Capuozzo ? s'informa Nanetti.

– Non, pire...

Son collègue évita d'approfondir et changea de sujet :

– On a pu déchiffrer des bouts de papier qu'on a réussi à extraire de la chemise, exposa-t-il. Des vieux trucs, comme tu l'avais imaginé.

– Qu'est-ce qu'on lit ?

— Des actes de procès, des documents d'instruction, une circulaire et plusieurs ordres de commandement.
— De quoi ça parle ?
— Je croyais que tu le savais, s'étonna Nanetti. Des documents de la Résistance. Des procès plus que sommaires avec un jury, des actes d'accusation et la version de l'accusé.
— Pour quel genre de délits ?
— Dans trois affaires, appropriation indue et trahison. Dans une autre, espionnage, précisa son collègue.
— Et les sentences ?
— Une condamnation à mort, le reste est illisible.

Les confidences de Frascaroli sur le sillage de sang que le trésor se traînait derrière lui refirent surface. Est-ce que ces documents y faisaient référence ?

— Tu en as déjà entendu parler ? demanda Nanetti. On dirait une histoire morte et enterrée.
— Pas assez, malheureusement, acheva Soneri.

CHAPITRE 15

Il se retrouva complètement seul dans son bureau. Le ciel s'assombrissait, Juvara et Musumeci étaient loin, et la *bassa* lui manquait déjà. D'autant qu'il pressentait que quelque chose lui échappait. Il apprécia toutefois cette pause dans son travail, au point de ne pas allumer la lumière à mesure que le noir envahissait la pièce. Depuis son bureau, il voyait arriver les voitures de police, les fonctionnaires traverser la placette sous les sapins, ainsi que le planton qui fumait à l'entrée. Il aimait se tenir à l'écart pour regarder les autres, comme un enfant perché en haut d'un arbre. Il ne sut dire combien de temps il demeura à observer la cour, mais soudainement, la porte s'ouvrit, et un agent entra, persuadé que le bureau était vide. La braise du cigare révéla la présence du commissaire, et l'autre se figea.

– Excusez-moi, bredouilla-t-il en laissant un dossier sur le bureau et en ressortant aussitôt.

Cet imprévu tira le commissaire de ses méditations. Alors il se leva, alluma la lumière et se remit au travail. Un peu plus tard, Juvara donna de ses nouvelles.

– *Dottore*, la Cartograf est spécialisée en formulaires, annonça-t-il.

– Ensuite ?

— Elle travaille surtout pour des entreprises, des institutions et des associations. Les articles de bureau concernent moins de la moitié de sa production, continua l'inspecteur.

— D'accord, s'impatienta Soneri, je ne t'ai pas demandé de jouer les comptables. Où est-ce qu'elles ont fini, ces chemises ?

— C'était pour dire que la majorité de la production de la Cartograf est destinée aux Agences sanitaires de Crémone et de Mantoue, réagit l'inspecteur avec précipitation.

Le commissaire réfléchit quelques secondes et, telle une boule de roulette, s'arrêta sur Ferri et Consolini.

— *Dottore*, vous pensez… le pressa Juvara.

— Aux deux ? C'est évident. C'en est presque trop simple.

— Vous répétez toujours que les événements prennent souvent le chemin le plus simple… lui rappela l'inspecteur.

— Oui, mais là, ça fait beaucoup.

— Cela dit, signala l'autre, l'entreprise n'a que trois représentants pour parcourir toute l'Émilie, la Lombardie et une partie de la Vénétie.

— Occupez-vous des villages riverains du Pô, ordonna Soneri. En particulier dans la zone en amont de Sacca.

— Pourquoi ?

— Pour rien… Une idée, comme ça, dit le commissaire, subitement évasif.

Juvara s'en trouva déconcerté.

— Et maintenant, on fait quoi ?

— Allez voir les trois représentants, non ? Ça me paraît évident. Demandez-leur avec qui ils traitent.

Quelque chose prenait corps dans l'esprit du commissaire, bien que ce fût aussi fragile qu'un voile de glace.

Il eut envie de repartir immédiatement pour Sacca, mais la purée de pois qui divisait par deux la cour de la Questure réfréna ses ardeurs. Envahi par un sentiment d'impuissance, il décida cependant d'aller faire un tour pour tenter de s'en débarrasser. Il passa par l'accès secondaire réservé aux patrouilles, puis s'enfonça dans les ruelles entre la via Ventidue Luglio et la via Giacomo Tommasini, toujours surpris des points de vue inédits que le brouillard laissait filtrer. Il se promena le nez en l'air, tel un touriste stupéfait qui se serait trompé de gare. Il ressentait ce même enchantement, cette magie que l'on éprouve parfois au détour d'un regard ou d'un échange fugace avec une inconnue. Moments rares et troublants où l'on regrette, un peu déçu, de n'être pas allé plus loin.

Borgo Regale était désert, et la sonnerie de son téléphone lui parut si vulgaire qu'il répondit en un déclic.

– Collègue, tu es passé où ? furent les premiers mots de Nanetti.

– Je me balade. Tu sais que j'ai un faible pour Parme sous la brume.

– Vous vous permettez de ces luxes, à la PJ... ironisa le chef de la Scientifique. Ça fait longtemps qu'on ne s'est pas fait une bouffe chez Alceste... Ce soir, tu pourrais ? Je te raconterai mes analyses.

– Ce soir, je ne peux pas, refusa le commissaire, un peu gêné.

– Angela ? Si c'est ça, je m'incline. Par contre, va falloir que tu reviennes de ta balade... chantonna Nanetti.

Soneri fit demi-tour pour retourner à la Questure. Mais en passant devant le planton, une pointe d'humeur refit surface. Son esprit anarchiste avait du mal à supporter qu'on lui dictât son agenda. Nanetti s'en rendit compte dès qu'il le vit entrer.

– J'étais obligé d'en profiter, s'excusa-t-il, tu passes ton temps à contempler le Pô.

– Après tout, tu vas peut-être me montrer des choses que je n'ai jamais vues ? lança le commissaire.

– Tu n'auras pas d'effets spéciaux, l'avertit Nanetti.

– Tu sais que tout dépend de nous et de notre état d'esprit ? Ce soir, par exemple, j'ai découvert une Parme que je ne connaissais pas, alors que je l'observe depuis des décennies.

– À ce compte-là, l'objectivité n'existe pas. Et pour des flics, c'est embêtant, déclara son collègue.

– Je me cantonnais aux émotions, rectifia le commissaire. Je ne voudrais pas manquer de respect à la science, piqua-t-il.

– Tu ne risques pas, riposta Nanetti, la logique et les émotions vont toujours de pair dans les affaires criminelles. Ce n'est qu'une question de pourcentage, comme pour couper le vin.

Soneri sourit.

– On devrait se marier.

– Tu n'es pas mon genre, répliqua l'autre en rigolant, tout en sortant les feuilles afin de les disposer sur le bureau.

– Vous les avez séchées ?

– Celles qu'on a pu sauver, expliqua Nanetti. La plupart étaient collées entre elles.

Nanetti avait étalé une trentaine de pages sous les yeux du commissaire, dont une majorité quasiment blanche.

– Par où tu veux commencer ? proposa le chef de la Scientifique.

– En général, on commence en haut à gauche.

– Je voulais dire : par ça, ou par les dernières expertises des armes trouvées chez Manotti ?

– Je sais déjà tout sur les armes, assura le commissaire. Les plus récentes sont neuves et n'ont jamais servi : c'est ce que m'ont dit tes potes du Ris.

Son collègue se montra déçu.

– Tu connais la liste ? Pour récapituler : Uzi, Beretta AR70 et Glock calibre 40.

Le commissaire acquiesça.

– Ensuite, il y a les vieux fusils, les Sten et les armes de la dernière guerre, poursuivit Nanetti. Ils sont toujours en état de marche, même s'ils n'ont pas tiré depuis un bail.

– On dirait l'inventaire d'un collectionneur, commenta Soneri.

– Plus ou moins, admit son collègue. Pour moi, l'arme du crime n'en fait pas partie.

Le commissaire n'en était pas aussi certain.

– Voyons les feuilles, décida-t-il ensuite.

– Là aussi, j'ai peur de ne pas beaucoup t'aider, fit remarquer Nanetti. Regarde un peu dans quel état elles sont...

Le commissaire se pencha pour observer de plus près, mais ne vit que des signes parcellaires et indéchiffrables. Seule une étoile à cinq branches, symbole de la brigade Garibaldi, ressortait clairement...

– Tu vas t'abîmer les yeux pour rien, le prévint son collègue. On n'a pu les lire qu'avec du matériel, en les classant par thème. Les quinze premières pages font référence au discours de Togliatti après l'attentat, quand il a demandé à tous les militants de cesser les manifestations de protestation. Les autres sont des fragments de procès contre des partisans coupables de vols, de délations ou de trahison.

– Rien d'autre ?

Le collègue secoua la tête.

– On va essayer d'en déchiffrer plus, mais je ne te promets rien. Le Pô agit comme un solvant. Le seul nom qu'on a trouvé, c'est « Guidotti ». Ou « Guidetti », on n'est pas sûrs. On l'a trouvé à plusieurs reprises sur des morceaux qu'on a réussi à recoller.

– C'est « Guidotti », certifia Soneri. Mais tu as raison, le fleuve emporte tout. Ou presque, conclut-il, sibyllin.

Nanetti opina gravement du chef, saisissant parfaitement l'allusion. Les deux s'arrêtèrent de parler, et le commissaire sortit dans un silence aussi lourd qu'une enclume. Il avait encore envie de marcher et de respirer à l'air libre. Il courut en longeant les quais pour échapper à la perspective des maisons et ressentir le vide que l'eau avait creusé en séparant la ville en deux. On ne voyait pas l'Oltretorrente, et l'on pouvait imaginer un horizon illimité. Le commissaire eut soudain un besoin impérieux d'absolu, comme du temps de l'adolescence.

Il s'offrit un moment de répit et chemina à la lisière des vastes berges entre les trois ponts du torrent : di Mezzo, Caprazucca et Italia. Puis, Angela donna de ses nouvelles.

– Je sors du tribunal, je t'attends devant, lui dit-elle.

Soneri traversa l'avenue à l'angle du ponte Caprazucca et emprunta la via del Conservatorio jusqu'au piazzale Boito, où les appartements alignaient leurs fenêtres éclairées derrière de hauts tilleuls aux airs de sentinelle.

Angela vint à sa rencontre.

– Ça fait combien de temps qu'on ne s'était pas donné rendez-vous en ville ? commença-t-elle avec un grand sourire de satisfaction.

– Trop, constata Soneri, une douleur dans la voix. Et ce n'est plus la même chose.

– Pourquoi tu dis ça ? s'inquiéta-t-elle.

— Tout a changé autour de nous, et nous aussi…
— Tu es en train de me dire que tu veux du nouveau ?
— Au contraire, Angela. Je voudrais retenir le passé, et fuir la nostalgie qui pue toujours la mort.
— Tu ne pourrais pas arrêter de t'embarquer dans des missions impossibles ? le tança-t-elle en dodelinant de la tête avant de s'approcher et de le serrer dans ses bras. Pourquoi tu t'obstines à regarder en arrière ? Arrête de te retourner, regarde en avant. Comme les cyclistes en échappée : tu rassembles ton courage, et tu te concentres sur la route, susurra Angela à son oreille.

Son souffle chaud, ses mots chuchotés et la chaleur de son corps le tranquillisèrent.
— Ma solitude a besoin de ta solidarité, dit-il avec gratitude en l'étreignant à son tour.
— Les chats de gouttière aussi ont besoin de caresses. Il arrive même qu'ils ronronnent, dit Angela en riant.

Ils se dirigèrent chez Alceste serrés l'un contre l'autre, et Soneri téléphona à Juvara.
— Vous êtes où ? se renseigna le commissaire.
— On rentre, à moins de finir dans un fossé.
— Vous avez interrogé les représentants ?
— Oui, ils nous ont confirmé ce qu'on savait déjà. La seule nouveauté, c'est qu'un des types connaît Consolini, répondit l'inspecteur.
— Et pourquoi ?
— Parce que Consolini travaille aux fournitures de l'Agence de Crémone.
— Ah ! s'exclama Soneri.
— Le représentant de la Cartograf négocie presque tout le temps avec lui. Vous savez comment ça se passe… les représentants sont toujours très courtisés…

Le commissaire raccrocha et se mit à réfléchir tandis qu'Angela patientait à ses côtés. Arrivés devant le

Milord, ce fut elle qui donna un tournant à leur promenade silencieuse.

— Pourquoi on n'irait pas chez moi se faire un truc à manger ? J'ai rempli mon frigo.

Le commissaire se rendit compte qu'elle lui avait proposé justement ce dont il avait envie, et changea immédiatement de direction.

— À toi de choisir ce qu'on boit, lui enjoignit-elle en passant devant le bar à vins de la via Farini.

Il jeta son dévolu sur un ortrugo et un bonarda, correspondant respectivement à une romance bien chantée et à une femme généreuse, puis ils montèrent chez Angela. Soneri se mit aux fourneaux et décida de tenter un savarin de riz tandis que sa compagne s'attela à préparer la charcuterie. Sans prévenir, elle posa sur la table des copeaux de *grana* extra-vieux de la couleur d'un orge bien mûr.

— Là, il y a préméditation ! s'écria le commissaire. Tu n'en as jamais eu dans ton frigo !

Elle ricana d'un air triomphant.

— Tu avais tout préparé... Tu as tout mis en scène...

Angela prit sa voix d'avocate :

— La préméditation reste à prouver, commissaire. Vous ne disposez pas d'éléments suffisants...

— Ne me provoque pas, j'ai du riz sur le feu, la menaça-t-il.

Et tandis qu'Angela faisait mine d'avoir la trouille, le portable sonna.

— Commissaire, je viens d'entendre tout un remue-ménage, du va-et-vient...

La voix de Lumén arracha brutalement Soneri au décor domestique et le ramena au bord du Pô.

— Quel remue-ménage ? s'alarma-t-il en sentant un frisson lui traverser l'échine.

— Les carabiniers sont venus, les gens sont sortis dans la rue et se sont mis à discuter. Ensuite, d'autres voitures sont arrivées, avec d'autres carabiniers, les lumières de leurs gyrophares passaient par les fentes de ma porte…

L'homme continuait à expliquer ce qu'il avait vu sans que le commissaire n'y comprenne rien. Comme s'il racontait un rêve.

— Ils sont venus chercher quelqu'un ? tenta-t-il de comprendre.

— Caretti, ce jeune qui habite au bout du village, le fasciste…

— Qu'est-ce qu'il a fait ? C'est à cause du foot ?

— Non, je ne crois pas, dit Lumén en baissant la voix. J'ai entendu des gens dehors qui parlaient du bateau brûlé. Carega, il est toujours au courant de tout. Apparemment, Caretti est dans le coup, mais je ne sais pas pourquoi… Ils ont fait un raffut de tous les diables… On n'a jamais vu ça, à Sacca. Et puis toute cette lumière…

— Vous n'êtes pas sorti ? Vous êtes resté chez vous ? s'informa le commissaire tout en l'imaginant se déplacer comme sur des rails dans sa maison trop grande et plongée dans le noir.

— Je n'ai pas envie d'aller me promener, gronda Lumén. Je crois que j'ai attrapé du mal, j'ai l'impression d'avoir de la fièvre. Je vois des choses que je n'ai jamais vues…

Le vieux avait l'air de délirer. La scène qu'il venait de lui raconter n'était peut-être rien d'autre que le fruit de son imagination. Pour le vieux, tout n'était que vision, un ballet d'ombres.

— Commissaire, persista Lumén, toute cette lumière… Elle est entrée violemment chez moi, comme un coup de poignard. Je les entendais dehors, pas très loin, et puis à un moment, quelqu'un a cogné à ma porte. Toute cette lumière, tout ce raffut, c'était comme si on m'attaquait, j'ai pris peur. Vous le savez, vous, que j'ai toujours essayé d'éviter...

— Je sais, je sais... dit Soneri en essayant de le calmer.

Le vieux paraissait très secoué, il respirait difficilement.

Soneri se mit un instant dans sa peau : un homme qui observe le monde avec les yeux d'un fugitif.

— Qu'est-ce que les gens disaient ? le pressa-t-il.

— Ils parlaient du bateau brûlé, c'était ça, le sujet, dit vaguement le vieux. Ils disaient que tout le monde était dans le coup... ajouta-t-il.

— « Tout le monde » qui ?

— Je ne sais pas. C'est une histoire pourrie. Ici, tout est pourri, balança Lumén.

Soneri pensa aux landes marécageuses d'après la crue, à l'odeur âcre des eaux stagnantes et au pourrissement du sous-bois fertilisant les peupliers. Le vieux avait raison.

Il resta à l'écoute, pensant que l'homme voulait dire autre chose, mais n'entendit que le signal du combiné raccroché. Il composa immédiatement le numéro de Montesano, mais son portable était éteint. Il pensa à l'agitation qu'avaient dû provoquer les arrestations et, pour l'avoir souvent vécu, préféra ne pas insister. D'autant plus qu'Angela le fixait depuis un moment avec une certaine impatience.

— Possible que tu décroches de cette affaire ? lui reprocha-t-elle.

— Il se passe des choses très étranges à Sacca, lui expliqua Soneri sans prendre en compte sa récrimination. Dans un bled aussi paumé, qui l'eût cru ?

— On s'y sent plus libre qu'ailleurs, justifia Angela. En attendant, j'aimerais bien que tu te souviennes de ton riz, et de moi. Je n'ai pas envie qu'on nous dérange, ce soir : c'est possible de souffler un peu, à un moment donné ?

Le commissaire éteignit son portable.

— Après tout, vu l'heure, j'ai le droit d'être en repos.

— Tu devrais te cacher plus souvent, suggéra Angela.

— Déjà qu'on m'accuse d'être un planqué... se plaignit le commissaire.

— Mais arrête ! Les questures en sont restées aux Bourbons. Toi, tu es plus malin, c'est tout.

— C'est un de leurs plus gros défauts, confirma Soneri en égouttant son riz.

— Comme s'ils arrivaient à contrôler quoi que ce soit, ironisa Angela. Tu as vu à quoi en est réduite la ville ? Même à Sacca...

— Qu'est-ce que tu veux, ils préfèrent une armée de petits soldats bêtes et disciplinés, et même si c'est une tête de con, ce n'est pas la faute de Capuozzo...

— Au parquet, c'est pareil.

— Le monde s'en fout, il suit sa route. Nous, de temps en temps, on essaie de l'endiguer avec nos petites opérations spectaculaires, on arrête une bande de dealers marocains, un pickpocket, un souteneur albanais, deux-trois pédophiles... Du petit cabotage de malfrat. Mais le reste, dit le commissaire en élevant soudain la voix, les gros, on ne peut pas y toucher. On n'a pas le droit d'entrer là où les grosses affaires se passent. Ou bien il faut demander la permission et mettre des patins.

— Et alors ? Tu ne vas pas me ressortir le coup de la démission ? intervint Angela. Si tu agis tout seul, tu te tires une balle dans le pied, et ça ne changera strictement rien.

— Il faudrait avoir le courage de dire que tout notre mode de vie est hors la loi : une lutte sauvage d'intérêts, sans aucune règle, s'emporta le commissaire. Qu'est-ce que les flics ont à voir avec tout ça ?

— Je pourrais dire la même chose de la magistrature, rebondit Angela. Seulement, ce n'est pas à nous de changer la nature des choses, on peut juste essayer de préserver notre âme avec notre conduite. Du reste, ça ne date pas d'hier. La seule différence, c'est qu'aujourd'hui on a la chance de mener notre vie malgré l'horreur qui nous accable. En choisissant les gens et les endroits qu'on aime. Ça, on a le droit de le faire, termina Angela en se rapprochant du commissaire jusqu'à ce qu'elle le frôle. Et on se l'accorde un peu trop rarement, tu ne trouves pas ?

— Je ne me sens aucune responsabilité à l'égard de Capuozzo ou de la Questure, je n'en ai rien à foutre. Mais quand tu vois un mort, un type que personne ne réclame, en train de pourrir dans la terre, là, oui, tu as une responsabilité. Envers la personne qu'il a été, ce qu'il a représenté, pour lui et pour les autres. Je me sens responsable de son sourire d'enfant, de la mère qui l'a aimé. Et ce ne sont ni le devoir ni le code pénal qui me l'imposent.

CHAPITRE 16

Les gelées de la nuit avaient blanchi la *bassa* : c'était un beau spectacle, avec les champs, les haies, les arbres et les vignes qui paraissaient vêtus de dentelle de coton tricotée au crochet. À Sacca, Soneri se gara à sa place habituelle, juste devant l'église. Mais dès qu'il ouvrit sa portière, il s'aperçut qu'une drôle d'odeur infectait l'atmosphère.

— Ça pue ! Qu'est-ce que c'est ? cria-t-il dès qu'il vit Montesano sur la digue.

— Ce bateau, vous vous souvenez ? signala le carabinier.

— Il n'a pas brûlé ?

— Pas complètement. Une partie s'est déversée de l'autre côté de la digue du lit d'inondation, dans les eaux stagnantes. Vous voyez les mares de Mortizza ?

— Non, répondit Soneri, vexé que le militaire connaisse mieux les environs que lui.

— Elles sont un peu plus loin. Déjà que ça pue en temps normal, alors avec cette saloperie...

L'odeur soulevait le cœur.

— On respire une de ces merdes, ici ! tempêta le commissaire.

— Espérons que le vent tourne pour ne plus se la prendre de face, souhaita Montesano.

— Vous avez coincé Caretti... dit Soneri en changeant de sujet.

– Si ça pue, c'est aussi de sa faute, affirma l'autre.
– Vraiment ? s'étonna le commissaire.
– Le chaland était à son nom, lui apprit le sous-officier en écartant les bras.
– Et vous y croyez ? Vous croyez vraiment qu'il lui appartient ?
– Non, grommela Montesano d'un air sombre. Mais qu'est-ce que vous voulez que j'y fasse ? Les papiers parlent pour lui, je ne peux pas les démentir. À moins qu'il se mette à table...
– Vous pensez que c'est un prête-nom ?
– Pas vous ? On fait ce genre de choses pour de l'argent. Ce n'est pas une découverte.
– Et il est aussi muet qu'un lézard vert ?
Le militaire opina.
– Rien à faire.
Montesano décrocha son portable qui venait de sonner et s'éloigna de quelques pas.
Soneri s'empara du sien et appela Juvara :
– Écoute, tu as vérifié le numéro que je t'ai donné ? Tu sais, celui du type de la sortie de route...
– Oui, *dottore*, mais on n'en a pas tiré grand-chose : ils s'appelaient entre eux.
– « Entre eux » qui ?
– Ces types d'extrême droite. Tous les numéros qui s'affichent appartiennent aux mêmes personnes, tous des amis, tous des ultras, à part deux appels qui n'ont pas l'air d'en faire partie. Je n'ai pas encore eu le temps de chercher...
– Donne-moi ces numéros, trancha soudain Soneri.
– Il n'y en a qu'un, *dottore*. Le numéro d'un fixe sur liste rouge, je dois envoyer une requête aux télécoms... expliqua Juvara.

– Je me le note, dicte-le-moi, ordonna le commissaire.

L'inspecteur obtempéra en le répétant plusieurs fois, et le commissaire le composa dans la foulée. Le téléphone sonna un assez long moment avant que quelqu'un ne réponde.

Il reconnut tout de suite la voix à l'autre bout du fil, malgré les grésillements de la ligne. Il hésita et bredouilla deux ou trois mots avant de se lancer :

– Nocio, qu'est-ce que tu fous dans ces embrouilles ? murmura le commissaire, tandis qu'il entendait la voix de son ami en fond sonore.

S'ensuivirent quelques secondes de silence.

– Comment tu as trouvé ce numéro ? répliqua l'autre.

– Tu sous-estimes les flics, dit Soneri. Mais je n'aurais jamais cru que... bredouilla-t-il encore.

– Je ne veux rien savoir de tes affaires, maugréa Nocio, je pense qu'on devrait se voir.

– Je pense aussi, approuva le commissaire. Je passe chez toi, attends-moi.

– Non, viens plutôt au cercle nautique. Pour arriver chez moi, faut traverser une mer de boue.

– Je suis équipé, le rassura le commissaire. Est-ce que ça pue moins par chez toi ?

– Ça pue partout, grogna Nocio, ça nous rappelle qui on est.

Soneri tira ses bottes du coffre maculé de fortana. Il inspira longuement l'odeur du vin pour en conserver la mémoire, puis il se mit en chemin vers la digue. Le panorama n'avait pas bougé, mais le givre l'avait embelli. Il dépassa le cercle nautique et traversa le pont de bois jusqu'à ce qu'il aperçoive la maison de Nocio, avec ses deux chalands plongés dans une immense flaque d'eau. L'ami pelletait les déchets que le fleuve avait accumulés pour libérer les proues. Lorsqu'il se redressa pour lui dire bonjour, il était en sueur.

— Le Pô est généreux, mais la plupart de ses cadeaux ne servent à rien ! s'exclama-t-il en montrant une montagne de vase.

— Ça pue aussi, par ici, constata Soneri.

— Ça pue partout. Et ça va puer jusqu'au printemps si on n'a pas d'autre crue qui vide les mares de Mortizza, expliqua Nocio.

— Qu'est-ce que tu penses de l'arrestation de Caretti ? l'interrogea le commissaire.

— Ah, voilà d'où vient le numéro... marmonna l'homme. Je pense qu'il va payer pour les autres. C'est son rôle, il va le tenir.

— Ah bon ? Il s'est vendu à ce point ? Il va être condamné.

— Tu parles d'une trouille... Pour ce qu'on reste en taule. Même s'il se prend deux ans, avec tout ce qu'ils lui ont refilé, ça vaut quand même le coup. Pour les autres aussi, d'ailleurs : tu sais combien ça coûte de liquider légalement ce genre de camelote ? Tu crois que c'est la première fois ?

Nocio posa sa pelle et fit signe de le suivre.

— Allons chez moi...

En montant l'escalier, le commissaire remarqua des rayures sur la façade : des éclats de bois parfaitement reconnaissables.

— Qu'est-ce que tu as à voir avec ce nid de fachos ? attaqua-t-il directement.

Nocio se retourna en un éclair.

— Je n'ai jamais rien eu à voir avec les fascistes. Tu devrais le savoir, aboya-t-il.

— Pourtant, ils t'ont téléphoné deux fois, insista le commissaire.

Nocio se réfugia dans le silence, gonflé de rancœur. Il finit de monter ses marches, traversa la terrasse et s'arrêta devant la porte en cherchant ses clés. Soneri attendit patiemment : il savait qu'il était inutile de le brusquer. Une fois à l'intérieur, Nocio se mit à table :

– Ils m'ont fait des menaces, balança-t-il. Je les ai envoyés chier. C'est pas quatre blancs-becs qui vont me foutre la trouille. À la limite, à Lumén. Et encore.

– Pourquoi ils t'ont menacé ?

– Devine. Tu n'as pas une petite idée ?

– Les raisons ne manquent pas, supposa Soneri. Pour ceux qui ne connaissent pas ce qui se passe, la politique viendrait à l'esprit.

– Et pas à toi ? Tu penses que ça n'a rien à voir ?

– Si, peut-être. Mais la politique, de nos jours... Ça ne compte plus beaucoup, par rapport au reste.

– Le fric ? J'en ai pas, déclara Nocio.

– C'est quoi ces deux trous sur la façade, des coups de feu ?

– Si tu le sais, pourquoi tu demandes ?

– Je le sais parce que c'est mon métier. Qui a tiré ?

– Des braconniers qui ont laissé partir deux coups, persifla Nocio. Il y en a un paquet par ici.

– Je sais. Ils tirent souvent au bord de l'eau.

L'autre se tendit légèrement, mais le dissimula tout aussitôt.

– Ce sont les mêmes qui t'ont menacé au téléphone ? s'obstina Soneri.

– Comment tu veux que je le sache ? Oui, probablement.

– C'est quoi, l'argent qu'ils cherchent ? frappa soudain le commissaire.

– Pas le mien, s'énerva Nocio.

– Le type qui a fait une sortie de route envoyait un texto qui disait que les communistes étaient pleins de fric.

– Avec moi, ils sont mal tombés.

– Tu n'as pas d'argent, mais tu sais peut-être où en trouver. Ils sont beaucoup à se poser la question, dans le coin.

– Pour le savoir, il suffit de compter les hangars. Ou les villas entre Colorno et San Polo, feinta Nocio.

– Non, fit le commissaire, tu sais parfaitement de quoi je parle : du trésor qui est resté sans propriétaire. Celui du commandant. Tout le monde le cherche.

– De tout ce qu'il a fait, c'est le seul héritage que tout le monde revendique, grogna l'homme sombrement. Ça en valait la peine ?

Soneri préféra garder le silence pour éviter les considérations douloureuses.

– Où tu l'as mis ? demanda-t-il ensuite d'une voix calme et froide.

Nocio le regarda d'abord avec stupeur, ensuite avec colère.

– Je l'ai balancé dans le Pô ! hurla-t-il en bondissant de sa chaise avec une telle violence qu'elle se renversa en arrière.

Un coup de théâtre digne d'un mélodrame que n'aurait pas renié la scène du Regio. Nocio avait Verdi dans le sang, et maintenant il chantait la romance du trésor enseveli sous les sables au milieu des silures et des pêcheurs avides, en se payant la tête de ceux qui se massacraient sur les berges pour pêcher l'or du commandant.

– Personne n'en profitera ! rugissait Nocio, les veines du cou gonflées dans son effort de posséder tous ceux qui s'agitaient pour assouvir leur convoitise obscène.

Personne ! criait-il l'air triomphant et fier de lui, ainsi qu'un Antéchrist qui viendrait d'accomplir un rite blasphémateur. Tous à chercher, à rêver de richesse, d'or... De l'or... Pour aller se le planquer dans un coffre et se réjouir devant un chiffre écrit sur un morceau de papier. Tu la vois pas, leur gloutonnerie, devant tout cet or ? Et moi qui le balance dans les profondeurs les plus insondables...

– D'après ce qu'on dit, le Pô rapporte toujours tout... glissa le commissaire.

– C'est vrai, ricana Nocio, mais il n'a pas la même notion du temps. Au dernier étiage, on a retrouvé un arbre immense sur la plage de San Nazzaro. Tu sais quel âge il avait ? Plus de deux mille ans ! Moi, ajouta-t-il, je sais où je l'ai balancé, et je peux t'assurer que le fleuve va se le garder un bon moment. Au moins jusqu'à ce que personne ne s'en souvienne, comme pour le reste. Et si quelqu'un le trouve un jour, il sera juste bon pour les étagères d'un musée, acheva-t-il avec amertume.

Dans le silence qui suivit, Nocio s'éteignit d'épuisement. Puis il reprit calmement la parole, comme à son habitude :

– Ils tournent comme des fous avec l'échosondeur pour essayer de le trouver... Mais je le connais, le fleuve, et je sais qu'il est capable de garder des secrets, si tu es un de ses intimes. Je ne le tyrannise pas, moi, je vogue lentement sur son courant, je le respecte.

– Comment tu l'as retrouvé ? le pressa Soneri.

– C'est le commandant qui me l'a refilé. Il disait qu'il se faisait vieux, qu'un jour ou l'autre... Enfin, il ne voulait pas mourir avec ça chez lui. L'histoire avait causé assez de malheurs, il n'avait pas envie d'en rajouter. Il avait peur, aussi, que ça finisse entre les mains de ses neveux et nièces. Ils avaient pris tout cet or aux fascistes ; pour lui, ç'aurait été une trahison si leurs héritiers le récupéraient.

— C'est arrivé quand, toute cette histoire ?

— Il y a quelques années. Il s'est dit qu'on ne chercherait jamais chez moi. Aucun lien de parenté entre nous, différence de génération, ma vie en solitaire a dû finir par le convaincre : l'or moisirait chez moi.

— Pourquoi il t'a fait confiance ? Tu aurais pu changer d'avis avec toute cette fortune entre les mains, insinua le commissaire.

— Il fallait bien faire confiance à quelqu'un, il faut croire qu'avec moi il avait évalué la situation...

— Il aurait pu s'en débarrasser lui-même... insista Soneri.

— Le commandant n'a jamais eu de bateau, il fallait bien qu'il sollicite quelqu'un. Personne n'abat sa propre vache, tu comprends ?

Le commissaire acquiesça.

— Dans quelques années, avec le travail que va faire le courant, même moi, je ne saurai plus où il est. Si on le retrouve, ce sera par hasard, comme la fortune, ou le *Totocalcio*. Personne ne se battra, personne ne se dépêchera pour arriver le premier, ce sera juste un coup de cul.

— Quand est-ce qu'ils ont tiré sur ta maison ? relança Soneri.

— Avant la crue. Une nuit, j'ai entendu des coups de feu, alors je me suis levé et j'ai regardé dehors, mais je n'ai vu personne. De toute façon, je n'ai pas eu besoin de les voir pour comprendre, précisa Nocio. Je n'ai pas peur de ces supporters débiles. Ils font les malins parce qu'ils sont vides à l'intérieur. Un peu comme tout le monde. Il faut bien s'occuper l'esprit à des conneries. Je crois que tu vois ce que je veux dire.

Le commissaire hocha affirmativement la tête et esquiva le sujet pour la deuxième fois.

— Pourquoi tu n'as pas été voir le commandant ? Pourquoi tout le monde l'a laissé à sa solitude ?

— Il s'était coupé du monde, il vivait comme un vieux drapeau dans de la naphtaline. Le temps passe trop vite, il t'enlève toutes tes illusions, dit Nocio en baissant la voix. Tu peux voir plusieurs fois tes idées mourir, un jour, les voir renaître. Pense un peu à ce que ça veut dire, aujourd'hui, être communiste ? C'est sans doute pour ça qu'il a rompu avec tout le monde, qu'il ne voulait plus voir personne. Lui d'un côté, les autres qui l'admiraient comme s'ils l'avaient lu dans un livre d'histoire... Mélange tout ça ensemble, ajoutes-y ce trou perdu, en dehors de tout itinéraire...

— Toi non plus, tu n'as rien fait. C'était un vieil homme... lui reprocha Soneri.

— Écoute, s'emporta Nocio, on n'a jamais eu de penchant pour l'assistanat, ni moi ni le commandant. Ici, sur les rives du Pô, tu dois savoir t'en sortir seul, sinon, vaut mieux laisser tomber. C'est Manotti lui-même qui m'a donné l'ordre de ne pas aller le voir. Il ne voulait pas qu'on sache qu'on se fréquentait, à cause du trésor. On s'était juste mis d'accord sur des signaux précis. Deux fois par semaine, à une certaine heure, j'allais sur le bras mort de l'embouchure de Lorno, et lui, il passait sur la digue en s'approchant suffisamment pour qu'on se devine à travers le brouillard. C'était signe que tout allait bien. Le jour où on ne se verrait pas, c'est qu'il y avait un problème. Pendant quinze jours, le commandant ne s'est pas montré. J'ai compris qu'il était trop tard.

— Tu pouvais téléphoner, lança Soneri. Montesano a reçu plein d'appels anonymes.

— Pourquoi ? À quoi ça aurait servi ? Vu ce qui s'est passé, Manotti s'est offert le plaisir de la protestation, dit Nocio.

— Je ne suis pas sûr qu'on l'ait compris... regretta le commissaire en hochant la tête, et en évitant toujours le sujet : D'après toi, de quoi il est mort ? Tu crois qu'on l'a tué ?

— C'est toi qui devrais le savoir, lui répondit l'ami. Je ne crois pas qu'on l'ait tué. Même les fascistes l'avaient oublié. Je pense qu'il s'est laissé mourir : il était fatigué, il n'avait plus envie de lutter avec son quotidien.

Bien que la fuite fût pour un commissaire la pire des solutions, Soneri se leva et sortit sur la terrasse pour échapper aux évocations douloureuses. Il examina les rayures mais ne trouva pas d'autres traces des balles. Pour son malheur, elles avaient dû survoler la façade en bois et se cogner contre l'une des colonnes métalliques qui constituaient la structure de l'habitation. Les balles avaient dû se briser, les éclats, retomber là où la crue avait tout effacé.

— Tu ne sors jamais de ton rôle, grinça Nocio en le rejoignant dehors.

— Je suis payé pour ça... répliqua Soneri sans s'étaler et sans se retourner. En tout cas, ça n'était pas une arme très puissante. Un pistolet, et encore, pas d'un gros calibre.

— S'ils avaient voulu me toucher, ils auraient visé la fenêtre, supposa l'homme.

— Ils ont tiré d'en dessous, ils ne pouvaient pas te toucher, jaugea le commissaire. Et puis, tu as des volets métalliques.

Sans rien dire, Nocio observa Soneri descendre l'escalier et braver à nouveau la boue. Le commissaire avait à peine fait quelques pas que l'autre le héla :

— Tu ne t'es pas demandé pourquoi il n'y avait plus tous ces pêcheurs entre Sacca et Casalmaggiore ?

— Ils ont peur ? dit Soneri sans conviction.

Nocio acquiesça, appuyé à la rambarde.

— Tous les gens du coin qui ont un bateau passent le fleuve au crible, ils croient que l'or a fini dans l'eau, vu que personne ne l'a trouvé chez Manotti. D'autres ratissent les lits d'inondation au prétexte de faire courir leurs chiens de chasse. Pas de concurrence, tu comprends ? Parce que les gars de l'Est, avec leurs méthodes de pêche, ils pourraient accrocher ce qu'ils ne devraient pas. Autre chose que de la poiscaille...

— Eux aussi, ils ont reçu des menaces ?

— Demande à Biancani, il fait partie de ceux qui commandent, répondit Nocio avant de disparaître en un éclair derrière sa porte.

La température avait légèrement augmenté et les cristaux de givre s'égouttaient des peupliers comme le faisait la neige. Des effluves âcres prirent le commissaire à la gorge tandis que son téléphone sonnait devant le cercle nautique.

— *Dottore*, le type de l'accident était défoncé jusqu'aux yeux, et toute la bande d'ultras, y compris Caretti, deale dans les boîtes de nuit. Pas des grosses quantités, mais de quoi se payer leur dose, l'informa Juvara.

— Qui te l'a dit ?

— Capuozzo m'a fait venir à sa réunion, et le commandant des carabiniers a expliqué les derniers développements de l'enquête sur le trafic d'armes, expliqua l'inspecteur.

— Quel est le rapport avec Caretti ?

— Ils ont vu un lien entre les fusils que vous avez découverts chez Manotti, le filon de Mantoue et ces gars-là. Et comme le flingue dans la voiture était illégal…

— Ils ont peut-être raison, marmonna Soneri sans toutefois donner grande importance à la nouvelle.

— Pour l'instant, il ne s'agit que d'une série d'indices et de coïncidences, mais comme vous dites que les séries sont parfois éloquentes… poursuivit l'inspecteur. À ce propos, vous savez qu'il existe un programme qui permet de comparer la chronologie des événements et de faire des recoupements ? Vous vous souvenez des tableaux synoptiques dans les livres d'histoire ?

— Putain, Juvara, c'est quoi le rapport ?

— Ça peut servir, expliqua l'inspecteur. Pour notre boulot, j'entends. Ça permet de repérer des coïncidences.

— Pourquoi tu ne fais pas mener l'enquête par ton ordinateur ? s'agaça le commissaire. Si rien ne lui échappe…

— Ne surestimons pas les machines, tempéra Juvara, involontairement ironique, c'est quand même nous qui les programmons pour qu'elles sonnent à la bonne heure. Comme les réveils. C'est vous qui décidez.

— Et donc ?

— L'ordinateur a sonné ce matin.

— Qu'est-ce que tu peux me les casser avec ces conneries, tu en viens au fait ? lui intima le commissaire avec bienveillance, sachant que les prémisses interminables de l'inspecteur portaient toujours leurs fruits.

— *Dottore*, j'ai remarqué une synchronisation significative entre deux absences injustifiées de Ferri et de Consolini, et deux attaques de DAB.

Le commissaire dressa l'oreille.

— Tu veux dire que c'était le même jour ?

– Le 12 septembre et le 13 octobre. Dans le premier cas, ils ont coincé Consolini en absence injustifiée, et dans le deuxième, c'est Ferri qui s'est fait choper.

Soneri prit une pause avant de répondre :

– Ton ordinateur est un bon enquêteur. Je n'avais pas relié les dates, je n'ai pas la moyenne.

– C'est pour ça que les machines existent : pour sonner à l'heure juste. Comme un réveil, conclut un Juvara tellement candide que Soneri se demanda s'il ne se foutait pas de lui. Allô, commissaire ? insista l'autre qui n'entendait plus rien.

– Excuse-moi, je m'étais endormi, tu viens de me réveiller, plaisanta-t-il.

– Qu'est-ce que vous faites ? Vous rentrez ?

– Non, je dois aller à Motta Baluffi.

– C'est où, ça ?

– Du côté de Crémone.

– Vous devez aller vérifier quelque chose ?

– Je ne le sais pas encore.

– Et pourquoi, alors ? Parce que c'est le village de Ferri ?

– Aussi, mais surtout parce que le fleuve y passe avant Sacca.

CHAPITRE 17

Les arbres continuaient de s'égoutter : de très légers cristaux de givre dansant et virevoltant dans l'atmosphère, rappelant au commissaire des sensations d'enfance. Le clocher de l'église sonna la demie tandis qu'il se dirigeait chez Bruno, puis son portable retentit devant la porte du *Stendhal*.

– Commissaire, démarra la Marcotti, quelle terre êtes-vous en train de battre ?

– Je suis à Sacca, répondit Soneri tout en considérant la route de Colorno interrompue par un mur de brouillard.

– Ça vous est passé sous le nez, lui annonça-t-elle.

– Je ne comprends pas, *dottoressa*...

– Les carabiniers ont arrêté un groupe de Hongrois qui avaient des armes dans leurs caravanes. Le questeur est au septième ciel, il m'a appelée trois fois ce matin en me répétant qu'il avait vu juste. Je vous épargne le reste.

– Vous connaissez le lieu de l'arrestation ?

– Du côté d'Ostiglia. L'opération fut un peu compliquée.

– Dans quel sens ?

– Ils ont perquisitionné plusieurs caravanes et trouvé quatre pistolets fabriqués en Tchéquie ainsi que deux mitraillettes Uzi, des couteaux et un bâton de dynamite. De vrais trafiquants d'armes, souligna la juge.

Soneri remâcha la nouvelle sans broncher. Il allait jeter l'éponge lorsque la Marcotti reprit :

— La chose qui m'intrigue, c'est le mauvais état de l'une des mitraillettes.

— Rouillée ? devina le commissaire.

— Comme si elle avait séjourné sous l'eau, précisa-t-elle. Vous savez que dans le Pô la pêche est toujours bonne...

— Quelle est leur défense ?

— L'interrogatoire est encore en cours, mais le rapport ne devrait plus tarder.

— Je voudrais faire examiner ces mitraillettes, requit le commissaire.

— Bien sûr, chaque chose en son temps, déclara la magistrate avec autorité. D'abord, je lis le rapport, ensuite nous déciderons de la marche à suivre. Il est clair que les mitraillettes doivent être examinées. Toutefois, je me dois de vous informer que c'est le Ris qui s'en chargera. Pardonnez-moi, je vais être franche, mais par la force des choses, votre rôle dans cette affaire passe au second plan. Mettez-vous à ma place...

— Je comprends parfaitement, grommela Soneri en raccrochant.

Il ne savait que faire. Il regarda l'entrée du restaurant où il avait décidé d'aller quelques minutes plus tôt, mais il n'avait plus faim. Il éprouvait une sensation de vide et d'inutilité totale.

Lorsque Bruno le vit planté au bord de la chaussée, il l'interpela en ouvrant la porte vitrée :

— Ici, il n'y a que les chiens qui attendent dehors !

Le commissaire se retourna avec humeur.

— Tu ne crois pas si bien dire, bougonna-t-il avec amertume.

— Je vais te soigner avec des *tortelli* et du barbera, lui proposa Bruno.

Son hôte avait sans doute raison, mais Soneri était nerveux : il fallait qu'il agisse avant la tombée de la nuit.

— Donne-moi plutôt une miche de pain, du *culatello* et un cornet de *grana*, réclama-t-il en entrant.

Bruno obéit sans rien dire et s'éclipsa en cuisine.

Quand il réapparut, il tendit son paquet au commissaire.

— Bois quand même un coup, insista-t-il en lui présentant une bouteille. Ça va te faire du bien.

Soneri acquiesça et l'observa verser le vin. Puis il leva son verre en même temps que son hôte et l'avala d'un trait. Mais il paya tout aussitôt et fila sans tarder.

Il remonta dans son Alfa, et le parfum du fortana remplaça peu à peu l'odeur nauséabonde stagnant sur la *bassa*. Il démarra en trombe pour fuir l'haleine pestilentielle, puis traversa le Pô à toute allure tandis qu'il s'enfilait ses tranches de *culatello* et mordait dans son pain sans se soucier des miettes. Motta Baluffi s'éparpillait dans la campagne comme une poignée de graviers semée à la volée le long de la rive. Un lieu privé de centre où chaque habitation semblait avoir été construite à la va-comme-je-te-pousse. Il parcourut la nationale, le seul endroit où l'on croisait plus de trois maisons d'affilée, et prit la direction du fleuve en empruntant une petite route accidentée qui alternait goudron et longs tronçons de terre. La peupleraie apparut après qu'il eut passé la digue principale. Des flaques d'eau croupissaient sous les arbres, il y avait de la boue partout. La voie devenant impraticable, il se gara et descendit de voiture. Il enfila ses bottes et, malgré le vent d'est qui ramenait la puanteur, se remit en chemin.

Il avançait sans but précis, en quête d'un point de départ, d'une origine, du lieu d'où venaient les documents que le Pô lui avait confiés. Il devait à tout prix repérer par où la crue était passée. Il pénétra la peupleraie et s'enfonça dans le noir et la boue, dans ce monde étouffé où les branches et les troncs seraient bientôt couverts de givre. Il s'avala quelques copeaux de *grana* en repensant à Capuozzo, ce vieux rond-de-cuir conservateur qui jouait les triomphateurs. Il évoquait un je-ne-sais-quoi de décrépit, comme la bâtisse à peine surgie de la pénombre. Dedans, on avait l'impression qu'il y faisait plus froid qu'à l'extérieur. Les pièces du rez-de-chaussée avaient été inondées, mais leurs habitants avaient tout transporté au premier étage : les lits, le poêle, quelques affaires indispensables à un dortoir improvisé. Il fouilla la maison sans trouver âme qui vive. L'humidité et la saleté soulevaient le cœur, et il songea à ces odeurs qui le persécutaient depuis le début de cette enquête.

Il retourna dehors et poursuivit sa route. La boue avait effacé le halage, mais il devait presser le pas à cause du jour qui déclinait. Il entra dans une deuxième ferme, plus petite que la précédente. Ici, pas d'habitants, mais des traces de passages furtifs et occasionnels : des murs noircis au-dessus d'un ancien feu, des graffitis obscènes, quelques kleenex et des préservatifs à même le sol. Il se souvint que ces terrains servaient de lieux de rendez-vous aux homosexuels et aux prostituées. Les gens du Pô disaient qu'ici on s'accrochait aux branches. Si Capuozzo et ses collègues l'avaient surpris dans les parages, ils auraient éclaté de rire : un fou, voilà ce qu'il était.

Il marcha dans la brume épaisse en distinguant parfois le lent débit du fleuve. Il était à la recherche d'une apparition, en quête d'une manifestation de ce qu'il avait imaginé. Sans trop d'espoir, il avançait. Il entendit un groupe de cailles battre des ailes et tomba juste après sur une ombre imposante : une vieille ferme et une grange enfoncées dans la boue. Le bois des volets s'était décomposé, on pouvait voir à l'intérieur. Il força la porte et entra. Cette fois, le lieu portait les marques d'un abandon douloureux. Il paraissait inhabité depuis des lustres, comme si la vie s'était brisée d'un coup. Soneri fouilla les pièces sans rien trouver, à part ce quotidien muséifié. L'état de la grange était bien pire. Dans cette dernière, des laisses de crue témoignaient des nombreuses visites du fleuve. Sous le toit, les poutres avaient pourri à cause de l'humidité qui passait par les arcades ouvertes, et une partie du fenil s'était effondrée sur l'étable. Soneri emprunta avec précaution l'escalier extérieur et avança ensuite en rasant les murs, là où le bois semblait encore solide. Il dut allumer sa lampe pour mieux y voir et découvrit alors le plancher écroulé. Le bord externe avait cédé en s'inclinant, et la plupart de ce qui s'y trouvait avait glissé. En déplaçant sa lampe, il aperçut une pile de papiers ainsi que des chemises, les mêmes que celles qu'il avait trouvées à Sacca.

Il s'empara de ce maigre butin et redescendit. Les documents semblaient récents, et les chemises portaient l'inscription en relief de la Cartograf.

Il revint sur ses pas en reprenant le même sentier boueux et remarqua un vieux 4 × 4 garé devant la première ferme qu'il avait fouillée. Deux hommes étaient devant la porte tandis qu'une lueur rougeoyante dansait par la fenêtre. Au moment de se présenter, les deux se mirent discrètement sur leur garde et le commissaire s'alarma. Il espérait ne pas avoir besoin de son arme.

— Vous habitez ici ?

L'un des deux hommes acquiesça en le fixant. S'ensuivit un silence assez tendu. À première vue, le duo devait être nord-africain, mais ce n'est qu'en les entendant parler qu'il en eut la confirmation.

— Et vous, qui vous êtes ? questionna l'un des types qui paraissait le plus âgé et qui portait une fine moustache.

— Je suis de la police, renseigna Soneri.

Les deux s'échangèrent une œillade que le commissaire ne parvint pas à déchiffrer. Ils semblaient sur le point de déguerpir, mais Soneri ne lâcha pas.

— Vous savez qui fréquente les maisons un peu plus loin ?

Nouvelle œillade, suivie cette fois d'un silence hostile. Le 4 × 4 avait de la boue jusque sur le capot, ils avaient sûrement emprunté une ancienne piste forestière qui traversait la peupleraie.

— Ça n'est pas très confortable, ici, avec les crues, poursuivit le commissaire tandis que le duo demeurait impassible. Ces bâtiments appartiennent au domaine, on n'a pas le droit de les habiter : c'est dangereux, prévint-il.

Cette fois, les propos de Soneri les firent réagir.

— On n'a pas le choix, se justifia le moustachu. Pour tout le reste, on est en règle.

— Depuis quand vous habitez ici ?

— Sept mois.

— Et comment vous avez fait avec l'inondation ?

— On s'est débrouillés.

— Un peu plus loin, vous n'y avez jamais été ?

— Non.

– Vous n'avez vu personne y aller ?
– Non. C'est difficile pour y aller, expliqua le moustachu.
– Certains y arrivent, insista Soneri. Même s'ils n'y habitent pas...

Les deux firent une moue d'indifférence accompagnée d'une expression méprisante qui heurta le commissaire.

– Je suppose que vous connaissez Montesano ? reprit-il en tentant de garder son calme et de rendre sa voix la plus menaçante possible. Pour information, les carabiniers sont en train de ratisser les berges à cause de certains trafics. Ils sont déjà passés par là, mais ils pourraient très bien revenir...

Le type qui était resté jusque-là à l'écart fit un pas en avant, mais l'autre le retint.

– Qu'est-ce que vous voulez ? finit-il par dire sur un ton de négociation.
– Savoir qui fréquente ces vieilles fermes.
– Vous ne le savez pas ? sourit l'autre. Moi, je fais les marchés sur les places de village, ici, c'est les marchés qu'on peut pas faire devant tout le monde.
– Oui, je sais, les prostituées, les homosexuels...
– Et alors, qu'est-ce que vous voulez...
– Savoir le reste...
– Ceux qui ont tué le Hongrois ? On n'en sait rien.
– Non, précisa le commissaire, ça ne s'est pas passé ici.
– Qui, alors ?
– Ceux qui traînent dans toutes ces vieilles bâtisses mais qui ne sont pas de ces milieux. Plutôt des types normaux, souligna le commissaire. Comme vous, dit-il ensuite pour les rassurer.

Les deux entrèrent en discussion dans leur langue racleuse avant de revenir vers lui le regard inexpressif.

Le commissaire ne détourna pas les yeux, et ils durent comprendre qu'il parlait sérieusement, car le moustachu déclara :

– On a vu quelqu'un deux fois en moto.
– Avant ou après la crue ?
– Avant. D'au moins une semaine.
– Il est passé par là ? demanda Soneri en montrant ce qui restait du chemin de halage.
– Non, répondit l'autre, par le bois. Tout était sec à ce moment-là.
– Quel genre de type ? Physiquement, j'entends...

L'étranger avança le menton pour dire qu'il ne savait pas. Il décrivit avec la main un ventre proéminent.

– Il avait des grosses lunettes, intervint l'autre. Pas de casque.
– Vous ne l'avez vu que deux fois ?
– Oui.
– Mais vous pensez qu'il est venu plus souvent ?
– On a des fois entendu une moto, mais avec le brouillard, dans le noir...
– Probable que ce soit lui... conclut Soneri.
– Peut-être, ajouta le moustachu.

Le commissaire se remit en mouvement, mais l'autre le retint.

– On vous a donné quelque chose... fit-il remarquer, allusif.

Soneri avait déjà l'esprit ailleurs et il dut réfléchir une seconde avant de répondre :

– Pour les carabiniers, ne vous inquiétez pas, affirma-t-il en reprenant sa route.

Il attendit d'être assez loin pour appeler Juvara, mais son écran lui signala qu'il n'avait plus de batterie. Il s'empressa de la brancher une fois à sa voiture.

– Juvara, dis-moi comment est Ferri, physiquement ? le pressa-t-il dès qu'il décrocha. Gros, avec du bide et des grosses lunettes ? continua-t-il sans le laisser parler.

– Comme ça, de mémoire... bafouilla l'inspecteur tandis que Soneri l'entendait feuilleter des papiers. Ah, le voilà. Ben oui, il est plutôt bien en chair et il a de grosses lunettes, genre années 70, je dirais.

– Bravo. Je te laisse, trancha Soneri.

– J'ai cherché à vous joindre deux fois... tenta de le retenir Juvara.

– Je suis désolé : je suis coupé du monde, dit-il avant de raccrocher.

Son téléphone se remit immédiatement à sonner.

– Écoute, camarade, je crois qu'on nous entube, attaqua Nanetti.

– Si c'était la première fois...

– Non, je veux dire pour les armes.

– La mitraillette ?

– À ton avis ? La Marcotti l'a confiée au Ris. Et tu continues à dire qu'elle est de notre côté...

– Elle ne pouvait pas faire autrement, c'est les carabiniers qui l'ont trouvée... De toute façon, l'enquête sur le trafic continue, tu sais que Capuozzo ne pense qu'à ça.

– Oh, Capuozzo ! Il a dû se branler trois fois de suite.

– Tu parles, même ses bretelles bandent mou ! railla méchamment Soneri.

– Quoi qu'il en soit, elle nous a évincés.

– Elle m'a évincé, spécifia le commissaire. Concentrons-nous plutôt sur ce que j'ai à te montrer.

– Des nouveaux documents ? devina Nanetti. Tu m'as pris pour les Archives nationales ? Qu'est-ce que c'est ?

— Je n'ai pas eu le temps de les regarder, ils sont tout frais. Je peux juste te dire qu'ils sont rangés dans une chemise de la Cartograf.

— Si tu résous cette affaire, tu devras remercier la paperasserie, rit son collègue, avant d'ajouter après une pause : Tu es vraiment sûr qu'il y a autre chose ? Pour une fois, ce n'est pas Capuozzo qui a raison ?

Soneri en fut tout refroidi.

— Tu n'as pas confiance, c'est ça ? murmura-t-il, déçu. Peut-être que le questeur a raison : je joue ma réputation.

— Allez, arrête ! Je disais ça comme ça, tenta de se rattraper Nanetti sans obtenir un mot de plus de son collègue. Amène-moi tes papiers, je vais m'en occuper, conclut-il.

Le commissaire tint d'abord à les examiner lui-même. Il s'arrêta au bord de la route et ouvrit la première chemise. Il y trouva toute la documentation du procès Guidotti, ainsi que sa condamnation à mort. Il lut quelques extraits de ce qui paraissait être le réquisitoire de l'accusation. On recourait souvent aux mots « complot », « conspiration », « réactionnaire », « contre-révolution », « capitalisme » : tout un tas de terminologies politiques entendues dans bon nombre d'assemblées, aujourd'hui bien lointaines. En passant ensuite aux pages éparses dénichées dans la grange, il lui sembla que la continuité avec les textes précédents était évidente, même s'ils parlaient d'événements éloignés dans le temps.

... la logique inhumaine du profit dans la phase finale du capitalisme pourrissant favorise l'affrontement entre les civilisations et pousse des milliers d'hommes au sacrifice pour une guerre du contrôle des ressources

énergétiques, tandis que les masses de salariés sont renvoyées à une condition d'esclaves au service d'un patronat mondialement globalisé...

Il remit les papiers en ordre et referma la chemise : ce qu'il voulait savoir, il le savait déjà. Nanetti ne lui confirmerait que ce qu'il avait déjà compris.

Au moment de repartir, le jour avait complètement baissé. À peine eut-il le temps de démarrer que son portable sonna à nouveau. Cette fois, ce fut Juvara qui ne lui accorda aucun temps de parole.

– *Dottore*, il y a du nouveau : vous savez, l'interrogatoire des Hongrois arrêtés par l'Arma ? Bon, ils s'accusent mutuellement. Une partie tente de s'en tirer en soutenant qu'elle n'a rien à voir avec le trafic. Ils jurent qu'ils ont simplement fait l'erreur d'accrocher une mitraillette dans un filet de pêche, expliqua-t-il d'une traite.

Malgré le brouillard sombre qui soufflait dans son dos et l'enveloppait de toute part, le commissaire vit un trait de lumière.

– Ils pêchaient du silure, ils ont sorti une mitraillette, résuma-t-il.

– Oui, c'est ça, confirma Juvara.

– Et puis, sachant ce qu'il s'était passé, ils ont compris que cette arme les compromettait, alors ils l'ont refilée à des compatriotes pour qu'ils la revendent dans les circuits clandestins. D'autant plus que Biancani et les autres les accusaient d'une vengeance meurtrière, reconstruisit Soneri.

– Il est fort probable que ça se soit passé comme ça, approuva l'inspecteur.

– Comment tu l'as su ?

– La Marcotti m'a envoyé son assistante, une collègue de la Questure, me déposer le compte rendu.

La nouvelle l'avait mis de bonne humeur.

– Essaye de savoir ce que le Ris a trouvé sur la mitraillette, lui recommanda-t-il.

– Chef, ils sont obligés de transmettre l'expertise, c'est Nanetti qui détient toutes les données de la balistique. Ils vont être obligés de collaborer.

– Ah oui, c'est vrai, abrégea le commissaire.

Il parvint cette fois-ci à partir pour de bon, mais en passant le Pô, il éprouva le besoin de parler à Angela.

– Qu'est-ce que tu fais ? demanda-t-elle tandis qu'on entendait à l'arrière-plan les bavardages décontractés d'une salle de bar.

– J'inverse les rôles : je joue à l'homme de la campagne, le rustaud de la *bassa* qui rend visite à une avocate raffinée de la petite capitale.

– J'espère que tu portes un pantalon en velours côtelé et une chemise à carreaux.

– Non, mais je pue le terrain boueux et l'odeur sauvagine.

– Commissaire, vous êtes irrésistible... fredonna-t-elle.

– Si tu me prépares le même dîner que la dernière fois, je m'installe chez toi et je n'en bouge plus.

– Même avec des clous ! De toute façon, je n'aimerais pas ça, rétorqua-t-elle. Tu es à prendre à petites doses.

– Dans tous les cas ? sous-entendit-il.

Angela éclata de rire.

– Allez, j'ai des choses à te dire.

– Pour arriver chez toi, je dois traverser les nuages, l'avisa Soneri en voyant la vapeur glacée caresser son pare-brise.

Angela l'accueillit en reprenant ses derniers mots :
— Comment s'est passé le vol ?
— À vue et sans radar : comme toujours, répondit-il.
— On dirait un chat qui rentre au bercail après une semaine de bastons, commenta sa compagne en avisant son pantalon crotté et son aspect négligé. Cela dit, le genre vagabond te va bien, minauda-t-elle, un rien coquette.

Mais comme le commissaire ne réagissait pas, elle devint plus sérieuse.
— Il y a du nouveau ?
— Tu peux rassurer Frascaroli : le trésor de Manotti va continuer de faire baver sans que personne ne le retrouve.
— Explique-toi, dit Angela, soudain curieuse.
— Quelqu'un l'a balancé dans le fleuve, il n'y a que lui qui connaît l'endroit. Seuls les poissons en profiteront.
— Qui est-ce ?
— Je lui ai juré de ne pas en parler. J'en ai déjà trop dit : j'aurais dû en parler directement à Frascaroli.
— Tu ne me fais plus confiance ? le gronda Angela légèrement menaçante.
— Mais si, la rassura-t-il, pour ce genre d'affaire, je te fais aveuglément confiance. C'est pour autre chose que je me méfie.
— Arrête de ressasser, s'exaspéra-t-elle. Et ça vaut pour le reste. Ça n'est pas toi qui répètes sans arrêt que notre monde est précaire ?
— Écoute, éclata Soneri, je ne te parle pas de géométrie, je te parle de sentiments. Ce n'est pas rationnel. J'ai, comme tout le monde, une part sombre en totale contradiction avec la logique. Et toi, au lieu de la rassurer, tu alimentes la peur.

– Et allez ! lança-t-elle avec bienveillance. J'essaye juste de te rendre un peu jaloux pour réclamer ton attention… Ça ne t'effleure jamais l'esprit qu'une femme veuille être considérée ?

– Je titube, je fais des embardées, je me casse la gueule… Alors, je m'accroche à toi pour comprendre où je suis.

– Moi aussi, ça m'arrive, avoua-t-elle en se rapprochant. Tu crois que je ne me sens pas perdue dans l'univers de requins où je nage tous les jours ? Sans parler du reste. On est perdus dès le départ, on est tous orphelins de quelque chose. À nous de décider de quoi.

– Des mecs te tournent autour… bougonna Soneri, en espérant qu'elle le démente : il se serait senti soulagé.

– Oui, des mecs me tournent autour, mais pour l'instant, c'est toi, c'est tout, dit au contraire Angela, le renvoyant à ses incertitudes et à sa confusion.

Il se disait que, par amour, elle aurait pu mentir. Et maintenant, une sorte d'irritation l'empêchait de s'abandonner.

– Laisse tomber, abrégea-t-il d'un signe.

Il se concentra sur ses *tortelli* de pomme de terre. Et lorsque Angela l'enlaça, le commissaire se dit que les élans du corps ne lui suffisaient pas, même s'ils colmataient les brèches et entretenaient le désir.

CHAPITRE 18

Ils furent réveillés par le portable de Soneri qui sautillait sur la table de chevet.

– *Dottore*, vous dormiez ? dit Juvara d'une voix doucereuse.

Le commissaire regarda son réveil qui indiquait sept heures et quart.

– À ton avis... grogna Angela qui avait entendu.

L'inspecteur en fut mortifié.

– Je ne savais pas...

– C'est pas grave... Dis-moi ce qui se passe, s'informa le commissaire.

– Je suis vraiment désolé, s'embourba Juvara, moi aussi, la *dottoressa* Marcotti m'a réveillé, et elle a insisté pour que je vous appelle.

– Viens-en au fait, putain ! s'agita Soneri.

– Voilà, le Ris a terminé l'examen de la mitraillette, et ils confirment qu'elle a séjourné dans l'eau. Pas longtemps, cela dit. Les traces d'oxydation...

– Ils savent si c'est l'arme qui a tué Gabor ? le coupa le commissaire en haussant la voix.

– Oui, c'est ce que j'allais dire : les expertises croisées de Nanetti et du Ris l'ont confirmé. Les rayures, le percuteur...

— Parfait, se radoucit le commissaire, soudain en proie à une irrépressible envie de repartir. Je m'occuperai des détails avec la Scientifique, acheva-t-il.

Il s'habilla en hâte, salua Angela et courut à sa voiture. Une fois au volant, un passage du journal de Manotti lui revint à l'esprit :

... pour tirer sur quelqu'un, il faut être sûr de ce qu'on fait... On ne tire jamais le cœur léger, à moins d'être un voyou. Quand j'ai dû le faire, je pensais que c'était juste, et ceux que j'avais en face de moi pensaient la même chose. Les faits, analysés à froid, m'ont donné raison, mais c'est facile à dire une fois que le sang ne cogne plus dans les veines. C'est une erreur de penser que la peur, la colère ou l'envie, les passions, sont le mal absolu. Le vrai mal, c'est la raison. Rien n'est plus inhumain que de l'appliquer à notre monde au service d'un objectif. Car malgré nous, le monde continue de pourrir en suivant de sombres instincts. Il vaut mieux le laisser aller comme on le fait avec le fleuve, chercher à contenir sa fureur, le seconder plutôt que d'en dévier le cours...

En y réfléchissant, il trouvait à l'extrait une certaine ambiguïté, comme si les mots de Manotti déployaient tout un arsenal de significations. Ce n'est qu'après que le commandant avait compris qu'il avait eu raison de tirer, mais sur le coup, lorsque les vies se valent, il avait vacillé, et la seule chose à laquelle il s'était accroché avait été sa conviction de communiste de vingt ans. Soneri n'était pas confronté à un choix aussi radical, il n'avait pas non plus les certitudes de Manotti. Et puis surtout, il n'avait plus vingt ans. Tandis qu'il traversait la *bassa*, blanchie cette fois par le gel matineux, Soneri sut que le fil ténu de l'enquête se trouvait, d'une certaine façon, à l'intérieur de ce cahier.

Hanté par ses tourments, il en avait perdu sa route et ne s'en aperçut qu'en traversant le pont de Casalmaggiore. Il décida alors de redescendre vers la rive lombarde et entra dans le bourg. Il se retrouva nez à nez avec une enseigne qui lui rappela une conversation récente. C'était celle de l'*Osteria della Becca*, dont Angela lui avait parlé la veille à propos d'une histoire que lui avait racontée Frascaroli. Les partisans des environs qui s'échangeaient leurs informations grâce à de jeunes messagères s'y donnaient justement rendez-vous. À la fin de la guerre, l'*Osteria* était devenue le siège provisoire du Comité de libération nationale et avait continué de représenter un point de repère pour les communistes. Tandis qu'il contemplait les deux vitrines en arcades de la façade fermées par des rideaux de fer, Musumeci donna de ses nouvelles.

– Commissaire, commença-t-il, je me suis renseigné sur l'histoire du hors-bord et je pense que j'ai trouvé des éléments intéressants.

– J'avais fini par y renoncer, commenta Soneri.

– Il m'a fallu un peu de temps, reconnut l'autre, mais j'ai réussi à comprendre pourquoi Ferri a fait une cession de contrat à Consolini. À première vue, je trouvais ça bizarre, je n'arrivais pas à me l'expliquer. En fait, c'est à cause d'un contrôle de la brigade financière à l'encontre de Ferri et de sa femme.

– Quel rapport avec sa femme ?

– Il y en a un, vous allez voir... assura l'inspecteur. Elle est grossiste en quincaillerie, et sa comptabilité n'était pas très en règle, si vous voyez ce que je veux dire.

— Elle ne doit pas tout déclarer, elle n'est pas la seule, minimisa le commissaire.

— D'après ce que j'ai compris, de gros mouvements de fonds dont on ne connaît pas la provenance. Les enquêteurs se sont aussi intéressés à Ferri, et s'ils avaient découvert un achat de ce genre, avec des arrhes en prime, ç'aurait été gênant. Alors, pour éviter les emmerdes, Consolini l'a remplacé.

— Mais le fric ? C'est quoi les conclusions des *fiamme*[1] *gialle* ? le pressa Soneri.

— Pour l'instant, la femme s'est pris une amende, mais le dossier est loin d'être bouclé. Vous savez comment ça se passe dans ces cas-là : on fait une médiation. L'officier avec qui j'ai discuté m'a dit qu'ils se demandaient comment ce petit fournisseur avait pu faire tourner des chiffres aussi gros.

— Suivre l'argent à la trace, autant chercher d'où surgit le brouillard, fit le commissaire avec scepticisme tout en se garant sur la place de la mairie.

— *Dottore*, plaisanta Musumeci, on le retrouve forcément dans l'eau, vu tous les coups d'épée que la brigade financière a pu y faire ces derniers temps...

— Pas forcément, objecta Soneri plus sérieusement. Même si l'eau fait partie de l'histoire.

L'inspecteur ne saisit pas son allusion et prit congé en fronçant les sourcils, comme s'il essayait vraiment de comprendre de quelle brèche mystérieuse le brouillard jaillissait.

Le commissaire appela la Marcotti dans la foulée :

— *Dottoressa*, je voudrais interroger les Hongrois qui ont repêché la mitraillette.

---

1. « Flammes jaunes » : surnom donné aux agents de la brigade financière, en référence à l'insigne de leur uniforme.

Le soupir de la magistrate laissa entendre que ce ne serait pas chose facile.

– Vous savez que le questeur est dans le coup... De toute façon, vous allez poser les mêmes questions que moi, je vais donc satisfaire votre curiosité, lui assura la Marcotti sans se départir de son habituel sens pratique. Je vous tiens au courant et, si vous voulez, je vous envoie les P-V.

Le commissaire la remercia et joignit Juvara :

– Il faudrait savoir comment les absences injustifiées de Ferri et Consolini ont été constatées.

– Grâce à des contrôles périodiques du personnel, mentionna l'inspecteur.

– D'accord, reprit Soneri d'un ton décidé, mais je sens qu'il y a autre chose derrière. En faisant ce genre de découvertes, les responsables ont tendance à s'attribuer des mérites qu'ils n'ont pas. Je dirais plutôt qu'on les a balancés. Nous aussi, quand on a un coup de cul, on dit qu'on doit tout à l'enquête, alors qu'on sait très bien que c'est faux.

– D'accord, j'irai voir le chef du personnel, s'inclina Juvara.

– Essaye aussi de savoir si leurs absences étaient récurrentes. Peut-être que la direction est au courant sans pouvoir le prouver. Tu vois ? Ça pourrait avoir son importance, pour nous.

– Vous pensez qu'il vaut mieux que j'y passe ? tenta timidement l'inspecteur.

– T'as vu ça où, des enquêtes par téléphone ?

– OK, dit Juvara avant de raccrocher.

Le commissaire s'abstint de l'avertir qu'il risquait de rester plusieurs jours dans la *bassa*. Il retourna à Sacca, où l'accueillit la même puanteur, et s'en alla frapper chez Carega. Ce dernier habitait un pavillon rénové, agrémenté d'un jardin bien entretenu. On aurait dit que l'homme l'attendait, immobile au milieu de son allée, avec cette attitude qu'ont les vieilles villageoises qui sortent de chez elles pour savoir qui est là.

— Il n'y a pas beaucoup de passage, ici, s'excusa-t-il, et ceux qui débarquent ont toujours une bonne raison.

— C'est pour ça que vous montez la garde ? Par les temps qui courent, on ne sait jamais... balança le commissaire.

— Les temps qui courent se ressemblent presque tous, mitigea Carega. Il y a quatre-vingt-dix ans, toute une génération disparaissait, trente ans après, on s'assassinait en pleine rue, et pas plus tard qu'hier, on souffrait de la faim. Ça valait mieux ? ajouta-t-il.

Soneri écarta les bras.

— Vous avez sans doute raison : aujourd'hui encore, les gens se tirent dessus. Au bord du fleuve ou dans les rues, quelle différence ? Tout est une question d'habitude. Certains considèrent que c'est normal... Moi, j'ai toujours du mal.

— S'il vous plaît ! s'exclama l'homme. Pas de raccourcis de ce genre avec moi ! Vous croyez que je m'y suis fait ? En tant qu'expert de mes semblables, j'essaye seulement de ne pas trop m'affoler et de prendre mes distances. Pas que je défende les assassins, j'essaye juste de comprendre pourquoi des gens normaux le deviennent. Il y a une cause à tout, et ce n'est qu'en la cherchant qu'on peut l'éliminer. Il suffirait d'observer la réalité sans préjugés. Malheureusement...

— Tout est déconcertant, je vous comprends, l'interrompit Soneri tandis que l'autre le conduisait chez lui.

— Vous cherchez à me prouver que nous faisons le même métier ? sourit Carega. Le fait est que nous préférons faire confiance à des proclamations ridicules ou à des incitations prétendument raisonnables. Toutes ces conneries qui servent à détourner le regard de la réalité, au pire affreuse, au mieux inconfortable. Nos politiques en profitent, au lieu de reconnaître leur faillite et les saloperies qu'ils ont faites. Et comme l'information est entre leurs mains, ils nous pondent leurs balivernes. En caressant dans le sens du poil, et en taisant ou justifiant toutes les horreurs.

– On peut aussi parler de ce qui se passe ici, affirma le commissaire.

– Je sais où vous voulez en venir, dit Carega en prenant les devants. D'abord un mort, ensuite l'arrestation de Caretti... Sauf que ce garçon est la conséquence directe des méthodes criminelles avec lesquelles on nous gouverne. Bien sûr, on va nous dire que le criminel, c'est lui, qu'il vendait la mort, toujours la même rengaine. Pourtant, je vous le demande, je vous le demande à vous qui êtes un homme de loi : est-il possible que des groupes entiers de jeunes gens soient traités comme des esclaves, qu'ils se bradent au plus offrant, à des recruteurs déguisés en agences pour l'emploi qui spéculent sur leur dos, maintenus dans la précarité par ceux qui jouent leurs vies aux cartes ? Je dis : croyez-vous tout cela possible sans que personne ne se foute en rogne ? Il suffirait pourtant de peu, vous savez. Il suffirait d'un simple calcul statistique. Prenons le minimum. Admettons qu'il n'y ait que 0,5 % d'enragés qui décident d'agir sans respecter la loi. Bien sûr, même avec ce tout petit pourcentage, vous auriez encore des milliers de personnes qui essayeraient de se venger par la violence et qui deviendraient, à vos yeux, des délinquants.

— À mes yeux ? Je ne juge jamais personne, je me contente de faire des enquêtes. D'abord les causes, ensuite les acteurs, tint à préciser le commissaire.

— Je dis « vous » parce que vous êtes un homme de loi. Que vous le vouliez ou non, reprit l'homme sans lâcher le morceau. Répondez-moi : qui sont les plus délinquants ? Caretti, ou ceux qui l'ont réduit à ce qu'il est ? Et tout ça pour quoi ? Pour le profit. Nous avons colonisé des peuples qui se contentaient de peu et qui vivaient de rien, et maintenant nous cherchons à appauvrir ceux qui jusque-là s'en sortaient. Ça s'appelle la compétitivité. Ce qui veut dire qu'au lieu de faire vivre tout le monde correctement on empire la situation. Si nous avions le courage de regarder la réalité en face, de regarder ce monde qui tient sur le mensonge, capable de nous vendre ses guerres de conquête pour une exportation de la démocratie, si nous possédions une once de cohérence et d'honnêteté, nous reviendrions en arrière et nous tenterions de nous corriger. Au lieu de ça, nous persistons, et nous nous étonnons quand des personnes deviennent violentes.

— Qu'est-ce que vous voulez que j'y fasse ? rétorqua Soneri. Que j'aille arrêter des ministres ? Je n'en ai pas la possibilité. Et je n'ai pas l'impression que Caretti possède toute la conscience que vous lui attribuez. C'est loin d'être une lumière.

— En effet, c'est loin d'être une lumière. Et ce sont justement les types comme lui qui deviennent de petits délinquants. C'est vrai, ils n'ont aucune conscience. Les gens conscients ne s'en prennent pas aux plus faibles ou aux victimes qui leur ressemblent. Ils acceptent en silence, ou alors ils visent juste, confirma Carega.

— Il y a quelqu'un qui vise juste, ici ? questionna le commissaire.

— Je ne crois pas, répondit l'homme. Ils ont descendu un Hongrois, un pauvre gars. Cible ratée.

— La bande des distributeurs... suggéra Soneri.

— Peut-être, oui, admit l'homme. Les banques sont les premières à nous apprendre le vol : pourquoi s'étonner si d'aucuns les entubent ?

— J'ai l'impression qu'on en sait beaucoup par ici. Et que tout le monde se tait pour les raisons que vous venez de développer : la plupart n'ont pas conscience de ce qui se passe, peut-être même qu'ils considèrent que c'est normal. Comme les parents d'un enfant fou qui pensent qu'il est seulement extravagant, constata Soneri.

— Si c'était le cas, le silence serait justifié. Si tout est normal, pourquoi parler ? raisonna Carega.

— Je suis venu vous voir parce que je pense que vous avez une conscience...

Carega le fixa en ayant l'air de vouloir le remercier l'espace d'une seconde.

— Tout ce que je vous ai raconté, dit-il en reprenant le fil, est devenu parfaitement normal car parfaitement humain. Voyez-vous, et je sais que ça vous sera difficile de l'admettre, mais la violence, ce que les curés appellent le mal, est un état de fait impossible à éliminer. Moi, je dis qu'il faudrait en éradiquer les causes, malheureusement, dans notre société, ça n'est pas l'intelligence collective qui agit, au contraire. Ce sont plutôt les logiques individuelles, et ce sont elles qui sont à l'origine du mal. Si vous dites à quelqu'un de lâcher ses intérêts pour que tout le monde aille mieux, le type vous dégomme, il n'en a rien à foutre du bien des autres. Je vous ai fait tout mon sermon, s'excusa Carega, pour vous dire qu'une fois qu'on a compris comment ça marche, tout devient normal, car parfaitement explicable. À moins que d'autres aient dans l'esprit un monde idéal. Alors là, la perspective change. En ce qui me concerne, j'ai renoncé à l'idéologie et à la religion. J'ai même renoncé à cette idée laïque d'une vie en société pacifique et progressiste.

Soneri soupira.

– Vous avez sans doute raison. Je dois avoir des restes...

L'homme eut un sourire étonnamment serein et, par là même, paradoxal.

– C'est bon signe... ce sont des marques de noblesse. Pour moi, le prix est trop élevé, et je n'ai plus les moyens de me le payer, mon cœur est bien trop mal en point.

– Je me rends compte...

– On vit avec la rage, l'interrompit Carega avec urgence. La rage est un luxe que seuls les jeunes peuvent se permettre. À mon âge, il vaut mieux laisser tomber, comme on laisse tomber bien d'autres choses qui font trop danser le cœur, ricana-t-il. Vous dites qu'ici personne ne parle, mais il s'agit d'une omerta particulière. Ce n'est pas à cause de la peur, plutôt une habitude à considérer les faits comme inéluctables. C'est typique des gens du Pô. Ici, c'est le fleuve qui nous enseigne nos comportements. Ailleurs, on peut penser que la nature est à nous, ici, non. Les riverains appartiennent au fleuve. Qu'est-ce qu'on peut faire contre le fleuve ? Rien, se résigner.

– Un pauvre diable est mort. Je ne peux pas me résigner, réaffirma le commissaire.

– Bien sûr, et vous avez raison. Mais moi, que puis-je y faire ? J'ai cherché à me l'expliquer, je n'y suis pas parvenu.

– Les gens d'ici détestaient les Hongrois, ils n'en voulaient pas, lui rappela Soneri.

– Oui, mais pas au point d'en arriver à tuer. Biancani et les pêcheurs du coin en veulent aux étrangers parce qu'ils font des dégâts. Ici, malgré tout, c'est resté leur petite patrie, et ils estiment qu'on la leur viole, expliqua Carega.

– Il y a une autre raison, intervint le commissaire d'un ton accusateur.

L'homme sembla encaisser.

– Vous faites allusion à l'or du commandant ? Vous croyez qu'il existe ?

– Un certain nombre d'éléments me le laissent à penser.

L'autre secoua la tête d'un air incrédule.

– Pour moi, ce sont des conneries. Mais vous savez que les illusions pèsent lourd dans notre monde, alors… Je ne nie pas qu'ils vadrouillent la nuit avec l'écho-sondeur, mais de là à vous dire jusqu'à quel point ils ont de l'espoir… Ou jusqu'à quel point ils ont envie de jouer.

– Quoi qu'il en soit, les Hongrois ont reçu des menaces, fit noter Soneri.

– Oui, dit Carega, mais vous savez qu'ils sont partis pour d'autres raisons. Après le mort, j'entends.

Le commissaire éprouva brusquement un gros coup de fatigue. Il combattait un adversaire insaisissable, chacun de ses coups battait dans le vide, comme s'il frappait une ombre. Il constatait qu'il s'épuisait dans une lutte vaine tandis que l'autre se tenait devant lui, tranquille et souriant.

Les questions de Soneri étaient passées au crible, et Carega les résolvait, il les lissait, en clarifiait toutes les zones d'ombre. Le pugilat l'avait anesthésié, comme si l'ardeur qu'il y mettait se retournait contre lui.

Il eut soudain besoin de s'enfuir, de reprendre contact avec le brouillard, la digue, le Pô, et son enquête. Il prit subitement congé.

Carega, sur le pas de sa porte, cria derrière lui :

— Ne vous affolez pas ! Et gardez à l'esprit notre grand dictateur, l'invita-t-il en faisant allusion au fleuve.

Le commissaire n'y prêta aucune attention et marcha sur la route déserte. Juvara l'appela pendant qu'il traversait la place de l'église :

— *Dottore*, j'ai parlé avec le chef du personnel.

— Il dit quoi ?

— Il confirme qu'ils ont ouvert l'enquête parce que quelqu'un a craché le morceau.

— Tu vois ? Qu'est-ce que je te disais ? Tout le monde ressemble à Capuozzo.

Il entendit l'inspecteur ricaner.

— En bref, je crois pouvoir vous confirmer ce que vous soupçonniez : les deux se sont absentés à d'autres occasions sans se faire coincer. Quelqu'un a dû pointer pour eux, parce que leur carte est tamponnée les jours où ils étaient absents, expliqua Juvara.

— Ils savent qui c'est ?

— Non, le responsable m'a dit qu'il avait sa petite idée, et que, d'après lui, la punition qu'il leur a infligée devrait suffire à leur faire perdre leurs habitudes. Et puis le syndicat s'en est mêlé… ajouta l'inspecteur, avant de demander : Je fais quoi maintenant ?

— Trouve celui qui a balancé l'histoire au chef du personnel et débrouille-toi pour savoir si Ferri et Consolini travaillaient les jours des attaques, ordonna Soneri.

La faim l'entraîna au *Stendhal*. Bruno l'installa à une table à part, bien que la salle soit presque vide. Dès qu'il fut assis, la Marcotti donna de ses nouvelles :

— Vous voyez que je tiens parole ? Je vous avais promis de vous tenir au courant de l'interrogatoire, et me voilà.

— Je n'en doutais pas, *dottoressa*, répondit le commissaire.

— Ces Hongrois ne disent pas grand-chose... lui fit savoir la magistrate. Ils ont raconté qu'ils avaient pris peur après l'homicide, à cause des menaces des pêcheurs locaux. Comme ils ne comprenaient pas pourquoi Gabor s'est fait tuer, ils se sont dit qu'il valait mieux quitter Sacca, même si la victime ne faisait pas partie de leur groupe. Tous les Hongrois sont partis, presque tout de suite. Ceux qui connaissaient le mort n'ont plus donné signe de vie, et les autres sont partis un peu plus en aval, dans les environs de Mezzani : c'est là qu'ils ont repêché la mitraillette. On n'arrive pas à savoir s'ils ont fait immédiatement le rapprochement avec l'arme qui a tué leur compatriote, j'aurais tendance à l'exclure, mais en tout cas ils se sont inquiétés, et ils ont préféré refourguer l'arme à ceux qui trafiquent ce genre de marchandise. C'est tout. J'ai beaucoup insisté sur les possibles raisons de la mort de Gabor, mais ils n'ont pas su me l'expliquer. Peut-être une histoire de jalousie, vu qu'il plaisait beaucoup aux femmes, mais personne n'a jamais rien su.

— Ils vous ont parlé des gens du coin qui cherchent de l'or ? se renseigna Soneri.

— De l'or ? D'où ça sort ? Pas du tout.

— *Dottoressa*, je vous expliquerai plus tard, éluda le commissaire.

— Non, expliquez-moi maintenant, exigea-t-elle.

— Vers la fin de la guerre, des Allemands aux abois se sont fait prendre en embuscade par des partisans et ont dû lâcher leur butin : une razzia de bijoux, volés entre l'Émilie et la Lombardie, raconta Soneri. Cette fortune a attiré beaucoup de monde, et un des partisans a tenté de mettre la main dessus. Il y a eu des procès et des condamnations à mort. Pour éviter que ces richesses ne provoquent d'autres exécutions, Manotti a décidé de garder le butin, dans l'optique de financer le parti. Mais dans les faits, l'or n'est jamais sorti de chez lui, et juste avant de mourir, le commandant l'a confié à une personne du coin qui m'a avoué l'avoir jeté dans le Pô. À Sacca, certains n'y croient pas, d'autres pensent que l'or existe toujours : chez Manotti, qui n'a pas manqué d'être visité, ou dans le fleuve, au point d'en faire le tour, de nuit, avec l'échosondeur.

– La maison de Manotti réserve bien des surprises, commenta la magistrate. Et pour les armes dans les combles, vous avez été le plus rapide...

– On venait de trouver le cadavre... Ceux qui les ont planquées chez lui n'ont pas eu le temps...

– Le problème est de savoir qui. Probablement dans l'entourage du commandant, estima la femme.

– Je crois que la réponse à cette question serait la solution à tout, renchérit Soneri.

– Nous avons un objectif, c'est déjà un beau pas en avant, affirma-t-elle. Vous pouvez argumenter cette conclusion ou je dois attendre que ce soit un peu plus clair dans votre esprit ? Je ne supporte pas les sauts logiques, vous vous souvenez ? Dans mon métier, un saut logique, c'est une chute dans une bouche d'égout.

– Je peux vous dire que ceux qui ont violé la maison du commandant après que nous l'avons mise sous séquestre n'étaient pas au courant. Je pense qu'ils cherchaient l'or, c'est tout.

– D'après vous, ils ne savaient rien des armes ?

— Non, dit le commissaire. Ceux qui le savaient n'ont pas voulu courir de risques. Il faut dire qu'ils étaient beaucoup plus élevés que pour un simple cambriolage.

— Bien sûr, des armes… réfléchit la magistrate.

— *Dottoressa*, la pria Soneri, je vais avoir besoin d'écoutes téléphoniques et d'enquêtes d'entourage…

— Commissaire, vous m'étonnez ! D'habitude, vous en chargez Draghi ou Juvara. Vous vous êtes converti à la technologie ?

— En vieillissant, les jambes fatiguent, se justifia Soneri. Et puis, de toute façon, je n'en espère pas plus que ça.

Il entendit un grand éclat de rire à l'autre bout du fil.

— C'est compliqué de travailler avec vous ! Parfois, j'en arrive même à comprendre Capuozzo, conclut la Marcotti. Mais vous avez de la chance : j'ai de la sympathie pour ceux qui marchent hors du troupeau.

CHAPITRE 19

Il avait envie d'*anolini* au bouillon. Un besoin de chaleur, de familiarité. Manger mêlait plaisir et sentiment comme dans les amours véritables. Ainsi, cuillerée après cuillerée, ce cadeau qu'il s'offrait soulageait son angoisse. Le jarret de porc et le gutturnio achevèrent de le calmer.

– Quand il fait froid, il faut des calories, trancha Bruno à la fin du repas en lui ressortant son alibi de fer.

En quittant le restaurant, le commissaire entendit un grondement de moteurs. Il monta sur la digue et tendit l'oreille. Le bruit venait des environs de Mezzani, d'où affluaient toujours des bouffées d'air fétide.

– Quand une chose est insupportable... le surprit la voix de Nocio, débouchant d'un talus.

– Il y a pire, et personne ne bouge, déplora Soneri.

– Parce qu'il n'y a rien à faire, commenta l'ami. Par contre, pour les odeurs, on peut toujours essayer de vider les mares.

– Ils la jettent où, après, cette saloperie ?

– À ton avis ? Ils sont allés voir le maire pour qu'il appelle l'Agence sanitaire, et le préfet, qui a demandé au ministère d'intervenir... On va avoir besoin d'un budget pour l'assainissement, mais il faudra attendre des mois. Le temps d'avoir les sous, les mares seront à sec ou à nouveau pleines d'eau. Dans tous les cas, le Pô est obligé de se boire cette merde. Alors, autant l'aider : on sera au moins débarrassés de ce cloaque qui empoisonne l'atmosphère.

– Qu'est-ce qu'il se passe, Nocio ?

L'autre le fixa attentivement.

– Il se passe que tout le monde est à cran. Chacun à sa manière. Quand c'est comme ça, tout part en couille, plus personne ne résiste...

– Coups de feu, échanges d'armes, attaques de banques, trafic de drogue... énuméra Soneri.

– Les maladies débarquent en une nuit, mais le virus s'attrape avant, décréta Nocio.

– Et qu'est-ce qu'un étranger arrivé ici depuis quelques mois a à voir avec tout ça ? Quel est le rapport avec un type qui vaut moins qu'un touriste ? martela le commissaire.

L'autre se retourna et le fixa encore.

– Je n'arrive pas à trouver d'explication. J'ai beau essayer, je pige pas. Pour tout un tas d'autres choses, j'en ai, pas pour ça.

– Les coups de feu près du Pô, par exemple ? risqua le commissaire.

– Je ne suis pas flic, s'agaça l'ami. Je peux juste imaginer. D'ailleurs, je ne t'apprendrais rien. Y compris pour les coups de feu sur ma baraque.

– Mais tu as entendu... répéta Soneri.

– Des fois, oui, reconnut l'homme négligemment. Mais sur le lit majeur... Je veux dire : si tu connais bien le Pô, tu passes inaperçu.

– Toi aussi tu penses comme Carega ? Qu'on ne peut rien y faire ?

– Ce n'est pas une question d'opinion, réitéra l'ami. Tu vois comment c'est, reprit-il en indiquant les peupliers à perte de vue. Tu réussirais à trouver quelqu'un là-dedans, la nuit, avec cette purée de pois ?

Le commissaire dut reconnaître l'aspect prohibitif de l'entreprise. Un coup d'œil à la digue suffisait largement à démontrer qu'ils se trouvaient dans une zone franche. Ils gardèrent un instant le silence, l'un à côté de l'autre, jusqu'à ce que le bruit du moteur s'arrête.

– Ils ont fini de vider, déclara Nocio. La puanteur va disparaître, on va enfin respirer.

Le commissaire dut répondre à son téléphone et ne fit aucun commentaire.

– Draghi ? C'est justement toi que je cherchais ! s'exclama-t-il. Je voudrais vous envoyer en filature, avec Musumeci.

– Pour filer qui ?

– Ferri et Consolini. Je voudrais savoir s'ils se voient, ce qu'ils font et qui ils fréquentent. Au besoin, Juvara pourra vous donner un coup de main.

– Un par un ou les deux en même temps ?

– En même temps. Vous risquez de vous croiser, à mon avis, ils vont se donner rendez-vous.

– On commence quand ?

– Ce soir.

Une voiture arriva sur ces entrefaites et s'arrêta juste à côté de Soneri. Un type en combinaison orange se pencha par la fenêtre.

– Vous êtes de la police ? Il se passe un truc terrible... On a découvert des restes...

Le commissaire monta dans la voiture et le chauffeur fit demi-tour. Ils dépassèrent la maison du commandant et roulèrent un bon moment avant de quitter le halage pour rejoindre le champ où d'autres ouvriers les attendaient. Une puanteur tenace subsistait près de la mare vidée, mais ce que Soneri découvrit en arrivant était bien pire. Au bord de l'un des trous du côté opposé au courant, des ossements étaient disséminés comme dans un vieux cimetière à découvert.

– Vous êtes sûrs que ce ne sont pas des os de vaches ou de cochons ? réussit à dire Soneri.

Un des ouvriers secoua la tête.

– Regardez, fit-il en désignant du pied un morceau de mandibule, à quelques centimètres d'une voûte crânienne mangée par la terre.

– Qu'est-ce qui s'est passé ? pensa tout haut le commissaire.

– Soit c'est un vieux cimetière que l'eau a déterré, soit c'est quelqu'un qui a déchargé. C'était peut-être sur le chaland qui a brûlé ? risqua l'homme. Après tout, c'est aussi des déchets.

Montesano arriva peu après et, au vu du spectacle, ôta sa casquette d'un geste antique et élégant.

– Nouvelle surprise, dit Soneri en guise d'accueil. Ça ne m'étonnerait pas qu'on y trouve des types assassinés, mais l'affaire risque d'être compliquée.

– Vous faites de l'humour ?

– Non, un calcul statistique. Le coin n'est pas vraiment tranquille, me semble-t-il, précisa le commissaire. Quoi qu'il en soit, ça relève de la compétence de l'Arma, ce ne sont pas mes oignons, acheva-t-il avec une pointe de sarcasme.

Il se fit ramener à Sacca et retrouva Nocio à l'endroit où il l'avait laissé.

– Qu'est-ce qui s'est passé ? voulut savoir l'ami.

– Un océan d'ossements au beau milieu d'une mare, lui expliqua Soneri. Ils étaient peut-être sur le chaland. Ou bien le courant nous a ramené un vieux cimetière oublié.

– Ou bien une fosse commune, marmonna sombrement Nocio.
– Tu penses qu'il y en a eu, par ici ?
L'autre haussa les épaules.
– Il y a des bouts d'histoire que personne ne connaît parce qu'ils se sont perdus. Un peu comme le trésor. C'est comme ça qu'on finira.

Le commissaire se tut. L'angoisse qui l'habitait augmentait à nouveau. Il en devinait l'ombre, comme si un gros poisson tournait autour de lui. Il s'échappa en prenant congé, sans but précis en tête. Il remonta dans sa voiture et commença à détailler les papiers qu'il avait trouvés dans la grange de Motta Baluffi. Les feuilles étaient dépareillées, mais il comprit bien vite qu'il avait affaire à du matériel de propagande d'un groupe extrémiste. Sous la lumière mourante de l'après-midi, il lut avec attention cette prose revêche et passée de mode, ces mots qui évoquaient des concepts et des choses aujourd'hui révolus, mais pour lesquels il ressentait toujours un peu de nostalgie. Il savait qu'il touchait à la fin. Mais il devait encore élucider le point crucial : pourquoi Gabor était-il mort ?

Il tenait presque tout, sauf ça. Il n'était pas souvent dans cette situation : tout savoir des contours, rien du noyau de l'histoire. D'ordinaire, c'était plutôt le contraire.

Il fut distrait par un vrombissement de moteurs, insolite à Sacca. Trois véhicules banalisés suivis d'un fourgon de carabiniers traversèrent le village à bride abattue avant de gagner le halage. Montesano devait avoir appelé du renfort, en plus du Ris pour les relevés. Et en effet, un peu plus tard, son véhicule réapparut dans l'autre sens au petit trot, en direction de la caserne.

Soneri, debout à côté de sa voiture, lui fit un signe : l'autre freina et baissa sa vitre.

– Vous savez que vous aviez raison ? annonça le chef de brigade. On a trouvé une balle qui a traversé un crâne de part en part : à tous les coups, un homicide.

– Il sera difficile à résoudre, avança Soneri, on a déjà du mal avec des morts tout frais...

– Eh oui ! admit Montesano. Du reste, ce ne sera pas le premier crime irrésolu.

– C'est peut-être aussi une fosse commune : des morts que personne n'a réclamés, ou réclamés en vain... supposa le commissaire.

– Ça peut être n'importe quoi, marmonna l'autre. Nos experts ont dit que les os ont au moins soixante ans.

L'adjudant-chef accéléra et repartit, laissant Soneri dans le noir. Ce dernier vit ensuite une ombre s'épaissir dans la vapeur fluctuante, une ombre large et basse qui avançait lentement : Lumén.

– Vous sortez tôt, constata Soneri une fois le vieux à ses côtés.

– J'ai entendu qu'il y avait du mouvement : je veux aller voir le Pô.

– Oui, c'est assez mouvementé, acquiesça le commissaire. Et ça n'est pas très réjouissant.

– Je sais. À cause de ces ossements... dit l'homme d'un air absorbé. On a enterré tellement de monde, ici. Quand la crue arrive, elle gratte, elle retire le couvercle, et on se prend nos erreurs en pleine figure.

– Parfois, elle couvre tout, elle dissimule.

– Le fleuve a son propre rythme. C'est quoi, nos vies, en comparaison ? Une seule de ses respirations engloutit des années entières.

– Vous allez faire vos tours tout seul, maintenant ? dit Soneri en changeant de sujet.

– Je n'ai pas le choix. Mais au fond, je préfère : j'ai l'impression de revenir en arrière, quand je battais la campagne plongée dans la nuit noire. En compagnie des brumes et des lucioles. Ils sont où, ces ossements ? demanda-t-il avec curiosité.

– Dans une des mares de Mortizza, le renseigna Soneri. À bien y réfléchir, ils ne pouvaient être que dans une fosse, plaisanta-t-il, un rien lugubre.

Le vieux sembla fouiller dans sa mémoire, mais il n'ajouta rien. Peut-être qu'il savait et refusait de s'expliquer, peut-être qu'il ignorait tout.

– Vous savez que les os sont un spectacle terrible à la lumière ? reprit-il. Imaginez le sourire d'un crâne.

– C'est mieux dans le noir ? dit le commissaire entre ses lèvres.

– Au moins, ils n'ont pas cette candeur affreuse... La nuit déploie toujours un voile pudique sur ce qui n'en finit pas de moisir au grand jour, toutes ces horreurs. La nuit permet de ne pas se blesser les yeux, de ne pas voir ce monde hideux. Moins on voit, mieux on se porte.

– Si on pouvait vivre dans le noir... raisonna Soneri. Vous avez pu le faire, mais moi, je suis payé pour regarder. Pire : pour enquêter, fouiller dans la merde.

– Si j'ai bien compris, la nuit ne vous a pas empêché de vous informer, souligna Lumén.

– C'est vrai, admit le commissaire, il y a plus de mouvement la nuit que le jour, par ici.

– Si vous voulez un conseil, continuez à fouiller dans l'ombre.

– Vous avez raison. Je ne pourrai résoudre cette affaire qu'en enquêtant de nuit, lança le commissaire comme s'il pensait à voix haute.

– Vous avez l'air d'un type bien, c'est pour ça que je vous parle. Si vous voulez un conseil de vieux, remerciez la nuit, elle nous permet d'imaginer et de faire marcher sa tête sans se laisser distraire par ce qu'on voit à la lumière du jour.

Enfin, Lumén fit bondir violemment son fauteuil en manœuvrant les roues, et Soneri l'entendit dire, avant que la nuit ne l'engloutisse :

– Je ne sais pas si c'est de bon augure, mais : adieu !

Le commissaire mit plusieurs secondes à reprendre ses esprits, légèrement étourdi par cette brève conversation. Il regrettait de n'avoir pas répondu à Lumén ; sans doute qu'au fond il était d'accord avec lui. Il fut tiré de ses pensées par une voiture qui s'arrêta en l'encadrant avec ses phares. Au même instant, son portable sonna.

– *Dottore*, les deux se sont mis d'accord pour ce soir. On les a interceptés, annonça Juvara.

– Parfait. Continuez les écoutes, ordonna le commissaire.

Il reconnut la voix d'Angela après qu'elle eut fait claquer sa portière.

– Tu as l'air de tout sauf d'un homme d'action, attaqua-t-elle, je te retrouve planté devant une église dans le coin le plus désolé que je connaisse : un peu plus, et un merle faisait son nid sur ta tête.

– Qu'est-ce que tu fais là ?

– Bel accueil ! s'exclama-t-elle. Je viens à mon amour, puisqu'il ne vient jamais à moi.

– Le moment est délicat…

– Je vois. Tu as le cul entre deux chaises, ironisa-t-elle.

– Je travaille sur l'attente, tu devrais le savoir. Ce n'est pas la première fois, se justifia Soneri.

– Eh ben, je te tiendrai compagnie.

– Ça me semble une excellente idée, accepta le commissaire avec enthousiasme.

Il ne s'expliqua pas sur ce qu'il avait prévu : il savait juste que son plan serait facilité par la présence de sa compagne. Ils prirent donc place à bord de son Alfa.

– Alors ? l'interrogea Angela d'un air ensorceleur. Quel est ton programme, commissaire ?

Toujours la bouche cousue, il saisit son portable.

– Draghi ? commença-t-il. Où tu es ? Tu as ferré notre ami ? Comment ? Vous tournez dans Novellara ?

Il raccrocha, la ligne avait été coupée.

Quelques secondes plus tard, Draghi le rappela.

– Chef, je suis derrière Consolini, mais on dirait un mec bourré qui ne sait pas où il va, expliqua Draghi.

– Reste derrière. Ne te fais surtout pas remarquer, l'exhorta Soneri.

– Depuis qu'il a quitté son boulot, il fait des détours incompréhensibles, relança l'inspecteur. Pour arriver à Novellara, il a emprunté tout un tas de directions. On s'est promenés un bon moment dans la campagne. Maintenant qu'il est chez lui, on dirait qu'il fait la tournée des bars : il entre, il sort.

– Il parle avec des gens ? s'enquit le commissaire.

– Oui, des fois, mais je ne peux pas trop m'approcher pour écouter ce qu'il dit, expliqua Draghi.

– Il s'est peut-être aperçu que tu le suivais, fais gaffe, reste discret.

Soneri raccrocha et appela aussitôt Musumeci.

– Comment ça se passe ?

– Je viens de raccrocher Ferri.

– Tu l'avais perdu ?

– Oui, malheureusement. Après son boulot, il est rentré directement chez lui, et puis il est ressorti une demi-heure plus tard pour faire le tour du village. Mais vous savez comment c'est, Motta Baluffi, c'est un crachat... Ensuite, il est allé chez quelqu'un, et là, j'ai poireauté un petit moment, au point d'avoir un doute... Du coup, j'ai refait un tour, et je dois avoir du bol, parce que je suis tombé dessus : il est sûrement sorti par-derrière... *Dottore*, je fais ce que je peux, mais on aurait besoin de deux personnes supplémentaires...

— Fais ton possible. Ils ne sont pas de la dernière pluie, et ils sont entraînés, l'avertit Soneri.

— On peut savoir ce que tu organises ? s'immisça Angela dès que le commissaire eut raccroché.

— Une toile d'araignée, en espérant que des mouches s'y collent, lui expliqua-t-il.

— Ça, je l'avais compris. Mais qui sont les mouches ?

— Ferri et Consolini.

— Ces deux employés ?

— Pas qu'employés, apparemment...

— Et tu as mis Draghi et Musumeci sur le coup ?

— Tu sais comment on chasse le sanglier ? l'interrogea le commissaire.

— Ah bon ? J'ai l'air de quelqu'un qui s'intéresse au sanglier ?

— C'est une chasse collective, comme la chasse aux lionnes, expliqua Soneri d'un ton allusif.

— Personnellement, je chasse en solitaire, comme tu peux le remarquer, répliqua-t-elle en enfonçant le clou.

— Tu formes des équipes d'une vingtaine de personnes, tu es à la fois rabatteur et chasseur : c'est-à-dire que tu peux ramener la proie dans le piège ou que tu peux tirer. Après, c'est une question de chance. Mais à la fin, tu te partages le butin.

— Quand tu tournes autour du pot et que tu te la racontes, tu me tapes sur le système, s'agaça Angela.

— C'est pour te dire que je fais partie de l'équipe, mais que je ne joue pas à égalité, parce que j'attends que les autres ramènent la proie devant le canon de mon fusil, acheva Soneri.

– Comme les lords anglais dans les colonies, observa-t-elle avec sarcasme.

– Pas tout à fait. Ici, le climat est pire.

Ce disant, il démarra et emprunta la route à la sortie du bourg avant de s'arrêter brusquement quelques mètres plus loin.

– Il vaut mieux que tu me suives avec ta voiture...

Angela le fixa sans comprendre.

– Ensuite, je t'explique, lui jura-t-il.

Angela descendit sans rien dire et le commissaire attendit qu'elle mette le moteur en marche et se place derrière lui pour repartir.

Ils roulèrent en direction de Crémone et traversèrent le Pô à Casalmaggiore. Au bout du pont, Soneri tourna à droite pour entrer dans le bourg et s'arrêta ensuite dans une rue assez sombre. Angela resta au volant sans éteindre son moteur et attendit qu'il vînt vers elle.

– À partir de maintenant, suis-moi à distance. À un moment donné, on va passer devant une auberge : je ralentirai pour te prévenir. Après, on arrivera à un rond-point. J'en ferai le tour et je reviendrai devant l'auberge. Toi, tu continueras tout droit et tu me rejoindras dix minutes plus tard. Je serai assis à une table, expliqua le commissaire.

Angela acquiesça.

– Je ne sais pas à quoi on joue, mais ça me plaît, sourit-elle.

Ils firent exactement comme il l'avait prévu. Soneri fit demi-tour au rond-point, se gara sur le parking de l'*Osteria della Becca*, descendit et entra. L'établissement avait quelque chose d'ambigu, un curieux mélange de passé authentique et d'objets à la mode qui n'allait pas ensemble. De grandes fresques murales représentant des scènes de luttes ouvrières avaient survécu, mais la décoration du bar en acier chromé, ainsi que le téléviseur allumé sur une chaîne de clips faisaient penser à une boîte de nuit. Les gens aussi étaient mal assortis : entre la tenue sans apprêts de certains cinquantenaires et le dépenaillement savamment étudié de personnes jeunes et m'as-tu-vu.

Le commissaire choisit une table un peu à l'écart d'où il pourrait observer toute la salle et attendit Angela en lorgnant régulièrement sa montre. Dix minutes plus tard exactement, celle-ci fit son entrée en regardant nerveusement autour d'elle, entièrement dans son rôle. Après l'avoir repéré, elle le rejoignit, et Soneri se leva pour l'embrasser discrètement sur la bouche. Une fois assise, elle susurra : « Tu es un grand connard » avec autant de délicatesse que si elle lui avait fait un compliment.

— Ça n'était pas dans le scénario, fit-il remarquer.

— On a le droit d'improviser, rétorqua-t-elle, ajoutant aussitôt : Tu étais obligé de te camoufler de façon aussi ridicule ?

— Tu veux dire pour les lunettes ? Je ne les mets pratiquement jamais, se défendit-il, mon ophtalmo n'est pas content. C'est pour me reposer les yeux.

Quand le serveur se présenta, Soneri serra la main d'Angela de façon à ce que l'autre le remarque.

— Qu'est-ce que je vous sers ?

Ils commandèrent une assiette de charcuterie et un demi-litre de lambrusco.

— Dire qu'il faut que tu te déguises pour être gentil, constata Angela, acide.

— C'est pour éviter de ressembler à un flic. J'ai du bol, j'ai l'air d'un désaxé, comme beaucoup par ici, plaisanta Soneri.

— Je te suis parce que ça m'amuse, prévint-elle. Mais si tu veux qu'on joue aux amants qui se retrouvent dans un bled paumé, je peux aussi tenter un coup de théâtre, du genre la scène d'adieu.

— Ça non plus, ce n'est pas prévu dans le scénario, répéta le commissaire.

— Je suis une actrice instinctive, ne l'oublie pas.

Le saucisson était mauvais, et le vin, de troisième catégorie.

— Elle a mal tourné, cette auberge, constata Soneri en faisant la moue. Frascaroli t'a dit qu'on y mangeait bien ?

— Oui, mais avec le temps, les souvenirs s'estompent, fit remarquer Angela. Et puis, à l'époque, les gens avaient faim. Ici, ils ont autre chose que des souvenirs de bouffe, exposa-t-elle en détaillant les lieux.

— Qu'est-ce que c'est laid ! s'affligea le commissaire.

— Tu peux me dire pourquoi on a atterri ici comme deux fugitifs ?

— Écoute, je n'en sais rien. Par intuition, dit-il en y réfléchissant. Si j'ai bien compris le genre de types à qui on a affaire, j'ai peut-être visé juste.

— Je suis un peu larguée, mais ça continue de me plaire, dit Angela en riant. Par contre, n'oublie pas que les couples clandestins ont des choses bien précises en tête quand ils se rencontrent...

— Cette promesse implicite qui fait monter l'adrénaline, approuva le commissaire. Si tout se passe comme prévu, l'histoire sera encore plus excitante.

Elle fit une moue d'approbation, et Soneri composa le numéro de Draghi.

— C'est bon, je le talonne, l'informa l'inspecteur.

— Vous êtes où ?

— Aucune idée ! Il fait tellement de détours que j'en ai perdu le sens de l'orientation. S'il me sème, je ne sais même pas si je vais m'y retrouver pour retourner chez moi.

— Ne le lâche pas, lui enjoignit Soneri.

Il feignit ensuite d'aller aux toilettes et téléphona à Musumeci pour lui poser la même question.

— On a traversé le Pô deux fois. Je viens de voir le panneau SISSA, expliqua l'autre.

— Ne le lâche pas, répéta le commissaire avant de revenir à sa table où Angela se refaisait une beauté avec ostentation.

— J'en ai un sur la bonne route, lui annonça-t-il.

Elle déplaça son miroir et le scruta.

— Tu peux m'expliquer ton scénario ?

— Ferri et Consolini sont sur écoutes, et Juvara m'a prévenu qu'ils s'étaient mis d'accord pour un rendez-vous, juste avant que tu arrives. Ils n'ont pas précisé l'endroit, parce qu'ils savent où se rencontrer. Instinctivement, j'ai pensé à cette adresse, développa Soneri.

— Tu en as eu l'idée à cause de ce que m'a raconté Frascaroli ?

— Aussi, acquiesça le commissaire, mais pas seulement. Si j'étais un des leurs, c'est ici que je viendrais. N'oublions pas que ces gens sont attachés à une certaine symbolique. Il n'y a même que ça qui les rattache au passé.

— Ah, les symboles ! soupira Angela. Nos totems pour y danser tous nos rituels.

— Ceux-là pratiquent une danse extrême, une espèce de messe noire : comme celles que l'on célèbre au bord du Pô, d'après ce qu'on dit, précisa Soneri.

— Qu'est-ce qui se passe ? Tu ne manges pas ? s'étonna-t-elle, en remarquant son peu d'appétit.

– Cette charcuterie est une insulte à la *bassa*, s'indigna Soneri. Et puis, je suis un peu stressé...

– Par notre rendez-vous, et par tous les prochains, le moqua Angela, pleine de sous-entendus.

Ils jouèrent aux amants un certain temps, puis Angela s'impatienta :

– Je n'ai jamais vu un couple attendre aussi longtemps avant d'en arriver au fait, bougonna-t-elle.

Le commissaire dégaina son portable.

– Musumeci, où tu es ?

– En direction de Casalmaggiore, signala l'inspecteur.

– Parfait, dit Soneri. Je t'attends.

– Comment ça ?

– Tu verras, tu vas bientôt comprendre.

Il envoya aussitôt un texto à Draghi, qui répondit dans la minute : *Putain, je l'ai perdu aux environs de Sabbioneta.*

Reviens vers Casalmaggiore, tapota Soneri.

– Du nouveau ? se renseigna Angela.

– Contradictoire, marmonna-t-il, l'air absorbé.

Une autre demi-heure passa. Le restaurant s'était rempli, et son agitation commençait à étourdir le commissaire et sa compagne. Leur jeu du couple incognito devenait de moins en moins crédible, ils ressemblaient de plus en plus à deux fiancés ordinaires. Enfin, un nouveau message fit vibrer le portable de Soneri : *Passé Casalmaggiore, deux-trois détours, route de Parme*, avait écrit Musumeci.

Le commissaire le rappela sur-le-champ.

– Laisse-le filer, il devrait s'arrêter à l'*Osteria della Becca*. Attends un peu avant de te rapprocher, et surtout : n'entre pas. Surveille-le en restant dehors.

– D'accord, chef.

– On va rentrer dans le vif du sujet, susurra Soneri à Angela.

– Il était temps ! Je n'ai jamais vu une ouverture aussi déprimante.

Peu après, deux jeunes gens poussèrent la porte du restaurant. Soneri perdait patience, mais au moment de rappeler Musumeci, Ferri fit son apparition. Le commissaire pressa le coude de sa compagne.

– En voilà un.

– Le premier acte reste un peu mou, se plaignit encore Angela.

Le commissaire était trop dans son rôle pour pouvoir riposter. Il surveillait Ferri qui s'installait à quelques mètres de leur table, le dos contre le mur, en prenant soin de ne pas attirer son attention et d'étudier chacun de ses gestes. L'homme portait de grosses lunettes, son ventre reposait quasiment sur ses cuisses. Soudain, Ferri balaya la salle du regard et Soneri tourna prudemment son visage vers Angela pour l'embrasser.

– Tu n'es qu'un sale ruffian, gazouilla-t-elle en souriant tandis que le commissaire devinait chez Ferri le même sens de l'observation qu'on trouvait chez les flics.

Un quart d'heure s'écoula, il ne se passait rien. L'homme commanda une bière en lançant de temps à autre de patients coups d'œil vers la porte. Il ressemblait à ces routiers qui prennent leur pause lors de leur transhumance d'une rive à l'autre du grand fleuve.

– C'est d'un ennui ! balança Angela. Même les réunions de copropriété sont plus excitantes.

Ferri restait assis sans manifester la moindre impatience. Plutôt qu'attendre un rendez-vous, il donnait l'impression d'attendre une certaine heure avant de s'en aller. Et en effet, il finit par se lever avec calme, se dirigea vers le comptoir et paya. Soneri et Angela bondirent sur leurs pieds, sans oublier d'aussitôt s'enlacer, mais une fois sur le seuil, ils virent Ferri qui démarrait déjà.

– Monte avec moi, ordonna le commissaire à Angela. C'est maintenant que la partie se joue, lui promit-il en poursuivant les deux points rouges qui s'éloignaient dans le brouillard avec une rapidité suspecte.

Dans la précipitation, il n'avait pas tout de suite remarqué que l'autre avait pris la direction de Parme au lieu de traverser le fleuve en direction de Crémone.

– Où il nous emmène ? questionna Angela.

– Il veut nous éloigner de sa tanière, avertit le commissaire. Il a compris qu'on le suivait, il essaye de nous semer.

– C'est lui que tu cherchais ?

– Un deuxième devait venir.

– Tu n'es pas crédible comme amant, il s'en est rendu compte, insinua perfidement Angela.

– Il a dû se passer quelque chose, reprit Soneri sans s'attarder sur ce qu'elle venait de lui balancer. Un des deux a compris qu'on le suivait.

Draghi le leur confirma peu après.

– Chef, je suis de nouveau à Novellara, notre homme est rentré chez lui.

– Tu t'es fait griller, commenta le commissaire.

– Putain ! Pourtant, j'ai fait gaffe...

Après que Soneri eut raccroché, Angela fit remarquer :

– Cette fois, c'est toi qui t'es fait griller.

Ferri avait accéléré et Soneri eut du mal à rester derrière lui.

– On ne saura jamais si c'est moi ou Draghi qui a été le plus imprudent, râla-t-il.

— Au point où on en est, la question me paraît complètement futile, constata-t-elle, enfin excitée par la filature.

L'autre roulait à vitesse grand V, à cheval sur la ligne blanche au milieu de la chaussée. Bien qu'avantagé par sa position, le commissaire ne parvenait à le talonner qu'au prix de robustes braquages. Ferri semblait connaître parfaitement la zone, il s'était sûrement entraîné à jouer les fuyards. Si bien qu'à un moment donné Soneri ne savait plus où ils étaient. Concentré sur son volant, il ne voyait plus ni les villages, ni les maisons, ni les pancartes qui défilaient... Il en avait même oublié Musumeci, resté sans doute sur place en attendant les ordres après l'avoir vu démarrer en trombe à la poursuite de la voiture depuis la cour de l'*Osteria della Becca*. C'était peut-être lui qui faisait vibrer le téléphone du commissaire en essayant de le joindre.

Angela avait arrêté de parler, en proie à la tension.

— Tu ne voulais pas quelque chose d'excitant ? la provoqua Soneri en donnant des coups de volant aussi agiles que des coups de poing.

— Ça ne m'excite pas de me prendre un poteau, répliqua-t-elle.

— Tôt ou tard, il va bien finir par s'arrêter... Et cette fois, je ne vais pas le lâcher.

— Pourquoi ? Il y en a eu d'autres ? le questionna Angela, piquée par la curiosité.

— Oui, il y a quelque temps, confessa-t-il sans s'attarder en conduisant à fond de train et en cherchant à se repérer dans cette nuée noire qui augmentait leur solitude.

Il éprouva la même tentation que l'autre jour où il avait jeté l'éponge en écrasant la pédale de son frein juste avant le carrefour. Il se trouvait stupide de prendre autant de risques alors qu'un simple mandat d'arrêt aurait suffi. Mais pendant la poursuite, après un quart d'heure de virages à frôler des fossés, l'orgueil s'était mêlé à une pulsion inexplicable, et il avait fusé, tel un bouchon de fortana. Ces moments de témérité lui rappelaient sa jeunesse perdue, les coups de folie et les bêtises qu'il avait faites vingt ans plus tôt, le cœur léger. Il était rassuré d'en être encore capable, de n'être pas tout à fait vieux, non plus tout à fait sage, comme le deviennent certaines personnes se sachant proches de la fin.

Il conduisait avec fureur, aussi alerte qu'un jeune chat. Il était si grisé de zigzaguer en compagnie de son aimée qu'il fut presque déçu que Ferri fasse une embardée sur l'accotement et aille verser dans le fossé, le cul en l'air, avec une roue tournant dans le vide.

– Fin de la course ! hurla un Soneri triomphant tandis qu'Angela soupirait de soulagement.

Son allure l'entraîna plus avant, au point d'être obligé de faire demi-tour pour retrouver l'endroit où Ferri s'était renversé. Il braqua ses phares sur le véhicule et vit une ombre s'en extirper et prendre la fuite. Le commissaire bondit de sa voiture et lui intima l'ordre de s'arrêter. C'est alors qu'il perçut une petite flamme et qu'il entendit un coup de feu, suivi d'un autre tout de suite après. Il resta planté quelques secondes en plein milieu de la route sans comprendre s'il était indemne ou s'il se trouvait dans cette fraction de seconde qui veut que l'on commence à perdre connaissance sans la moindre douleur. Il fut ensuite distrait par le marmonnement de son moteur et par la voix lointaine d'Angela. En état de sidération, il tourna sur lui-même et devina le claquement de ses talons qui couraient dans sa direction. La douceur robuste du corps de sa compagne se jetant à son cou dans un élan de joie le rendit à nouveau solidement heureux. Il sut alors que rien ne remplaçait des bras qui vous enlacent pour vous sentir vivant. Agrippés rageusement l'un à l'autre, ils retournèrent à la voiture.

CHAPITRE 20

Ils attendirent sagement l'arrivée des secours et de la Scientifique après une furieuse étreinte sur la banquette arrière : une danse brève et vorace en l'honneur de la vie.

Nanetti apparut juste devant l'Alfa et examina le point d'impact avec attention : la balle avait traversé le haut du pare-brise et glissé tout le long du toit en déchirant le rembourrage.

– Vingt centimètres plus bas, et tu étais cuit, fut son premier commentaire.

– Je n'étais pas au volant quand il a tiré, se défendit le commissaire. Je lui courais après.

– Divine Providence... ironisa Nanetti le plus sérieusement du monde.

– Providence ou brouillard, sourit Soneri. Et dans le brouillard, il faut avoir du cul, sinon...

– Tu parles d'un cul ! Plutôt la guigne, ce climat, soupira Nanetti.

– Je te laisse t'en dépêtrer, lui annonça le commissaire. Après une soirée comme ça, mieux vaut laisser le destin tranquille.

– Tu ne participes pas à la battue ? s'enquit son collègue en parlant de Ferri.

— Ça ne sert strictement à rien, une pure formalité. Tu crois qu'ils vont le rattraper ?

À ce moment-là, la Marcotti téléphona.

— Tout va bien, commissaire ?

— Soirée un peu mouvementée...

— Vu que vous étiez trop occupé, je me suis permis de bouger vos pions : j'ai ordonné d'envoyer deux patrouilles chez nos deux fugitifs, lui annonça la juge.

— Consolini est revenu chez lui dans la nuit, signala Soneri.

— Il a dû mettre les voiles aussitôt après, parce qu'on ne l'a pas trouvé. Quoi qu'il en soit, j'ai ordonné de perquisitionner leurs domiciles pendant que Draghi et Musumeci participent aux recherches.

— C'est du temps perdu, insista le commissaire. Les poules s'attrapent au poulailler.

— Le poulailler est vide, *dottore*.

— Ces types en ont plus d'un, affirma Soneri.

— Expliquez-vous : vous voulez dire que vous savez où les trouver ? demanda la Marcotti.

— Disons que j'ai ma petite idée...

— Très bien, écoutez, s'irrita la juge, faites comme vous voulez, mais soyez prudent, ce n'est pas le genre d'enquête à affronter tout seul.

— Je vous assure... objecta le commissaire.

— Je pense que dans certaines situations il est préférable de jouer collectif. Ça ne vous a pas suffi ce qui s'est passé ce soir ?

— Le sort était de mon côté.

— Veillez à ne pas trop tirer sur la corde.

Dès qu'il raccrocha, un agent lui fit signe.

— *Dottore*, la plaque est fausse, lui apprit-il en indiquant la voiture de Ferri. Le véhicule a été volé il y a un mois à Marcaria, du côté de Mantoue.

– Je m'en doutais, commenta Soneri tandis que Nanetti l'entraînait à l'écart.

– On a trouvé une ronéo et des documents de propagande dans le coffre, du même tonneau que les papiers que tu m'as ramenés la dernière fois, lui expliqua-t-il.

– Ça servira de preuve au procès, mais pour moi, tout est clair. Enfin, tout, sauf le mobile.

– De l'assassinat du Hongrois ?

– Oui. J'ai beau chercher, aucune de mes hypothèses ne tient debout, se désola Soneri.

– Ça va se terminer par un truc banal, du genre cocufiage, avança Nanetti.

– Je ne crois pas, bougonna le commissaire en s'approchant de sa voiture, où Angela était toujours assise, avec l'intention de retourner en ville.

– Ho ! Tu crois que tu vas aller où comme ça ? le bloqua son collègue. On doit faire nos relevés. Il y a une balle de coincée…

– Ah oui, c'est vrai, maugréa Soneri.

– Je me charge de te la ramener à la Questure. Demande à une patrouille de te raccompagner, proposa Nanetti. (Puis, au vu de son expression contrite, il ajouta en plaisantant :) Tu l'emmènes toujours avec toi, quand tu filoches ce genre de types ?

Le commissaire le scruta d'un regard mauvais et lui adressa un signe menaçant avant de s'en aller.

Peu après, Angela et lui grimpèrent dans un véhicule de service. Le chef de bord s'excusa d'être obligé de les accueillir à la place des personnes interpellées, derrière la vitre en plexiglas, les portes bloquées de l'intérieur.

– On sera dans la même cellule ? s'amusa Angela. Enfin tout un week-end à partager !

— Tu serais la première à péter un câble, persifla Soneri, terriblement gêné face aux agents de la présence de sa compagne.

— Je vous dépose où, *dottore* ? proposa le chef de bord, la voix étouffée par la cloison.

— À l'*Osteria della Becca* de Casalmaggiore, intervint Angela, en aggravant la situation. Ma voiture est restée là-bas.

L'agent prit un air rembruni.

— Vous connaissez l'adresse ?

— On est où, là ? s'immisça Soneri.

Le policier le dévisagea en tentant de dissimuler son étonnement.

— Entre Coltaro et Sissa, l'informa-t-il froidement.

Le commissaire comprit qu'il s'était bel et bien perdu pendant la course-poursuite. En l'espace d'une soirée, la mort l'avait frôlé et la vie, rattrapé, puis il s'était abandonné, noyé dans ce brouillard qui l'avait finalement sauvé.

Quand il revint à lui, il retrouva l'expression interrogative du policier.

— On n'est pas loin, le rassura-t-il. Prends la direction de Colorno.

À mesure du trajet, il se sentit vidé, soulagé, enfin calme. À se laisser conduire dans l'obscurité vaporeuse de la *bassa*, il avait l'impression d'être dans les nuages. En arrivant devant l'auberge, il remit pied dans la réalité, comme s'il abordait un nouveau continent.

— Commissaire, le secoua Angela, tu as une tête de survivant.

— J'étais ailleurs. Dans une espèce de paradis.

— Oublie-le, tu ne le mérites pas, ricana-t-elle. Si Ferri avait mieux visé…

— Si Ferri avait mieux visé... répéta Soneri.
Puis il se libéra dans un grand rire nerveux.

Il se leva à l'aube et traversa la ville encore plongée dans le noir. Il avait une idée en tête et se sentait déterminé. À la Questure, il trouva son Alfa garée sous le sapin de la cour, les clés chez le planton. Sur le pare-brise, le trou qu'avait laissé la balle ressemblait à un petit soleil, tandis que le rembourrage de la capote pendouillait comme un rideau déchiré. Il démarra et quitta rapidement la ville endormie en pointant vers Sacca.

À mi-chemin, le ciel se dégagea et une lumière couleur de sable éclaira les dernières rangées de mûriers recouverts par le givre. Il se gara comme d'habitude sur la place de l'église et songea à Lumén, qui avait dû l'entendre. Il n'eut pas besoin d'enfiler ses bottes, le gel avait durci la boue. Il escalada la digue, redescendit de l'autre côté et se mit à longer la berge au-delà de laquelle le courant dévalait, indifférent à tout : aux morts et aux vivants, aux amours, à la haine. Nocio était debout à l'abri de sa véranda et contemplait le lent débit du fleuve, aussi lent que l'esprit d'un homme engourdi de sommeil.

— Tu m'attendais ? demanda Soneri.
— Je me lève tôt, j'aime bien voir le lever du jour.
— Avoue que tu t'attendais à ma visite, insista le commissaire.
— Entre, proposa l'autre.

Une douce chaleur et l'odeur du café au lait les accueillirent tandis que le bois nerveux du fleuve crépitait dans le poêle.

— Tu es venu m'arrêter ? reprit Nocio le visage sombre.

– Non, répondit calmement Soneri. J'aurais pourtant de bonnes raisons.

– Tu es arrivé au bout ?

– Presque. Je ne comprends pas pourquoi le Hongrois s'est fait descendre.

– Moi non plus, je ne comprends pas, grommela son ami.

– Mais pour le reste, tu savais, accusa le commissaire. Tu sais comment ça s'appelle ? Complicité.

– On était beaucoup, ici, à savoir. Et puis, j'ai essayé de te faire comprendre. Je t'ai donné quelques tuyaux, non ? Le hors-bord... Si je ne t'avais pas dit d'où il venait, tu n'aurais pas su qui c'était, s'agaça Nocio.

– Je sais. Et la loi serait morte sans personne pour l'interpréter.

– Oui, la loi serait morte, l'interrompit l'autre.

– Je veux dire, poursuivit le commissaire, qu'en tête à tête la loi n'est pas aussi rigide. Carega pense que le mal vient de la stricte application des règles aux choses de la vie : je ne lui donne pas complètement tort. Mais peu importe, abrégea-t-il, je voulais simplement t'annoncer que tes tuyaux avaient marché.

– C'est des dingues, je n'ai pas voulu m'en mêler, expliqua Nocio. Manotti non plus ne s'en est pas mêlé, même si les armes étaient chez lui.

– Pourquoi il a accepté de les cacher ?

– Il s'en faisait un devoir. Ils avaient une vénération pour le commandant, ils se considéraient comme ses fils spirituels. Lui n'avait plus personne, alors, tu sais... quand on a été un chef, on espère toujours avoir des disciples...

– Mais ceux-là sont des dingues. Tu viens de le dire.

– Il pensait qu'il les raisonnerait. Il me disait que c'était sa dernière mission.

— Mission ratée.

L'autre fit un geste de dépit.

— Des petits employés bornés ! Et c'est à cause de ça qu'ils ont fini sur ce terrain ! Si tu as la rage, que tu n'arrives pas à la transformer en action politique, que tu t'étrangles d'indignation et que tu sais que tu n'as aucune voix, tu fais quoi ? Tu te rabats sur un flingue.

— Qu'ils soient stupides ne fait aucun doute, concéda Soneri. Faut pas être bien malin pour planquer des armes sous un toit après avoir appris la mort du propriétaire.

— Pas forcément. Ces armes n'ont jamais servi. Et Manotti en avait d'autres, rétorqua Nocio.

— Comment tu sais qu'elles n'ont jamais servi ?

— C'est le commandant qui me l'a dit. Elles venaient d'un stock illégal, on les lui a ramenées dans leur emballage.

— Les pêcheurs de l'Est ?

L'ami le dévisagea en devinant ce qu'il avait en tête.

— Moi aussi, j'y ai pensé. Si c'était le cas, il y aurait un mobile. Non, elles ne viennent pas de ce circuit. Plutôt de la pègre ordinaire.

— Comme celle avec qui Caretti est mouillé, constata Soneri.

— Des canailles, décréta Nocio. Au fond, ils se ressemblent. Eux aussi sont étouffés par la rancœur, même s'ils s'habillent d'une couleur différente. Mais ce n'est pas ça, le problème.

— C'est quoi ?

— Putain ! réagit violemment son ami. Ce monde de merde ! Tu ne le vois pas ? Comment tu peux penser que des millions de personnes se font baiser en continuant de se taire ?! Si tu rends la vie des gens insupportable, va pas t'étonner qu'on ait envie de te poignarder. C'est normal. On n'est pas tous des saints ! Il y aura toujours des têtes brûlées. À moins qu'ils trouvent une voix pour les représenter. Malheureusement, aujourd'hui, cette voix n'existe pas. L'époque n'est pas au collectif, et tout le monde se plaint dans son coin.

— Ferri et Consolini sont plutôt bien lotis : je ne comprends pas la raison qui les a poussés à faire ce qu'ils ont fait, fit valoir Soneri.

— Ça n'a rien à voir… s'impatienta Nocio. On n'est pas obligé d'avoir faim pour aller mal. Il suffit de manquer de motivations. Il y en a même qui endossent les problèmes des autres pour remplir leur existence, dans le bien ou dans le mal.

— C'est exactement ça. Et je n'ai pas l'impression que ces deux-là les endossent pour le bien… clarifia Soneri.

— Qu'est-ce qu'on en sait ? le coupa l'autre. De leur point de vue, ils sont du bon côté : foutre en l'air ce monde dégueulasse. On n'en voudrait pas un autre, toi et moi ? Tu l'aimes, toi, cette société où les arrogants et les malhonnêtes dirigent les gens bien ? où les pires gouvernent les meilleurs ? où la méchanceté est toujours victorieuse ? Tu l'aimes, ce monde où tout s'achète ? La justice, la respectabilité, le droit d'être aux commandes ? Pourquoi on n'aurait pas le droit de prendre un flingue quand y a des gouvernants qui peuvent décider de condamner à mort des milliers d'enfants par une simple opération monétaire, ou qui choisissent de planter du maïs pour produire du gas-oil au lieu de produire à bouffer ? Essaye de te mettre dans la peau du père d'un gosse condamné à crever de faim, et pose-toi la question : tu n'épaulerais pas un fusil ? T'as déjà vu les yeux d'un môme qui crève de faim ? Je suis plus vieux que toi, j'ai connu ça, je l'ai vu. Je peux t'assurer que si j'étais dans la peau du père de ce môme, je me poserais la question : le plus humain, c'est quoi ? Donner à manger à celui qui réclame ou tirer sur celui qui affame ? Tu ne te poserais pas ces questions-là dans ces conditions ?

Soneri conserva le silence. Les propos de Nocio ébranlaient ses défenses et réduisaient en miettes toutes ses motivations. Il tenta alors de s'opposer à la logique implacable de son ami en s'attaquant à l'argument qui lui sembla le plus sensé.

– Tirer ne résout rien, déclara-t-il. Et si tu crèves la dalle, tu empires ta situation.

– C'est vrai, mais ça défoule. La colère se fout de la raison, c'est une question d'instinct. Mais on sort du sujet : Ferri et Consolini ne sont pas concernés, releva Nocio.

– Ce n'est pas la passion politique qui les anime ?

– Si, mais c'est une passion froide. Ils y croient sans doute un peu, mais ils cherchent surtout à remplir le vide qu'ils ont à l'intérieur. Le problème, c'est qu'au fond ils se sont sentis légitimés...

– Légitimés par qui ? s'exclama Soneri sur un ton polémique.

L'ami eut un rictus sarcastique.

– Le désordre. Si les délinquants gouvernent, alors moi aussi, je fais ce que je veux. C'est très pratique : chacun devient arbitre et établit ses propres règles. Qui peut l'empêcher ? Toi, le flic ? Qui tu représentes ? Tu t'es déjà posé la question ? chargea Nocio le regard brûlant. De qui tu es le gendarme ? Tu le sais ou tu le sais pas que tu es payé par ceux qui font les guerres et qui affament les peuples ?

– Ce n'est pas vrai ! explosa le commissaire, piqué au vif. Je suis payé par les gens. Et je ne travaille pour personne, je cherche juste à entretenir quelques principes, dont celui de ne pas tuer. Le reste, je te le laisse, je n'ai pas tes certitudes.

Nocio encaissa et fit machine arrière, il exprimait à présent un certain respect.

— Reconnais quand même qu'il y a une logique dans mes raisonnements. Que ça te plaise ou non, tu défends l'ordre de ceux qui sont aux commandes, et tu sais très bien qui c'est. Après, chacun fait son métier en son âme et conscience, reprit-il, plus apaisé. Si tu y réfléchis, tu ne peux pas me donner tort. C'est pour ça que je dis que ceux qui sont aux commandes sont des imbéciles. Le pouvoir est forcément stupide. S'il avait un minimum de caboche, il chercherait à distribuer au plus grand nombre et à faire vivre correctement le maximum de gens pour durer plus longtemps. Au lieu de ça, en écrasant son prochain, il creuse sa propre tombe. Prends garde de ne pas faire partie de ceux qui deviennent leur propre fossoyeur, acheva Nocio.

— Tu l'as vu, le Hongrois ? Tu as vu dans quel état il était ? Tu sais qu'il avait à peine plus de vingt ans ? chargea Soneri à son tour. Quand on l'a trouvé la tête dans la boue, à moitié pourri, je me suis dit que personne n'avait le droit de réduire quelqu'un de cette façon. Et quand je l'ai vu sur les photos, je me suis dit que ça aurait pu être mon fils, celui que je n'ai pas eu. Et je me suis mis dans la peau de son père, ce même père dont tu parles. C'est toujours difficile de décrire ce qu'on éprouve, mais moi, j'ai éprouvé de la colère et de l'indignation, et même une envie de vengeance. Et puis je me suis aussi demandé à combien s'élevait l'injustice, et qui pourrait la réparer. Voilà pourquoi je fais ce métier : parce qu'il faut bien que des gens se chargent de trouver un remède. De rendre justice à ceux qui n'ont personne, à ceux qu'on a laissés pourrir dans un champ d'inondation.

Nocio fit un geste pour l'arrêter, comme si quelqu'un allait lui tomber dessus.

– Tu te places sur un plan personnel, ce n'est pas le bon chemin, le sermonna-t-il. Tu n'as pas besoin de me prouver que tu es un mec bien, sinon, on ne serait pas en train de se parler. Admets quand même que tu appartiens à une institution au service de cette société de merde ! Tu penses défendre les gens honnêtes, mais en réalité tu donnes des garanties aux délinquants, à ceux qui foutent les gens dans la misère. Comment tu peux condamner un voleur si ceux qui nous gouvernent le sont ? Regarde ce bled paumé dans le trou du cul du monde : il reflète en plus petit ce qui se passe partout ailleurs. Tu voudrais mettre ces dingues en taule, mais tu ne te rends pas compte qu'ils sont les seuls à avoir encore la moitié d'une idée. Bien sûr, ils ont le cerveau malade, mais vu l'état du reste, ils passent pour des prophètes. C'est ça, le drame : la merde qui nous entoure fait passer tous ces dingues pour des prophètes, et après on s'étonne qu'ils aient des disciples. Tu ne vois pas qu'il n'y a plus qu'eux qui réfléchissent ? Tous les autres ne se préoccupent que d'une seule chose : l'or du commandant. Ils n'ont que ça dans le crâne : l'or, le fric... Ils le cherchent partout, en aval, en amont, comme des fous, nuit et jour. Ils persécutent les pêcheurs de silures sous prétexte qu'ils détruisent les berges et qu'ils font de la surpêche, alors qu'eux-mêmes balancent du poison dans la flotte par cargaisons entières. Le voilà le monde où les dingues passent pour des prophètes ! hurla Nocio, le visage violacé et écumant de rage. Alors tu fais comment, maintenant, pour les condamner, les gens ? Oui, je sais ce que tu penses, que je suis humainement, et politiquement, incorrect, mais qui est correct ? Tu sais ce qu'on dit dans le coin ? Que si les eaux recouvrent tout, tu pourrais même baiser la perche d'une meule de foin pourvu de rester au sec.

Soneri tenta de se lever de sa chaise, mais il chancela et fut obligé de se rasseoir.

– Maintenant, tu sais pourquoi je me suis retiré ici, en dehors de tout, poursuivit gravement Nocio. Et pourquoi je me sens bien quand le fleuve grossit et qu'il me soulève avec lui. J'ai l'impression qu'il emporte toute la merde, comme la crue quand elle racle les berges et les fonds. Personne ne peut me rejoindre, je me sens inattaquable, à dix mètres au-dessus de la plaine, à hauteur du clocher, avec Verdi qui m'accompagne dans mes nuits sans sommeil.

Cette fois, le commissaire réussit à se mettre debout, mais son esprit était brumeux. Il s'irritait de n'être plus capable de mettre bout à bout la série de pensées vagues et contradictoires tourbillonnant dans son esprit. Il fit alors deux pas vers la porte et prit congé d'un geste.

– Tu vas les arrêter maintenant ? demanda Nocio.

Soneri leva les bras, à mi-chemin entre l'incertitude et l'inévitable.

L'autre le fixa en silence, et quand le commissaire ouvrit la porte pour sortir, il l'entendit lui dire :

– Tu sais où les trouver.

Il prit cette phrase pour une sorte d'autorisation.

CHAPITRE 21

À midi, il poussa la porte du *Stendhal* et s'installa à sa table habituelle sans attendre Bruno. Après une matinée pareille, il devait reprendre des forces. Un froid gelé le pénétrait comme s'il avait avalé une poignée de glaçons : seuls des *anolini* au bouillon pourraient le réchauffer. Il décida d'agir en fin d'après-midi, quand le jour baisse et que les fugitifs perdent courage.

– Où en est-on dans nos recherches ? s'informa-t-il en appelant Juvara.

– Nulle part, pour l'instant. Ils ratissent les berges près de Roccabianca, on a eu un signalement.

– Ils perdent leur temps, coupa le commissaire. On n'est pas à la chasse au faisan. Je vais appeler la Marcotti pour qu'elle change de destination.

– Vous avez quelque chose en tête ? devina l'autre.

– Oui, mais pas sûr que je vise juste. Quitte à se balader dans la *bassa*, autant qu'ils aillent où je le décide.

Il contacta peu après la magistrate.

– *Dottoressa*, vous vous souvenez de ma petite idée…

– Elle a grandi ? dit-elle avec un petit rire.

– Je crois savoir où ils sont, annonça Soneri. Mais comme vous m'avez recommandé de ne pas y aller seul, j'ai besoin que vous obteniez du questeur une opération plus vaste.

– Je m'en occupe, le rassura la juge. Donnez-moi l'heure et le lieu, je vous envoie des agents.

– Aucune voiture reconnaissable, que des voitures banalisées. Rendez-vous sur la place de Casalmaggiore. C'est jour de marché, personne ne nous remarquera.

– Entendu, confirma la Marcotti. Soyez prudent…

Soneri prévint aussitôt Juvara pour l'informer du rendez-vous et le prier d'en avertir Draghi et Musumeci. Il essaya ensuite de se détendre. Il lui tardait de conclure l'affaire. La discussion avec Nocio avait été pénible, et ses propos continuaient de résonner comme un écho. Il enviait Nanetti d'avoir affaire à des objets ou à des morts. Lui devait, au contraire, manipuler les âmes : une matière fuyante, narquoise, imprévisible. Et s'il tentait le concours de chef de cabinet ? À condition que Capuozzo s'en aille.

Il soupira profondément lorsque Bruno lui apporta son tartare de cheval. Ce plat rustique et simple des faubourgs de Parme lui rappelait son enfance, sa mère qui le forçait à en manger pour « se refaire le sang ». Maintenant aussi, il lui fallait une bonne dose d'énergie pour affronter ce qui l'attendait. Non pas qu'il ait peur de ces deux employés risque-tout. Il se sentait plutôt sans enthousiasme, en butte à des incertitudes, sans assurance ni ossature, aussi fluctuant et suspendu que le brouillard. Il compta sur le gutturnio pour reprendre confiance, mais la tension et sa mauvaise humeur étaient si fortes que son repas se transforma en fastidieuse déglutition.

– J'arrive, annonça-t-il à Juvara après avoir brusquement changé de programme. Préviens les autres. Soyez à l'heure. Tu connais l'endroit.

– Oui, *dottore*, répondit l'inspecteur.

– Je ne vais pas venir à Casalmaggiore, l'avisa-t-il. J'irai directement là-bas, et je vous dirai quoi faire.

– Oui, *dottore*, répéta Juvara du même ton monocorde.

– Arrête de m'appeler *dottore* ! s'agaça Soneri. J'ai l'impression d'être un chef de clinique !

– Oui, *dottore*. Oh, excusez-moi, commissaire !

Soneri raccrocha en retenant un rire, puis il sortit et rejoignit son Alfa.

Avant de mettre le contact, il regarda autour de lui. Avec son paysage dominé par la digue, Sacca tenait d'un village mort, inondé par les eaux. C'était peut-être la dernière fois qu'il y mettait les pieds. Au fond, comment savoir ? Ce n'était pas lui qui décidait de ses destinations, les misères humaines s'en chargeaient. Et elles semblaient inépuisables. Il démarra d'un coup sec et son moteur gronda, comme s'il maudissait ce bout du monde qui puait l'eau croupie.

Il traversa le Pô en direction de Motta Baluffi et gara sa voiture dans le bourg afin de continuer à pied. Quand il arriva sur la digue, après plus d'un quart d'heure de boue, il crut revivre son premier jour de planque : sa balade si tranquille avant tout ce bordel. Le brouillard s'était même dissipé, offrant une trêve à la *bassa* pendant de longues minutes. Puis la lumière tomba, et de manière définitive.

Il parcourut le sentier en évitant la première ferme où habitaient les Marocains. Il ne leur faisait pas confiance et coupa par la peupleraie en se mouillant dans les feuillages. Arrivé à la troisième ferme, il se posta en observation. L'unique route qui y conduisait était impraticable : pour s'échapper, il fallait s'enfoncer dans l'argile spongieuse du lit d'inondation, ou bien carrément par le fleuve. Il s'approcha de la berge pour voir s'il y avait un bateau. Il longea le courant sur deux ou trois cents mètres jusqu'à ce qu'il aperçoive une barque camouflée dans un bras mort au milieu de fougères et de plantes aquatiques. Il se fraya un chemin jusqu'au petit ponton, dénoua la corde et repoussa avec vigueur la minuscule embarcation, qui s'éloigna aussi paresseusement qu'une oie se retirant de sa couvée. Il revint sur ses pas et reprit son aguet. Le jour était tombé, mais on voyait encore. Soneri attendait un signe, un témoignage de vie dans cette bâtisse trempée. Il remarqua soudain un mouvement du côté de la digue. Il plissa les yeux et distingua une silhouette s'approcher de la ferme. Quand elle fut dans sa ligne de mire, il s'aperçut qu'il s'agissait d'une femme qui portait un paquet à la main. Elle était arrivée par-derrière et, telle une caille méfiante, avait regardé plusieurs fois autour d'elle avant d'aller vers l'une des fenêtres en donnant l'impression de lorgner à travers. Elle frappa doucement à la vitre et attendit. Quelques secondes passèrent et la porte s'ouvrit de quatre doigts. Elle la poussa et disparut à l'intérieur.

– Vous pouvez commencer, murmura Soneri à Juvara. Placez-vous en demi-cercle du côté de la digue. Ils chercheront à s'enfuir par le fleuve, mais ils n'auront aucune issue. Faites gaffe, ils sont armés, prévint-il.

Il attendit que l'inspecteur réclame des explications, mais celui-ci ne souffla mot, sans doute en proie à des sueurs froides. Le commissaire n'insista pas : leur tâche paraissait assez simple.

– On sera là dans vingt minutes, assura Juvara.

Soneri calcula que l'heure serait la bonne : le manque de luminosité donnerait l'avantage aux chasseurs.

Dans le même temps, il continuait de scruter la bâtisse, déserte en apparence. S'il n'y avait pas eu la crue et cet indice pendu à la branche comme un fruit de saison, il ne l'aurait jamais trouvée. C'était un endroit idéal pour se retirer du monde, mais en se faufilant partout, le Pô le lui avait livré, et le piège s'était refermé. Ils s'enfuiraient en direction du fleuve, le commissaire en était sûr. Ici, l'eau était tout, et Ferri et Consolini en avaient déjà profité. Y compris ce dimanche après le braquage de la banque et la séquestration du directeur, lorsqu'ils avaient failli se tamponner en bateau sur le fleuve. Nocio avait donné la marque du hors-bord, mais Soneri avait compris qu'il connaissait les deux pilotes. Son ami s'était limité à jeter une poignée d'amorce, comme lorsque l'on attire le poisson à la pêche.

Et maintenant, c'était au tour du commissaire de préparer son propre appât, bien installé entre la ferme et le courant. Si Angela avait été à ses côtés, il lui aurait rappelé les règles de la chasse au sanglier ainsi que l'avantage de sa position. Son portable vibra, et le numéro de la Marcotti apparut sur l'écran.

– Où en est-on ?

– En place, répondit-il à voix basse. J'ai repéré la tanière et j'attends du renfort, comme vous me l'avez ordonné.

– C'est ce qu'il fallait faire, vous vouliez vous sacrifier ? insista la magistrate.

– À choisir, je préférerais de meilleurs assassins, répliqua Soneri.

– Informez-moi quand tout sera fini, abrégea la Marcotti d'un ton sec.

Il n'aurait pas su dire quand tout se terminerait, par contre il était clair que les choses allaient bientôt commencer. Ce furent les autres qui bougèrent les premiers. La femme arrivée tout à l'heure rouvrit la porte et sortit sur le seuil en regardant nerveusement autour d'elle. On distinguait à peine une ombre. D'ici peu de temps, au bord du Pô, la nuit serait sombre et profonde. En la voyant retourner sur ses pas, Soneri avertit Juvara.

– Une femme va monter sur la digue, lui dit-il. Bloquez-la dès que vous la captez, elle ne doit pas avoir le temps d'avertir les autres.

– D'accord.

– Ensuite, rapprochez-vous et tenez-vous en demicercle : quand la nuit sera tombée, ils ne vous verront pas.

– Compris.

Juvara raccrocha. Un instant plus tard, Draghi se manifesta.

– On l'a, annonça-t-il d'une voix excitée en ahanant dans son téléphone, elle n'a pas eu le temps de bouger un doigt.

– Elle était armée ? voulut savoir Soneri.

– Non. Par contre, elle a des papiers sur elle, des trucs compromettants, précisa l'inspecteur.

– OK. Maintenant, vous pouvez avancer, ordonna le commissaire. Prévenez-moi quand vous serez arrivés à quelques mètres. Écoute-moi bien, Draghi : encerclez la baraque et mettez-vous en place. Quand je leur crierai de sortir, vous ne bougerez pas. Ils vont s'enfuir en allant vers le fleuve, mais ils seront pris au piège. Approchez-vous à ce moment-là et manifestez-vous. Par contre, restez à terre, ils peuvent tirer.

– Putain, laissa échapper Draghi.

– Ils m'ont déjà tiré dessus, vous pouvez être solidaires, non ? plaisanta le commissaire pour se détendre un peu, avant d'ajouter : En position, confirmez-moi par texto.

Il sentait que l'affaire touchait à sa fin et s'en trouvait à la fois effrayé et soulagé. Désormais, les événements prenaient une pente sans que l'on ait besoin de les pousser. Soneri n'eut même pas à ouvrir la bouche. Les autres avaient sûrement remarqué ou entendu quelque chose, car la porte s'ouvrit en grand sur une faible lumière, et trois silhouettes se précipitèrent hors de la maison.

La scène se passa si vite que Soneri eut du mal à la suivre. D'autant que les trois, grâce à une tactique digne d'un manuel de guérilla, s'échappèrent dans des directions différentes. L'un d'entre eux s'esquiva en rasant le mur sur la droite de la porte, comme s'il voulait contourner la maison. Un deuxième fonça dans l'arrière-cour en direction du fleuve, et le dernier fila sur la gauche en zigzaguant, plus imprévisible que les autres à cause de sa trajectoire incertaine. La chasse se déclencha immédiatement. Le champ d'inondation, un peu plus tôt inerte et silencieux, s'emplit de cris, de piétinements, d'imprécations et de jurons. On entendait les corps traverser les feuillages, des bruits sourds et des chutes maladroites dans les flaques tandis que la boue visqueuse glissait sous les semelles, ou sous les ventres de ceux qui finissaient par terre.

L'agitation fut brusquement couverte par deux coups de feu, et tout s'arrêta en une fraction de seconde. À peine le commissaire eut-il le temps de réaliser ce qu'il se passait qu'une ombre déboucha du maquis et qu'on lui sauta dessus. Sans réfléchir, il asséna un coup d'épaule et rejeta son agresseur sur le côté. La silhouette tituba comiquement sur ses jambes et s'écroula par terre, davantage à cause de son manque de souffle que du croc-en-jambe.

Soneri avait sorti son pistolet de manière un peu gauche, mais l'autre se résigna et demeura au sol avant de lever les mains au-dessus de la tête en signe de capitulation. Son ventre sursautait, son souffle court lui sifflait dans la gorge.

– Je n'ai pas d'arme, marmonna-t-il en déglutissant tandis que d'autres agents arrivaient en renfort.

– Il essayait de se barrer, dit l'un des policiers dans le noir.

– Il n'aurait pas été bien loin, commenta Soneri en fixant l'homme épuisé qui ne bougeait toujours pas.

– Vous êtes toujours au bon endroit, se félicita Musumeci, que le commissaire reconnut à sa voix.

Une fois à ses côtés, les agents remirent le fuyard sur pied.

– Il comptait sur le bateau amarré, mais il ne l'aurait pas trouvé.

L'autre se mit à rire.

– Assainissement préventif ?

– Précaution, répliqua Soneri. Qui a tiré ?

– Les nôtres, rassura l'inspecteur. Un des types a dégainé son arme, mais elle s'est enrayée. Deux de nos agents ont riposté...

– Ils l'ont touché ?

– Frôlé. Dans la jambe. Rien de grave, indiqua Musumeci.

Ils entendirent alors des sirènes se rapprocher. Les véhicules devaient être sur le halage, tandis que dans le champ un moteur impuissant poussait de grandes et rauques lamentations. Enfin, des torches et des phares éclairèrent le bourbier obscur.

– Vous les avez tous attrapés ? s'informa Soneri tandis que Juvara, Draghi et Musumeci l'entouraient, bientôt suivis d'un groupe de policiers.

– Tous, répondirent les autres.

– Ramenez-les dans la ferme, ordonna-t-il alors.

– On ne serait pas mieux à la Questure ? risqua Juvara qui devait avoir froid.

– On les livrera plus tard à la juge, expliqua le commissaire. Je voudrais d'abord régler un compte, le dernier. Ensuite, la Marcotti se débrouillera.

Les inspecteurs se regardèrent sans comprendre et s'éloignèrent en donnant quelques ordres. Soneri resta seul dans l'obscurité et s'alluma un cigare. À l'écart, il observait le va-et-vient comme si l'histoire ne le concernait pas et repensait à l'homme qui s'était écroulé après avoir péniblement tenté de s'enfuir. Il le revoyait au sol en train de lever les mains tandis que son halètement lui donnait l'air d'une grosse limace qui se contracte dans sa bave. Il avait presque eu de la peine, et même du mal à croire que ce type soit capable de tuer. Puis il s'était souvenu qu'à la faveur des circonstances pouvaient cohabiter en chaque individu le bienfaiteur et l'assassin, le cynique et le généreux, l'autoritaire et le soumis. Ou bien à la faveur des saisons de la vie, avec son panaché d'hormones et d'humeurs, de force et de faiblesse. Une vague de tristesse le submergea avant qu'il n'entende Juvara le héler :

– On les a tous fait rentrer, *dottore*.

Il sortit d'un seul coup de la coquille obscure où il s'était réfugié et s'en alla vers la lumière des torches que les agents tenaient pour éclairer une partie de l'ancienne basse-cour. Il faisait chaud dans la maison, un poêle ronflait, mais il stagnait une forte odeur de moisissure. Un groupe électrogène sifflait doucement, garantissant un peu de lumière dans la vaste cuisine où l'on avait consommé un repas frugal sans nappe ni assiettes. Soneri reconnut immédiatement Ferri. À ses côtés, couvert de boue et très éprouvé, l'homme qui s'était jeté à terre : Consolini.

– On a transporté l'autre à l'hôpital, le prévint Juvara.

Le commissaire s'aperçut alors de la présence de la femme qu'il avait vue entrer et sortir de la ferme. Elle se tenait sur le côté, le regard perdu dans la pénombre de la pièce, comme si elle n'avait rien à voir et qu'elle attendait que tout soit terminé pour s'en aller.

Soneri scruta Ferri et pensa au hasard qui dirige notre vie. « S'il avait mieux visé… » avait dit Angela. Ça n'était pas facile de regarder son assassin en face. Ferri était-il plus à l'aise devant celui qu'il avait voulu tuer ? Entre un destin et l'autre, une distance infime, un rien, un tremblement imperceptible de la main, un battement de cil avant que tout n'explose, juste un souffle de vent. Le genre de bagatelles qui offraient aux journées de nombreux scénarios. Ou qui interrompaient la représentation, comme Soneri avait failli le vivre. En revanche, en voyant Consolini tout crotté, il ne parvenait pas à s'ôter de l'esprit l'image du cadavre retrouvé dans la boue. Comme si le jeune Hongrois se reflétait en lui, que tous les deux avaient vécu ce même rapport entre victime et assassin. Mais pour Gabor, l'issue avait été fatale.

Soneri attrapa une chaise et s'installa devant Consolini : un homme ordinaire, qu'on aurait tout aussi bien vu derrière l'étal d'une charcuterie. À l'opposé, Ferri avait un visage implacable et se donnait des airs de Robespierre, avec pour résultat un certain pathétique.

– Vous ne représentez rien pour nous, proclama Consolini, gêné par le regard soutenu du commissaire.

– Je sais, répliqua-t-il. Je n'ai aucune ambition à ce niveau-là.

– Nous nous considérons comme des prisonniers politiques, poursuivit l'homme, au même titre que les partisans capturés dans cette ferme en 44. Aujourd'hui comme hier, notre devoir est le même, lutter contre l'État bourgeois.

Soneri supportait mal ce genre de discours semblant tout droit sorti d'un livre. Rien ne l'agaçait davantage que le dogmatisme. La chose la plus stupide qu'on pût imaginer dans le bouillonnement chaotique de l'existence.

– En 44, souligna-t-il, j'aurais été du côté des partisans.

Consolini éclata d'un rire intentionnellement grossier et plein de dérision.

– Ne blasphémez pas, menaça-t-il. Vous n'êtes qu'un chien de garde du nouveau fascisme.

Soneri lui jeta des prunelles étincelantes de colère en essayant de garder son calme, car il sentait monter en lui cette même inquiétude menaçante qu'il avait éprouvée chez Nocio. C'était justement ça, l'ennui : l'absence de dogmes, les remises en question. Dès qu'on le cuisinait, il devait se remettre en cause.

– Et vous, un délinquant de troisième zone, déclara-t-il d'une voix froide.

Cette fois, ce fut l'autre qui accusa le coup. Il retrouva toutefois immédiatement son assurance, et sa mécanique idéologique se remit à débiter des paroles blessantes.

– Oui, un chien de garde, renchérit-il. Un peu de soupe et deux-trois miettes pour vous payer vos petits joujoux, être tranquille et bien au chaud. Vous surveillez pendant qu'ils volent, qu'ils affament, qu'ils détruisent, qu'ils piétinent les lois qu'ils fabriquent, et vous ne les appliquez qu'à leurs sujets. Tout ça pour garantir le profit du grand capital. Jusqu'à maintenant, personne ne se révolte parce qu'on a garanti au plus grand nombre, dont vous faites partie, la pitance et quelques pièces. Mais bientôt, tout ça sera terminé, et tout s'écroulera. Nous sommes l'avant-garde, et vous vous faites des illusions si vous croyez nous arrêter, développa Consolini.

Cette fois, ce fut au commissaire d'éclater d'un rire grossier, bien qu'il se sente de plus en plus fragilisé. Car il savait que les propos de Consolini cachaient un fond de vérité.

– L'avant-garde... ironisa-t-il. Je ne sais pas si vous êtes aveugles ou bourrés d'illusions. Les gens que vous prétendez représenter vous cracheront au visage.

– C'est arrivé souvent dans l'histoire, admit Consolini. Nous sommes prêts à payer ce prix. Mais rien ne dit que vous ayez raison.

– Vous êtes à court d'idées et vous n'offrez aucun espoir, rebondit Soneri. Vous croyez qu'il suffira de modifier l'économie ? Ça ne refroidira pas la tête des gens, ça ne servira qu'à les pousser à la vengeance. Au fond, qu'est-ce que vous avez fait ? Cinq ou six attaques de distributeurs. Rien de bien héroïque. Des faits de petite délinquance, fit-il remarquer méchamment.

– Qu'est-ce que vous en savez ? répliqua Consolini en haussant le ton. Vous n'êtes qu'un flic, le toisa-t-il avec arrogance. Cet argent servait à l'organisation. C'est un crime de voler ceux qui le font systématiquement en étant protégés par vos lois iniques ? Toi, policier, tu défends les voleurs qui gouvernent le petit théâtre de notre présumée démocratie. Tu ne sais pas que les mafias y ont leurs propres représentants ? Tu ne vois pas qu'ils se foutent de ta gueule ? Ceux qui t'ordonnent de capturer les boss sont les mêmes qui négocient les affaires. Mais il te faut quoi comme merdier pour te révolter ? Tu n'as pas un peu de dignité ?

Soneri fut à deux doigts de lui sauter dessus, mais au contraire ne remua pas d'un pouce, comme pétrifié. Ce n'était pas le sang-froid qui le rivait à sa chaise, plutôt un je-ne-sais-quoi qui lui crevait le ventre et lui coupait les jambes. Ce sentiment d'insécurité, ce doute... L'arme qui d'habitude lui permettait de pénétrer les âmes et de disséquer les affaires qu'il affrontait se retournait à présent contre lui et le paralysait. Il avait tenté de se mettre dans le cerveau de Consolini pour suivre le parcours de ses pensées. Et pour finir, il n'avait pas réussi à lui donner complètement tort. Bien sûr, il fallait être impitoyable, n'avoir aucune hésitation, mais un éclat de vérité demeurait, une sorte de résidu tragiquement encombrant.

Lorsqu'il revint à lui, la pièce était emplie de cris. Musumeci, Draghi et même Juvara invectivaient Consolini, impassible avec sa tête paradoxale de charcutier. Ils avaient tous repris son rôle et grondaient à sa place. Jamais le commissaire ne s'était senti aussi humilié. Jamais il n'avait autant détesté la raison qui prévalait sur l'instinct de révolte. Une révolte à laquelle ses collègues s'étaient abandonnés, mais qui l'avait blessé, et rendu impuissant. Ce fut l'image de Gabor, immobile, avili par la boue et la mort, qui vint à son secours : Consolini était peut-être dans le vrai, mais il était allé trop loin. Il avait le droit de se révolter ou de braquer des banques, mais pas celui d'ôter la vie.

C'était bien là le plus horrible, le plus insupportable : utiliser les autres à ses propres desseins. Voilà en quoi la raison planificatrice devenait le mal absolu si on l'appliquait à tout ce qui nous entoure, comme avait dit Carega.

Le commissaire sauta sur cette indignation pour reprendre la scène en main.

– Vous avez tué l'un de ceux qui attendaient votre libération ! hurla-t-il en bondissant sur ses pieds.

La pièce plongea dans le silence et, pour la première fois, Consolini sembla désarçonné. Le silence se prolongea, et Soneri s'étonna de leur manque de réaction. Il s'attendait à ce qu'ils s'expliquent selon la logique rationnelle du groupe. Au contraire, on entendit un bon moment le ronflement du groupe électrogène.

Ce fut Ferri qui brisa cette quiétude artificielle.

– On ne voulait pas tuer ce type, se justifia-t-il. On essayait nos armes, et il passait par là… C'était un accident. Seulement un accident…

Le destin, comme toujours, surgissait dans la vie de chacun en dénouant ou renouant les fils. Soneri eut presque envie de rire. La logique, la pensée de Consolini et de ses acolytes, leur prétention de tout piéger dans un tissu de raisonnements étaient tombées à l'eau face à l'imprévisible. Tout s'était brisé comme une construction de cristal, trop dure et inflexible pour résister au moindre coup.

– C'était seulement un accident… répéta gravement Ferri, en hochant la tête.

Soneri l'imita.

– On joue tous contre un adversaire invincible. Peut-être même tricheur, conclut-il.

Sans rien ajouter d'autre, il sortit de la ferme.

– Chef, qu'est-ce qu'on fait ? demanda Musumeci en le rattrapant.

– Appelle la Marcotti et emmenez-les à la Questure, répondit-il. J'ai fini de régler mes comptes.

Puis il s'achemina tout seul dans le brouillard, et dans le noir qui faisait peur.

FIN

**Les Éditions Points s'engagent
pour la protection de l'environnement
et une production française responsable**

Ce livre a été imprimé en France, sur un papier certifié issu de forêts gérées durablement, chez un imprimeur labellisé Imprim'Vert, marque créée en partenariat avec l'Agence de l'eau, l'ADEME (Agence de l'environnement et de la maîtrise de l'énergie) et l'UNIIC (Union nationale des industries de l'impression et de la communication).

La marque Imprim'Vert apporte trois garanties essentielles :

- La suppression totale de l'utilisation de produits toxiques
- La sécurisation des stockages de produits et de déchets dangereux
- La collecte et le traitement de produits dangereux

RÉALISATION : NORD COMPO À VILLENEUVE-D'ASCQ
IMPRESSION : CPI FRANCE
DÉPÔT LÉGAL : MAI 2022. N° 148502-4 (2076151)
IMPRIMÉ EN FRANCE

La septième enquête du Commissaire Soneri disponible en librairie le 5 mai 2022 !

publié par Agullo Éditions
www.agullo-editions.com